JUGANDO
A LA FAMILIA

JUGANDO
A LA FAMILIA

Jorge Eduardo González Muñoz

Para realizar pedidos de este libro, contacte con:
Palibrio
1663 Liberty Drive
Suite 200
Bloomington, IN 47403
Gratis desde EE. UU. al 877.407.5847
Gratis desde México al 01.800.288.2243
Gratis desde España al 900.866.949
Desde otro país al +1.812.671.9757
Fax: 01.812.355.1576
ventas@palibrio.com
759720

Francisco Javier González Hernández

(22/07/1937 – 30/11/ 2016)

DEDICATORIA

Dice un dicho popular: "Nadie sabe lo que tiene hasta que lo ve perdido". Es una lástima que esto se cumpla no solamente con las cosas sino hasta con las personas más cercanas a nosotros. Ahora que ya no tengo a mi papá conmigo lo voy conociendo mucho más. A través de sus amigos y de personas que compartieron algo de tiempo con él me voy dando cuenta de muchas cosas más que hizo durante su vida de las cuales yo no sabía nada o muy poco, como el apoyo que brindó a compañeros de trabajo, a sus alumnos y amigos, a su propia familia, y a la institución para la que trabajo por 45 años, y que ahora le recuerdan con mucho cariño.

Quizás me confié en que lo tendría más tiempo para dedicarle una de mis obras literarias; pero, aunque ya no está aquí para verla, yo sé, que donde quiera que esté, la estará disfrutando; ya que esta novela, que inicia con una situación un tanto cómica habla sobre la familia, sobre la aventura que representa y los temores que pueden enfrentar sus integrantes. Él, junto con mi mamá, hicieron nuestra familia y dieron todo por ella, ojalá que su ejemplo sirva para las familias actuales y futuras.

Gracias papá por los años que nos diste, por los consejos, las correcciones, las experiencias, tu ejemplo de vida, y la vida misma. Siempre quisiste volar aviones como piloto, quisiste ser astronauta para viajar al espacio, y yo estoy seguro y agradezco a Dios, que has podido volar directamente a un lugar más hermoso, que es la casa de nuestro Padre Dios, más alto y más rápido de lo que siempre pensaste.

Te quiero y te llevo por siempre en mi corazón,

Jorge

PROLOGO

Era un martes en el verano. Carlos, un hombre maduro de cuarenta años de edad, abrió la puerta de su casa y se agachó para levantar un montón de cartas que yacían en el suelo, empalmadas unas sobre otras. Giró, cerró la puerta y caminó hacia la sala mientras revisaba una a una la procedencia de las mismas. - ¡Cobros! ¡Cobros! ¡Y más cobros! – las arrojó sobre la mesita de la sala. Atravesó el corredor y llegó a su estudio. Se sentó en su escritorio y se dispuso a revisar sus correos en la computadora... Mientras hacía esto tomó su teléfono y en alta voz dejó trabajar a su contestadora.

- Marque su clave personal seguida del símbolo de número... - se escuchó por el teléfono.

Carlos tecleó cuatro números y esperó.

- Usted tiene una llamada... Hoy a las 18:30 horas... De 967-243-3261

Carlos levantó su mirada hacia el teléfono al reconocer el número.

- Carlos, tu papá y yo hemos tratado de localizarte todo el día para decirte que vamos a visitarte. Salimos hoy a las 7:00 de la noche en el autobús que va a la Ciudad de México y de allí estaremos tomando el autobús hacia San Luis el día de mañana a las 5:00 de la tarde. Espero que puedas ir a recibirnos, porque desde hace mucho que hemos estado planeando este viaje para por fin conocer a Samanta y a los niños... Ha sido nuestra ilusión desde hace años y estamos muy emocionados por la oportunidad. Llámanos para confirmar que recibiste el mensaje... Tu papá te manda muchos saludos. Te queremos mucho... Nos vemos mañana.

- ¡No! ¡No! ¡No! – Carlos se puso de pie nervioso y comenzó a caminar de un lado para otro como loco. Tomó el teléfono y marcó 01 967 243 3261 y esperó en la línea ansioso. - ¡Papá! – De un golpe colgó el auricular. - ¡Maldita máquina! – observó su reloj y se llevó la mano al rostro. – ¡Ya deben de estar camino a la Central! ¡Si me hubieran hecho caso de comprar el celular...! - se dejó caer sobre su sillón del escritorio. Abrió un cajón y sacó de él un fólder. Lo abrió y en el aparecían la foto de una joven y a su lado se podían leer el nombre, Samanta Gutiérrez Rodríguez, 20 años. Un poco más abajo había otra foto, la de una niña de bebé; otra de un bebé varón; y finalmente otra bebé. Cada una con su respectivo nombre: Samanta, Carlos y Jessica. Se quedó observando el documento y como en automático, sin mirar a ver el teléfono marcó un número.

- ¿Bueno? – se escuchó una voz femenina del otro lado del teléfono.

- ¿Erica?

- ¿Carlos?

- Sí, soy yo.

- ¿Qué sucede? Te escucho preocupado.

- Estoy preocupado… Ya sucedió lo que me dijiste.

- ¿Mis papá se dieron cuenta…?

- No, aún no. Pero vienen en camino y quieren conocer a la familia.

- ¡Carlos, yo….!

- Lo sé, lo sé – interrumpió Carlos poniéndose de pie. – Me lo dijiste desde el principio, pero como había funcionado por trece años…

- ¿Qué piensas hacer ahora?

- Bueno, en mi mente está desaparecerme unos días y…

- ¿Les harías esto a mis papás? ¿Después de todo lo que han hecho para ir a verte y conocer a tu familia?

- ¡Erica, no puedo decirles la verdad!

- ¿Por qué no?

- Tú sabes… Tengo cuarenta años y vivo solo. Inventé esto con la esperanza de que iba a encontrar a alguien y ahora… ¿Cómo decirles…?

- Tienes que decirles la verdad… ¿Qué otra cosa puedes hacer…? ¿Cuándo llegan?

- Mañana cerca de las 10:00 de la noche…

- Carlos, ¿donde vas a conseguir a una familia en 24 horas…? ¡Diles la verdad!

Se hizo una breve pausa mientras Carlos se quedó pensativo.

- Carlos, ¿no estarás pensando?

- ¿Por qué no?

- ¡Ay, Dios!

- Gracias hermanita, sabía que podía confiar en ti. Besos.

- Carlos, Carlos… Besos.

- Saludos a mi cuñado y a mis sobrinos - Carlos colgó el teléfono y tomando el fólder se dirigió a su recámara.

Esa noche Carlos no pudo dormir, se la pasó cambiando de posición en la cama, en ratos de pie observando a la ventana, y en ratos con la lámpara del buró alumbrando las fotografías dentro del fólder.

CAPITULO I

Carlos abrió la puerta de su oficina y detrás de él entró su amigo Bart.

- ¡Vaya que te vez mal hoy!

- No pude dormir… - respondió Carlos, se sentó en su sillón y con la vista observó a Bart hasta que se sentó frente a él, en la silla de visitantes. – Bart, necesito tu ayuda…

- ¿Para qué soy bueno? – abrió Bart las manos dispuesto a escuchar.

- Necesito una esposa para hoy – colocó el fólder frente a Bart sobre el escritorio.

- ¡Por fin! – exclamó Bart. – Tantos años diciéndote y por fin te decides…

- No es lo que piensas… - negó Carlos con la cabeza. – Necesito una esposa por un día…

- ¡Espera! ¡Espera! ¿De qué diablos hablas?

Carlos dirigió su mirada hacia el fólder.

Bart entendió la indirecta y tomando el fólder sobre sus manos los abrió frente a él. Con su vista recorrió las fotografías y los nombres. - ¿Quiénes son?

- Mi esposa y mis hijos – Carlos se echó hacía atrás recargando su espalda sobre el respaldo del sillón, obligándolo a reclinarse hacia atrás…

- ¿Para qué quieres una esposa si ya la tienes, y con tres hijos? Pillín, no me habías dicho que eras casado…

- Y no lo soy – Carlos se lanzó hacia enfrente dispuesto a explicar.

- ¡Creo que tuviste una pésima noche…! No sé a donde fuiste a cenar, o a… - Bart se puso de pie y caminó lo más lejos de Carlos en la oficina.

- ¡Bart! ¡Bart! Amigo, déjame que te explique… - Carlos se paró de golpe de su asiento y caminó hacia Bart, le puso la mano en el hombro y continuó – Tú me conoces, no tengo esposa ni hijos…

La mirada de Bart se mostró confusa.

- Pero hace trece años les dije a mis papás que me había casado, esto con el fin de quitarles la preocupación de que estaba viviendo solo... Como ellos no son de muchos recursos pensé que jamás vendrían...

- ¿Y en trece años no se han dado cuenta de que les mentías?

- No, porque tampoco saben que tengo recursos suficientes para viajar con una familia; así que siempre he buscado pretextos para evitar un contacto entre ellos...

- ¿Y te inventaste hijos? – Bart se echó hacia atrás alejándose de Carlos. – ¡No te conozco!

- Sonaba convincente...

- Pero, ¿no podías quedarte con uno? ¡Tenían que ser tres!

- Bart – Carlos agitó sus manos delante de él tratando de calmarlo.

- Sólo las familias modernas tienen un hijo, en ese momento sonaba bien tener tres... Pero escucha... Los hijos no van a ser problema...

- ¡Charly! ¡Espera! Puedo entender que te hayas inventado una familia, pero dime, ¿porqué quieres encontrar una esposa?...

Carlos se dispuso a responder.

- ¡Espera! ¡No me lo digas! ¡Yo lo sé! Tus padres vienen a visitarte...

- Exacto – Carlos asintió con la cabeza.

Bart se sentó llevándose las manos a la cabeza. Luego tomó de nuevo el fólder que había dejado en el escritorio y revisó las fotografías meneando la cabeza – Entonces tú necesitas, no sólo una esposa, sino tres hijos...

- ¡Noooo! ¡Noooo! Los hijos están cubiertos...

- ¿Tienes los hijos? ¡Carlos! – Bart se volvió a poner de pie y observa a su amigo espantado.

- No quise decir eso – Carlos trató de calmar a Bart con las manos. – Mis padres van a llegar y simplemente les voy a decir que están fuera de la ciudad en un campamento o algo así...

- ¿Y porqué no dices que tu esposa salió con ellos?

- No, no. Eso únicamente retrasaría la partida de mis padres. Si ellos conocen a Samanta...

- ¿Quién es Samanta?

Carlos observó la foto del fólder.

- Olvídalo, ya sé...

- Unos días que se convenzan de que tengo a mi esposa, ellos se irán tranquilamente de regreso a casa...

- Y luego, ¿qué harás?

- Les diré que peleamos y que ella se llevó a los niños...

- ¿Y porqué no simplemente les dices eso ahora?

- No lo creerían, les he dicho que somos una pareja feliz... Aunque quizás, si tenemos una o dos discusiones delante de ellos... Eso podría facilitar la separación – una sonrisa se dibujó en el rostro de Carlos, encontrando una salida a su mentira.

- Carlos, la verdad me sorprendes... Siempre te creí una persona honesta, alguien incapaz de mentir...

- No soy quien crees...

- De eso me doy cuenta – Bart respiró profundamente. – Y bien ¿qué quieres que yo haga...?

- Tú tienes muchas amistades, yo, necesito a alguien...

- Entiendo, quieres que encuentre a alguien que se haga pasar por tu esposa...

- ¡Exacto!

- ¿Tus padres han visto esta foto?

Carlos asintió con un movimiento de su cabeza y una mirada juguetona.

- ¿Necesitas que se parezca...?

Nuevamente Carlos asintió con la cabeza y la mirada.

Bart observó la foto. - ¿Y no podrías haber escogido a alguien regular?

- ¿Qué quieres decir?

- Esta foto es de una chica que parece modelo... ¿por qué no un poco más... normal...? ¡No una belleza! ¡Vaya! Para que me entiendas... Alguien como Nayeli o Karina, o que se yo, alguna de las secretarias de la compañía, no ésta...

- No lo sé- Carlos retomó su lugar en el asiento. – Simplemente vi la foto y pensé que era bonita...

- ¡Y vaya que lo es! – Bart caminó a un costado de su amigo y le puso la mano en el hombro. – Voy a hacer lo mejor que pueda.

- No esperaba menos de ti – levantó la mirada y miró fijamente a Bart.

Bart hizo un gesto de desaprobación y luego salió de la oficina.

En la computadora de Mayra, apareció el siguiente mensaje en la esquina inferior derecha de la pantalla: "May, necesito ayuda". El mensaje iba acompañado con una foto de Bart.

"¿A qué te refieres con eso?" tecleó en su computadora y tan pronto como pudo ocultó la caja de diálogo. Entonces observó la pantalla en donde había un itinerario completo de actividades.

"Me es urgente encontrar a alguien que se parezca a esta muchacha" un nuevo cajón de dialogo se abrió, y un clip indicando que había un adjunto centelleó al final.

Mayra dudó, pero después de observar que nadie la miraba dio dos clicks sobre el adjunto, al instante la foto de "Samanta" apareció en la pantalla. Observó por algunos instantes la foto y dudó en contestar…

"Unos diez años más grande…" un nuevo letrero le hizo quitar la vista de la foto despertándola de su consternación.

"¿Para qué buscas a una chica así?" tecleó con gran agilidad en sus dedos y desapareció el diálogo para seguir enfocada en su trabajo.

"Un amigo mío, tiene un problema, y requiere que una chica se haga pasar por su esposa por esta noche…"

En ese momento sonó su teléfono, vio el foco centelleante de su pequeño conmutador y entonces levantó el auricular… No dijo nada por unos instantes, únicamente se limitó a escuchar. – Voy en camino… - anunció y con sus rápidos dedos tecleó un mensaje: "me llama mi jefa, te escribo después"

Bart se llevó la mano a la frente y en ese momento entró Jeanett.

- ¿Algún problema? – preguntó Jeanett al ver a Bart.

- Mmmmm… No lo sé – Bart volteó a ver a Jeanett con la duda de si debía o no decir algo.

- Te vez preocupado – la mano de Jeanett fue al hombro de Bart.

- No soy yo, es Carlos…

- ¿Qué pasa con él?

- Mmmmm…. Vienen sus papás…

- ¿Y eso que tiene que ver? Es normal que los papás visiten a sus hijos…

- No a Carlos – Bart meneó la cabeza y se puso de pie.

- ¿Qué quieres decir? – Jeanett observó a Bart.

- Bueno… No sé si deba decírtelo..

- Vamos, ¿no me tienes confianza?

- Pues…. ¡Sí! Pero la cosa no es tan fácil, si alguien aquí se enterara…

- ¿No soy una tumba?

- Bueno…

- ¡ Oh, Vamos! Por una ocasión que se me escapó…

Bart hizo un gesto de inconformidad.

- Bueno, no una sino dos…

Bart hizo un nuevo gesto de duda.

- ¡O.K.! ¡O.K.! Han sido varias, pero esto es especial…

- Bueno, quizás nos puedas ayudar…

- ¿Nos?

- A él… Déjame explicarte…

Mayra entró en la oficina de su jefa Alejandra. - ¿Qué sucede? ¿En qué puedo ayudarle?

- ¡Cierra la puerta, por favor! – ordenó Alejandra con un rostro preocupado.

- ¿Sucede algo? – Mayra cerró la puerta y luego volteó a ver a su jefa y amiga.

- Ya está cerrada la puerta, ahora no necesito a mi secretaría sino a mi amiga – Alejandra se puso de pie y caminó hacia Mayra.. – Estoy metida en un gran problema…

- ¿De qué se trata?

- El jefe de división, Salvador Martínez, hará una junta esta noche y será una junta en uno de los mejores restaurante de San Luis…

- ¿Y qué tiene eso de malo?

- Quiere que la cena sea en parejas. Viene con su esposa, y espera que todos los gerentes lleven a sus esposos o esposas, o novios o novias…

- ¿Y cual es el problemas?

- ¡Rompí con José Luis esta mañana!

- Bueno, le hablas, le expones la situación y seguro que querrá ayudarte por esta noche…

- No, no lo creo – movió la cabeza en forma negativa… - Le dije que no lo quería volver a ver nunca más… No puedo arrastrarme a sus pies por una noche…

Por un instante Mayra se quedó observando a Alejandra pensando que quizás su amiga exageraba la situación.

- ¡Es serio, Mayra! Al parecer él se va de México al corporativo, y según dicen, va a tomar la decisión de quien debe tomar su lugar… ¿Entiendes?

Mayra asintió con la cabeza.

- ¡Es mi oportunidad de llegar al puesto que tanto he deseado desde que ingresé a la compañía…!

- Pensé que la tirada era llegar al corporativo… - Mayra interrumpió a Alejandra.

Alejandra se quedó callada con la boca abierta, luego asintió con la cabeza… - Eso vendrá después, pero este es el primer paso… ¡Mayra! Ese hombre piensa que quien ocupe un puesto debe estar bien centrado… Requiere balance en su vida y eso implica una pareja estable… ¡Tonterías! – de un movimiento brusco le dio la espalda a Mayra. - ¡Pero él lo cree así! Si no llevo a alguien conmigo…

- Una mujer de mundo como tú debe tener muchos amigos - Mayra se llevó la mano a la frente y sonrió con malicia.

- Tú sabes que no tengo tiempo para romances y esas cosas…

- ¿Se puede saber porqué rompiste con José Luis?

Alejandra respiró profundo, se recargó en el escritorio y agachó la cabeza por unos instantes antes de hablar – Quería que pasara más tiempo con él…

Mayra observó a su jefa y amiga con una mirada de tristeza.

- No va a regresar… - la voz de Alejandra se mostró suplicante. – Necesito otra opción…

Mayra guardo la calma por unos instantes y sin decir nada se aproximó a Alejandra, la rodeó y se colocó a su espalda.

- ¿Qué haces?

Mayra sonrió. – No me hagas caso – y acomodándole el cabello a Alejandra de un lado hacia otro, la miró con cuidado mientras dejaba escapar una sonrisa. Colocó sus manos frente a ella como si tomara fotografías. – Quizás tengas salvación… –

- ¿De qué hablas? – Alejandra giró de improviso a ver a su secretaria y amiga, como si temiera alguna idea loca.

- No será gratis – abrió sus ojos de forma coqueta.

- ¿Tendré que pagar?

- Oh, sí…

- ¿Mucho dinero?

- No será con dinero…

- No me gusta… - caminó Alejandra detrás de Mayra dispuesta a detenerla.

- Tengo un amigo… - Mayra se detuvo frente a la puerta de la oficina y recargando su espalda en ella miró fijamente a Alejandra, con toda la intensión de cerciorarse de que le escuchaba, - que me acaba de enviar un recado diciéndome que un amigo suyo necesita un favor, necesita que alguien se haga pasar por su esposa… Y tú necesitas alguien que se haga pasar por tu novio…. Favor con favor… - levantó las manos abriéndolas de manera que mostraba esperar una respuesta.

- No sé, ¿lo conoces?

- ¿Al amigo de mi amigo?

Alejandra movió la cabeza en señal afirmativa.

- No… Sólo a mi amigo.

- ¿Es de confianza?

Mayra osciló su cabeza en forma negativa.

Alejandra respiró profundo. - ¿Qué hay que hacer?

- No lo sé. Necesito hablar con mi amigo… – Mayra levantó el dedo índice de su mano izquierda, indicando que no había nada más que hablar por el momento, y luego salió de la oficina.

Alejandra respiró profundo y con su cuerpo estremeciéndose de nervios por lo que parecía sería una idea muy loca para ella, cerró la puerta, no permitiría que nadie la viera en esas condiciones.

- ¡Sí! – exclamó Bart colgando el teléfono, se puso de pie y caminó rumbo a la oficina de Carlos.

- ¿Conseguiste a alguien? – preguntó Jeanett. – Por que si no, aquí estoy yo…

- Creo que sí – respondió Bart haciendo una señal de victoria con la mano derecha para desaparecer por el corredor. Estaba a punto de entrar a la oficina de Carlos cuando la secretaria de Carlos lo detuvo.

- No está allí – la secretaria asomó su cabeza por arriba del monitor de su computadora.

- ¿A dónde fue? – Bart abrió las manos demostrando duda.

- Está con Gabriel, fue a pedir el día. Esta muy extraño hoy, me pidió que cancelara todas sus citas y…

- ¡Oh! No es nada - interrumpió Bart, - Yo creo que es exceso de trabajo… Quizás al workalcoholic se le subió el trabajo, es todo. Uno o dos días en casa le harán bien y luego, todo como siempre.

La secretaria de Carlos sonrió como demostrando que no creía en las palabras de Bart, pero no estaba dispuesta a continuar con la conversación.

- ¡Voy a buscarlo! – hizo Bart una señal de despedida y luego se alejó por el corredor hasta llegar a la oficina de Gabriel, y cuando se disponía a tocar a la puerta ésta se abrió dejando ver a Carlos de frente.

- ¡Espero que todo salga bien con tu familia! Quizás deberías pensar en traer a tus padres para que conozcan donde trabajas… - se escuchó la voz de Gabriel desde el interior.

- Lo tomaré en cuenta – Carlos alzó la mano y sin voltear a ver a Gabriel empujó a Bart en dirección del corredor, cerrando la puerta detrás de él. – Vamos, es hora de irnos…

- ¿Irnos? Tengo trabajo que hacer…

- No por ahora. Te pedí unos días de vacaciones…

- ¿Unos días? – Bart se detuvo de golpe.

- ¡Te necesito! – Carlos tomó del brazo a Bart y le obligó a seguir caminando, mientras bajaba la voz tratando de evitar que los demás en la oficina escucharan la conversación. - Necesito que me encuentres un esposa – susurró al oído de Bart.

- ¡Ya tengo a tu esposa!

El ruido de la oficina se hizo un silencio sepulcral.

El mismo Carlos se detuvo de golpe y observó a Bart impresionado. Luego se dio cuenta de que todos les miraban. Meneó la cabeza – que gracioso chiste – le tomó del brazo una vez más y le

condujo sin decir una sola palabra hasta la puerta de la compañía. -
¿Qué quisiste decir con que ya tienes a mi esposa?

- Eso, ya encontré a la chica que se hará pasar por tu esposa....

- Dijiste que una chica así era difícil de encontrar.

- Sé lo que dije, pero una amiga mía conoce a una chica que se
parece mucho y ¿adivina qué?

- Quiere dinero…

- ¡No! ¿Por qué todo el mundo piensa en dinero en estos días?
– Bart meneó la cabeza molesto.

- ¿Entonces lo hará gratis?

- Tampoco dije eso.

- Bien, de que se trata…

- Ella necesita un favor también.

- ¿De qué se trata?

- Te lo digo en el carro, pero antes tienes que responderme algo
– Bart apuntó con el dedo al rostro de Carlos.

- Adelante, amigo. ¿Qué quieres saber?

- ¿Cuántos días de vacaciones me pediste?

- Toda esta semana – respondió Carlos con una sonrisa en la
boca.

- ¡Una semana! – Bart sacudió fuertemente la pierna como
queriendo golpear el piso.

- Te necesito de tiempo completo conmigo…

- ¡Carlos, esos días los quería para irme a la playa!

- Te lo compensaré, te lo prometo. Pero, vámonos que hay
mucho que hacer – Carlos se apresuró en dirección de su carro.

- ¡Amigo! – Bart le siguió haciendo rabietas.

- ¿Pudiste hablar con él? – la voz de Alejandra sonó
preocupada. Tomó su bolsa y se dispuso a salir

- No con el novio, pero sí con su amigo… Mi amigo…

- ¿Y?

- Cambio de planes para tu comida del día de hoy. Te esperan
en El Ángel, allí se van a presentar y van a hacer los planes para sus
distintos eventos…

- ¿Y tú que harás? – preguntó Alejandra.

- Voy a casa…

- ¡Ahhhh, nooooo, amiga! Tú también tienes un cambio de planes. Vienes conmigo y me presentas a tu amigo… Y al amigo de tu amigo…

- Tu novio… Tu esposo

- ¡Que graciosa! - Alejandra tomó del brazo a Mayra.

- No tienes que empujar, de hecho esperaba que me pidieras que te acompañara, ya avisé a mi casa, así es que puedo acompañarte. No pienso perderme esto por nada.

- Parece que lo disfrutas…

Mayra asintió.

- ¡Te odio!

Las dos salieron de la oficina.

- ¿Por qué no me dijiste antes que habías acordado que nos veríamos para comer? – Carlos dio vuelta con velocidad al momento que entraba a la avenida Venustiano Carranza.

- Porque si te hubiera dicho antes me hubieras obligado que hablara para cancelar… - Bart sonrió satisfecho de que conocía muy bien a su amigo.

- ¡Pero es que hay tanto que hacer!

- ¿Qué puede ser más importante que conocer a tu futura esposa…? - Bart hizo una pausa y se quedó mirando sus manos. – Quise decir, a tu esposa actual…

- Sé lo que quisiste decir – con un movimiento brusco estacionó su carro pegado a la banqueta, frente al restaurante "El Ángel". – Pero, ¿no podía ser en su casa, o en mi casa, en una reunión de cinco minutos…?

Afuera del auto un muchacho se acercó para abrir la puerta.

- Carlos, ¿crees que con cinco minutos de plática va ha ser suficiente? Tus papás no serán personas muy letradas, pero no son tontos, se darán cuenta de que no se conocen… Además te estoy haciendo un favor, en algún lado íbamos a comer, bueno, ahora hacemos las dos cosas al mismo tiempo. La conoces y comemos.

Carlos meneó la cabeza de forma negativa, pero demostrando que sabía que Bart tenía razón; sólo que el tiempo corría tan rápido y aún faltaban tantas cosas.

El muchacho entregó un boleto a Carlos, se introdujo en él y se marchó, y Carlos pareció no darse cuenta de ello.

- ¡Estoy nerviosa! – Alejandra estacionó su carro frente al restaurante.
- No deberías. Es tan sólo por hoy… Mañana ya habrá pasado todo y nos reiremos juntas de todo esto… - Mayra trató de calmarla.
- No sé porque, pero tengo la impresión de que el día de mañana me voy a arrepentir de todo esto… - abrió la puerta, se bajó del carro, tomó el boleto de la mano del muchacho que la esperaba y esperó a que este arrancara con su auto para caminar a un lado de Mayra en dirección de la entrada al restaurante.

Mayra sonrió, no podía creer como su amiga, su jefe, una alta ejecutiva, era capaz de ponerse tan nerviosa ante la proximidad de un hombre, o de hecho de toda la situación que rodeaba aquel primer encuentro. - ¡Tranquila! – le dio un pequeño masaje en los hombros con sus manos y luego caminó junto a ella.

- ¿Y cómo es tu amigo? – preguntó Alejandra como si esperara que la descripción que le iba a dar Mayra no coincidiera con ninguna persona en el interior.
- Bueno, pues… ¡Allá está! – Mayra extendió la mano hacia Bart, que estaba al fondo del restaurante con Carlos. – Y no se ve tan mal su amigo…
- No, no se ve tan mal – respondió Alejandra después de echar una mirada a Carlos, y ya hecha al ánimo de que no había marcha atrás al asunto.

- ¡Allí vienen! –exclamó Bart alzando la mano para saludar a Mayra.

Carlos alzó la cabeza y de momento se quedó sin habla. Realmente la señorita que se acercaba se parecía mucho a la foto de su supuesta esposa. Se puso de pie y se tambaleó un poco por la impresión.

- ¿Como estas Mayrita? – se adelantó Bart a saludar a Mayra de beso. – Te presento a Carlos, mi amigo – extendió la mano en dirección de Carlos, - y ellas son Mayra y…
- ¡Samanta! – interrumpió Carlos.

Todos se quedaron mudos por la interrupción.

- Quise decir que el nombre de mi esposa es Samanta – Carlos explicó.

- Me llamo Alejandra – Alejandra sonrió entendiendo lo que Carlos había explicado y extendió la mano hacia Carlos.

- Lo siento, estoy tan presionado que ya no sé ni lo que digo… - Carlos se disculpó, tomando control de la situación dio vuelta a la mesa y como todo un caballero retiró la silla para que Alejandra se sentara.

Mayra y Bart se observaron, pero asintieron al ver que las cosas podían funcionar. Bart siguió el ejemplo de Carlos y retiró la silla de Mayra. Una vez sentadas Mayra y Alejandra, Carlos y Bart tomaron su lugar.

- Bien, ¿quién va primero? – Alejandra tomó la palabra con la mirada fija en Carlos.

Carlos iba a iniciar la conversación cuando Bart le detuvo poniendo su mano izquierda sobre el antebrazo derecho de su amigo. – Según me indicó Mayra, tú tienes una cena esta noche y necesitas que Carlos te acompañe…

Alejandra asintió con la cabeza.

- ¿Esta noche? – la mirada de Carlos se tornó preocupada.

Un mesero se acercó a la mesa y entregó la carta a Alejandra y a Mayra. Todos habían guardado silencio. - ¿Gustan que les traiga algo de tomar? – preguntó llevándose la mano derecha a la bolsa izquierda de su camisa, tomando una pluma, mientras con la mano izquierda sacaba una pequeña libreta, listo para anotar.

- Creo que necesito algo fuerte – sonrió Alejandra.

- ¡Tráiganos dos palomas! – se adelantó Mayra a las palabras de Alejandra.

Ambas se vieron por un instante, pero Alejandra, devolviendo su mirada al mesero asintió con la cabeza.

- ¿Para ustedes, caballeros? – el mesero dirigió su mirada a Carlos y a Bart.

- A mi tráigame una cerveza – respondió Carlos.

- Corona, Lager, Modelo, XX, XXX, León, Bohemia, Sol…

- Bohemia oscura – respondió Carlos.

El mesero volteó a ver a Bart.

- Para mi una limonada… Creo que hoy necesito estar en mis cinco sentidos – Bart meneó la cabeza como si la tratase de sacudir de ideas que le invadían por todos lados.

El mesero terminó de anotar y se alejó de la mesa.

- Bueno, decías – Mayra trató de reanudar la conversación dirigiéndose hacia su amiga.

- Sí, hoy tengo una reunión con mis jefes, y es muy importante que me vean con… "un amigo"… - explicó Alejandra.

- Un amigo, es fácil – respiró con alivio Carlos.

Mayra tosió.

- Bueno, con alguien más que un amigo…

La mirada de Mayra se hizo penetrante ante la mirada de Alejandra.

- Un novio…

- ¿Y por que es necesario que sea un novio? – Bart interrumpió tratando de obligar a Alejandra a explicar lo relevante de la situación.

- Bueno, mi jefe está por tomar un puesto en el corporativo y anda buscando a su sucesor… - hizo una pausa porque el mesero se aproximó a la mesa a servir las bebidas. - Mi jefe tiene una loca idea de que para ocupar ciertos puestos uno debe estar equilibrado, y una mujer soltera no se ve bien… - continuó y después dio un trago grande a su bebida, como si con ese trago se pudiese dar valor para continuar. - ¡Son tonterías! Pero él así lo ve… y si no llevo a alguien ¿cómo…?

- ¿Cómo podrás obtener el puesto? – interrumpió Carlos, que por instantes pareció verse sumergido por completo en la conversación, como si hubiese olvidado su propio problema.

- Así es. Llevo mucha desventaja contra los otros gerentes y… – asintió Alejandra, demostrando un cierto agradecimiento por la ayuda para terminar la frase.

- No te preocupes, todo saldrá bien. Estaré allí si encontramos la manera de estar en dos lugares a la vez… - la voz de Carlos se mostró preocupada.

- ¿A qué te refieres? – Alejandra se preocupó al pensar que quizás el arreglo al que esperaban llegar no se daría.

- ¡No! ¡No! – Mayra extendió las manos al centro de la mesa tratando de atraer la atención de todos. – La cena es temprano, como a eso de las ocho de la noche, y según Bart me dijo tus padres llegan en la noche, alrededor de las diez. – Pueden ir a la cena y disculparse temprano para ir a recoger a tus padres… En caso de que tuvieran que regresar a la cena aún habría algo de tiempo y…

La mano izquierda de Alejandra que alzaba el dedo índice frente a ella interrumpió a Mayra.

- ¿Sucede algo? – cuestionó Mayra a Alejandra.

- ¿Voy a suplantar a la esposa de Carlos ante sus padres? – la voz preocupada de Alejandra pareció escucharse en todo el restaurante.

- Sí, pero – Carlos trató de explicar.

- ¡No, no es lo que crees! – Bart dejó escapar una pequeña carcajada. – Carlos no está casado, pero ha hecho saber a su padres de que lo está.

- ¡Ohhhh! Eso aclara todo – Alejandra pareció burlarse de la explicación de Bart y dio un gran trago a su bebida.

- ¡Uffff! – exclamó Carlos, - Pensé que sería más difícil explicarlo. Ahora lo único que falta que sepas es que tenemos tres hijos…

Alejandra escupió de golpe toda la bebida y empezó a toser como si la bebida se le hubiese ido a los pulmones en lugar de al estómago…

- ¡Tranquila! ¡Tranquila! – la voz de Mayra se escuchó tratando de relajar a su amiga… - ¡No me dijiste que había niños de por medio! – volteó retadoramente hacia su amigo Bart.

Bart se encogió de hombros.

- ¿Todo bien? – se acercó un mesero a ayudar y con un trapo húmedo comenzó a limpiar la mesa y se dispuso a cambiar el mantel.

Alejandra asintió con la cabeza, indicando que se le había ido por otro lado la bebida.

- Espera, los hijos no son importantes – Carlos trató de calmar la situación. – Lo único importante es que recuerdes sus nombres… Ellos no estarán presentes, diremos que están en un campamento, y no hay nada más que decir. El resto es pan comido.. – la mirada de Carlos no pudo ser mas cínica.

- El favor que te voy a hacer no se compara con el que tú vas a hacer por mi – Alejandra pareció recobrar el aliento.

- Quizás tengas razón, ¿pero como lo balanceamos?

- ¡Esperen! – Interrumpió Mayra, - Creo que estamos perdiendo el enfoque… Ya que sabemos lo que cada uno espera del otro, creo que deberíamos crear un historia que sea creíble para cada una de las situaciones…

- Yo pienso que entre más parecidas sean, más fácil será recordarlas – añadió Bart.

- Bien, ¿cuál es la idea? – interrumpió Alejandra dispuesta a escuchar la propuesta, no se sentía muy cómoda y necesitaba tiempo para relajarse antes de volverse a preocupar por lo que pasaría esa noche.

Alejandra, Carlos y Bart guardaron silencio para escuchar la propuesta de Mayra y según como lo explicaba tanto Alejandra como Carlos se empezaron a relajar, la actuación no sería tan complicada y pronto todo terminaría.

- ¿Y bien? No estuvo tan mal… - Bart sonrió satisfecho de la ayuda que había brindado a su amigo.

- No, no está nada mal. Creo que todo será bastante convincente; pero aún hay mucho trabajo por hacer y muy poco tiempo… - respondió Carlos con la mirada fija en el volante.

- ¿A qué te refieres? Creo que el resto será pura actuación… - Bart observó incrédulo a su amigo.

- Como se ve que aún estás soltero… - Carlos sonrió.

- Oye, no me vas a decir tú lo que es estar casado, por haberte inventado una familia…

- No lo digo yo, es la lógica. Si mis papás llegan a la casa y no hay una recámara para niños ¿crees que se tragarán lo de que tengo tres?

- ¿Vas a arreglar uno de los cuartos de tu departamento como si fuera de los niños?

- ¿Ves otra solución?

- No; pero… Si vas a hacer eso, no sólo requerirás la recámara sino fotografías y expedientes…

- ¡Un experto en Fotoshop! – Carlos sonrió y volteó ver a Bart.

Bart respiró profundamente y se sumió en el asiento. - ¿Y donde voy a conseguir fotos de tus hijos?

- No lo sé, eso es parte de tu trabajo… - apretó el acelerador y no se habló más del tema.

CAPITULO II

Carlos respiró profundamente antes de subir a su carro. Vestía un traje negro, una camisa blanca y una corbata azul marino. Se había bañado y había usado la mejor loción que tenía. *"Todo saldrá bien"* se dijo para sí mismo y en un abrir y cerrar de ojos repasó todo lo que debía estar listo. Había pagado a un servicio de decoración para arreglar lo más pronto posible una de las habitaciones de manera que pareciera la habitación de tres niños, había acomodado la ropa y los juguetes que había recibido de sus padres como regalos para sus hijos y había añadido unos cuantos más por su cuenta. Bart se había llevado la tarea de crear un álbum de fotografías y de preparar otras tantas para decorar la casa y para ello le había prestado una copia de sus llaves, lo cual le permitiría dejar todo listo para las diez de la noche, antes de que Carlos y Alejandra llegaran con sus padres. Todo estaba en orden. - ¡Oh, cielos! – exclamó al observar sus manos. Algo faltaba. Se llevó la mano hacia su teléfono celular y marcó un número. – Bart, soy yo… ¿Cómo vas? – se hizo una pausa. – Bueno, no te hablo para eso, es que estoy en problemas… Se me olvidaron los anillos… Sin ellos no sería convincente. Mis padres son a la antigua. Si no ven los anillos se imaginaran que algo no anda bien… Si no fueras hombre te diría que eres un amor – respiró tranquilo. – Voy en camino – colgó el teléfono y se subió a su carro.

- ¡No es buena idea! – exclamó Alejandra viéndose al espejo mientras se ponía un arete redondo en la oreja derecha. Se veía realmente hermosa. En un vestido azul cielo, bastante escotado, con una falda que le llegaba apenas arriba de las rodillas, pero que le permitía mostrar sus hermosas piernas.
- ¡Vamos! – se asomó Mayra al espejo. La observó y sin decir nada le quitó el arete con poca delicadeza, ante la mirada atónita de Alejandra, y se alejó al interior del cuarto en donde abrió un alhájelo y mientras buscaba algo prosiguió. – Imagínate que estás con José Luis, será cosa de niños… - levantó unos aretes dorados que parecían tener en su punta un diamante, y al instante la luz se descompuso en un halo de colores. - Estos estarán bien – se acercó a Alejandra y le colocó los aretes. - ¿Tienes algo que convine con ellos?

Alejandra negó con la cabeza.

- ¡Que lástima! –exclamó. – Si así estás preciosa, con una gargantilla estarías deslumbrante…

- Mayra… – Alejandra trató de llamar la atención de su amiga. – será mejor que me reporte enferma o algo así; no puedo hacerlo…

- ¡Tranquila! ¡Tranquila! – Mayra puso sus manos en los hombros de Alejandra. - ¿Qué son dos horas con tú jefe? Todo saldrá bien…

- ¿Y qué pasa con la obra de hacerme pasar por la esposa de alguien que ni conozco? – se dio la vuelta para observarse en el espejo. Realmente se veía bien; hacía tiempo que no se vestía de esa manera.

- La ventaja es que la esposa no existe. Nadie la conoce. Así es que no hay que representar a nadie en particular...

- ¡No existe! ¿Y qué hay de la foto de la supuesta esposa? – Alejandra frunció el seño.

- Te dije que la foto era de una joven de hace años, y tú te pareces mucho a ella… No notarán la diferencia – le dio una pequeña palmadota en la mejilla izquierda. – Despreocúpate… Sé tú, pero imagínate como serías casada…

- May… No sé lo que es estar casada y hace mucho tiempo que no sueño en esas cosas…

- Pues empieza a soñar, porque ya llegó tu esposo… - la vista de Mayra estaba en la ventana desde donde se podía ver a Carlos que se bajaba del carro y luego, quizás dudando un poco, con el mismo nerviosismo, se encaminaba hacia la puerta frontal. – ¡Se ve muy bien!

- ¡Amiga! ¿Qué no vez que me estoy muriendo de miedo? – la voz de Alejandra sonó desesperada cuando la interrumpió el timbre.

- Ya no hay marcha atrás – Mayra apuntó con el dedo hacia Alejandra y luego se dirigió a la puerta.

- Hola – saludó Carlos, - ¿ya está lista?

- Hola – respondió Mayra, - pasa. En un minuto estará contigo – extendió la mano hacia la sala.

Carlos caminó vacilante y de reojo vio alejarse a Mayra, mientras con su mirada recorrió aquella sala elegante y arreglada, de tela entretejida entre colores blanco y café, y en cuya mesa había algunas fotos en las que Carlos pudo reconocer a Alejandra con dos personas mayores, sin duda eran sus padres…

- ¡Estoy lista! – se escuchó la voz nerviosa de Alejandra.

Carlos volteó y levantando la mirada quedó por unos instantes paralizado.

- ¿Pasa algo? – Alejandra se preocupó.

- No, no es nada – Carlos tomó aire, - sólo que te ves...

Alejandra se incomodó.

- ¡Estás bellísima! – Carlos no pudo encontrar otra palabra para describirla.

Alejandra se sonrojó. Hacía tiempo que nadie le daba un cumplido como ese, aunque a decir verdad ella tenía tiempo de no arreglarse de esa manera.

- ¡Vamos que el tiempo apremia! – Mayra interrumpió el momento.

Carlos parpadeó rápidamente, y como si tuviera algún tick nervioso movió la cabeza de un lado a otro, como tratando de sacudirse la parálisis que le había creado la presencia de Alejandra. Luego se encaminó a la puerta en donde se detuvo para cederle el paso a Alejandra.

- Que les vaya muy bien – la voz de Mayra detuvo a Carlos que ya caminaba a abrirle la puerta a Alejandra.

- Por cierto, lo olvidaba... - Carlos levantó la mirada hacia Mayra, - ¿conseguiste las fotos de tu amiga, para Bart?

- No te preocupes, en cuanto se vayan se les estaré enviando...

Carlos asintió con la cabeza y con un gesto de agradecimiento se volvió hacia su carro.

- Se llama Alejandra – susurró Mayra.

Carlos hizo una pausa para escuchar, hizo un leve movimiento de asentimiento, y luego continuó su camino hacia el carro. Abrió la puerta para que entrara Alejandra y después de extender la mano para decir adiós, se subió a su carro.

Después de cómo cinco minutos de camino sin dirigirse la palabra, y de que Carlos no dejara de voltear a ver a Alejandra, que con los ojos cerrados parecía no pensar en otra cosa que en rezar para que todo saliera bien, éste rompió el silencio – ¡Todo saldrá bien!

- Lo sé – respondió Alejandra sin abrir los ojos y con una sonrisa nerviosa.

- Entonces, ¿por qué no te relajas?

- No lo sé, es lo que trato de decirme – Alejandra abrió los ojos y observó a Carlos como esperando que éste le dijera algo para ayudarla a salir de semejante estrés.

- Nunca pensé que tendría una novia y esposa tan bonita – Carlos entendió la necesidad de Alejandra de relajarse con una sonrisa...

- Yo tampoco – respondió Alejandra.

- ¿Tienes una novia y esposa muy bonita? – Carlos detuvo el carro a la entrada del hotel Westin.

Alejandra sonrió y con ello gran parte del estrés se fue.

Carlos le devolvió la sonrisa y también se relajó.

Ambos sintieron que empezaban a entenderse y que podrían salir adelante. Tan sólo eran unas horas y el show estaba a punto de comenzar.

Un muchacho se acercó y abrió la puerta del lado de Alejandra quien se dispuso a salir con la ayuda del joven.

- Alejandra – la voz de Carlos hizo que ella se detuviera.

Carlos se llevó la mano a la bolsa del saco y de allí extrajo dos anillos.

Alejandra extendió la mano izquierda y esperó a que Carlos le pusiera el anillo, una vez afuera se detuvo y lo observó por algunos instantes. Era un anillo precioso. - ¿Dónde lo conseguiste? – levantó la mirada hacia Carlos una vez que lo sintió a su lado.

- Bart – respondió Carlos y extendiendo su codo hacia ella, la invitó a que se sujetara de él.

Alejandra se sintió en un cuento de hadas. Todo aquello parecía tan mágico que no podía pensar que estaba simplemente actuando. Se sintió cómoda y caminó observando a Carlos que se veía muy seguro de sí mismo.

- Su nombre, por favor...

La voz del jefe de meseros que estaba a la entrada del salón hizo que Alejandra se distrajera de sus pensamientos.

Carlos se detuvo y volteó a verla.

- Alejandra Durán Moreno...

El hombre revisó su lista, palomeó a un lado del nombre de Alejandra y luego le hizo una seña a uno de los meseros para que los acompañaran hasta su mesa.

Alejandra y Carlos caminaron por el salón siguiendo al mesero, su seguridad comenzó a desaparecer y ambos se veían un tanto nerviosos; sus pasos eran vacilantes y temerosos, quizás presintiendo que pronto tendrían su primera prueba de fuego.

- Mi jefe – susurró Alejandra a Carlos al momento que se acercaban a la mesa y el mozo los llevaba junto a la pareja en la cabecera de la mesa.

Salvador Martínez era un hombre cercano a los cincuenta años, mostrando algo de calvicie. Vestía elegantemente un traje de marca y una corbata con un broche en oro. En su mano derecha empuñaba un carísimo anillo de plata de la compañía por sus ya 25 años de trabajo, y en su muñeca brillaba un Rolex de oro. Platicaba tranquilamente con su esposa, una mujer apenas un poco menor a él, ligeramente baja de estatura, en comparación con su esposo, y un poco pasada de peso, pero de aspecto muy agradable.

Alejandra apresuró su paso y se adelantó a Carlos tomándolo de la mano.

- ¡Alex! – saludó Salvador al instante que se daba cuenta de la llegada de la pareja, y como resorte se puso de pie.

- Licenciado – respondió Alejandra y extendió su mano derecha hacia su jefe, mientras con la mano izquierda seguía sujetando la mano de Carlos. – Señora – bajó la mirada y saludó a la esposa. – Les presento a mi novio… - dio un paso hacia un lado de manera que Carlos quedara de frente a Salvador y a su esposa.

- Carlos Martínez – se presentó Carlos al momento que soltaba la mano de Alejandra para saludar a la esposa de Salvador.

- Carla Soriano – respondió la señora.

- Mucho gusto, señora – luego Carlos extendió su mano hacia Salvador.

- Es un placer, Carlos. Yo soy Salvador Martínez.. - Salvador observó a Carlos por unos instantes e hizo un gesto de asentimiento para luego volver la mirada hacia Alejandra. – Hoy en especial te ves muy bien –

- Te queda precioso ese vestido – agregó la esposa de Salvador.

Alejandra se sonrojó y con un gesto agradeció los cumplidos.

- Pero siéntense…

Carlos dudó un instante pero luego se acordó de sus modales, y tan pronto como pudo reponerse de su parálisis nerviosa le extendió la silla a Alejandra para que ella se sentara.

El lugar de Alejandra era junto a la esposa de Salvador, eso hacía algo de distancia entre Salvador y Carlos, lo que para Carlos fue un alivio, ya que no quería estar muy cerca por si su nerviosismo se volvía más visible.

- Llegaron muy puntuales, me gusta la puntualidad… Estoy convencido que si como mexicanos impusiéramos esta virtud estaríamos en otro nivel. Ve… - extendió la mano hacia la mesa vacía. – Deberían haber cuatro parejas más, y bueno…

- Estoy de acuerdo con usted – agregó Carlos tratando de participar un poco en la conversación, buscando romper el hielo y reducir su grado de tensión; – pero por lo que sé algunos son matrimonios y quizás hayan tardado en acostar a sus niños, o…

- Quizás tengas razón; pero esta cena estaba avisada desde hace más de una semana y creo que todos debían haberse preparado para ella. Siempre hay pretextos… – Salvador bajó la mirada un tanto molesto.

Carlos observó a Alejandra con una mirada de duda.

Alejandra hizo un gesto indicando que no se acordaba haber visto el mensaje hasta ese día en la mañana.

- Dime Carlos, ¿cuánto tiempo llevan de novios? – interrumpió la señora Carla viendo la incomodidad de Alejandra y de Carlos.

Alejandra y Carlos se miraron a los ojos seguro de ellos mismos; esa pregunta estaba considerada en su papel así que no se iban a poner nerviosos al contestar.

- Dos… - dijo Alejandra tomando la palabra.

Carlos levantó la vista como contando, con la idea de darle un mayor realismo a la respuesta.

- Dos meses, amor – aseguró Alejandra.

- ¡Es cierto! Ya cumplimos dos meses… ¡Como se va el tiempo!

- Ya se me hacía raro – apuntó Salvador. – Yo recuerdo haberte visto con otra persona… Jesús, Gerardo…

- José Luis – interrumpió Alejandra, satisfecha de lo bien que conocía a su jefe.

- ¡José Luis! – exclamó Salvador con una sonrisa. – ¿Qué pasó con él?

Alejandra suspiró profundamente, aparentando sufrir con el solo recordar aquella relación. Tomó aire y se dispuso a responder...

- Mi amor, tú siempre indagando la vida de las personas – la señora Carla sintió que iba en ayuda de Alejandra. – Hay cosas personales en las que no debemos meternos...

Alejandra agradeció a la señora Carla con un gesto.

- Tienes razón, aunque me gusta saber el estado emocional en el que se encuentran mis empleados – Salvador miró fijamente a Alejandra, como si pudiera leer en ella que había algo oculto.

- Simplemente José Luis no era para ella... - Carlos prosiguió según el plan aparentando entrar al rescate de Alejandra, era el momento de ganarse a aquella pareja y poner todo en orden para Alejandra. - Hacia tiempo que yo la buscaba pero ese hombre la tenía hechizada – miró a Alejandra y le sonrió.

Alejandra devolvió la sonrisa en forma de agradecimiento y le miró como si estuviese muy enamorada de él.

- Finalmente se dio cuenta de que ese tal José Luis sólo estaba jugando con ella...

Alejandra pareció fulminarlo con la mirada, ese comentario no estaba en lo planeado, y no le pareció correcto que se metiera con su ex, sin siquiera conocerlo.

- Y accedió a darme esta oportunidad para demostrarle mi amor – Carlos tomó la mano de Alejandra y la besó.

- La verdad es que ustedes hacen muy bonita pareja – el gesto había impresionado a la señora Carla.

- Gracias – respondieron Alejandra y Carlos casi a coro, se miraron uno al otro y se sonrieron.

- Buenas noches – una voz ronca distrajo a todos de la conversación. Arturo Jiménez había hecho su aparición con su esposa. Compañero de trabajo de Alejandra y otro de los posibles candidatos al puesto. De tez morena, cara afilada y barba espesa, alto y ligeramente pasado de peso.

Carlos se puso de pie.

- Arturo Jiménez – se presentó, - y mi esposa Julia…

- Carlos Martínez, novio de Alejandra – estrechó la mano de Carlos y luego hizo lo propio con la esposa.

- Ale… No sabíamos que tenías un novio tan guapo – Julia susurró al oído de Alejandra al momento que se acercaba para saludarla de beso, pero mostrando cierta duda de que Carlos fuese realmente su novio, como si en cierta manera sospechara de una posible actuación. El puesto era importante y había que hacer lo que fuere para conseguirlo.

Alejandra sonrió tímidamente.

- Sentimos llegar tarde – Arturo saludo de mano a su jefe, - pero la niñera no llegaba y tuvimos que llevar a los niños con la mamá de Julia. Después de saludar a la señora Carla, dio la vuelta a la mesa y se sentó junto a Salvador; a un lado de él se sentó su esposa Julia.

- Ellos llegaron a tiempo – el Licenciado Salvador extendió la mano en dirección de Alejandra y de Carlos.

- Bueno, sí. Pero ellos no tienen hijos…

- Mmmm… - tragó saliva Alejandra. – De hecho mi novio es viudo y tiene tres hijos…

La declaración de Alejandra hizo que todos se quedaran mirando a Carlos quien se sintió sumamente incómodo. Como habían empezado las cosas pensó que jamás tendrían que tocar ese tema; pero ahora, Alejandra se había sentido en desventaja ante la excusa de Arturo, que sin pensarlo había decidido poner más puntos a su favor.

- ¿Es verdad? – la señora Carla se entusiasmó.

- Jessica, Carlos y Samanta… - respondió Alejandra orgullosa.

Arturo estaba pasmado y sus oídos no podían creer lo que estaba escuchando. ¿Cómo podía estar Alejandra Duran Moreno, una de las mujeres más codiciadas de la compañía, saliendo con un viudo? ¿Y con tres hijos? Esto no podía ser verdad.

- ¡Estás muy joven! – exclamó Salvador, - Siento mucho lo de tu esposa…

- Está bien, ya fue hace algún tiempo y Ale me ha ayudado mucho últimamente – la voz de Carlos era un tanto melodramática y extendiendo su brazo sobre el hombro de ella, la jaló delicadamente hacia él y le depositó un beso en la sien.

- ¿Y qué edad tienen tus hijos? – continuó la señora Carla.

- Jessica doce... - volteó la mirada hacia Carlos como esperando una confirmación.

- ¡No, amor! ¡Siempre te equivocas! Samanta es la de doce...

- Cierto, aún no me acostumbro – se disculpó Alejandra con una sonrisa nerviosa.

- Carlitos tiene diez y Jessica seis...

- Me gustaría conocerlos – volteó la señora hacia su esposo.

- Quizás más adelante – dijo Salvador.

Carlos asintió con la cabeza un tanto preocupado y por debajo de la mesa tomó la mano izquierda de Alejandra y entrelazó los dedos.

- ¿Y ustedes? ¿Cuántos hijos tienen? – Carlos preguntó a Arturo con la intensión de cambiar la conversación.

- Bueno, un niño de dos años y una bebita de tres meses – respondió Arturo.

- Ese niño es un diablillo – exclamó la señora Carla, recordando alguna reunión anterior en donde había tenido la oportunidad de conocerlo.

Julia y Arturo sonrieron.

- Perdón por la tardanza, pero ya estamos aquí – saludó Lizbeth Morales acompañada de su esposo Jesús Zaragoza.

Detrás de ellos aparecieron Rosa Segura y su novio Víctor Araiza, y unos minutos más tarde Felipe Castañeda y su prometida Sofía Miramontes.

Conforme se iban juntando el resto de los invitados, la conversación dejó de personalizarse tanto y los temas se volvieron más generales. Carlos y Alejandra pudieron relajarse un poco, y quizás, sin darse cuenta, empezaron a actuar más como ellos mismos, dejando de lado los abrazos y los gestos de cariño que se habían manifestado al principio para mostrar lo unidos que eran.

Faltando veinticinco minutos para las diez Alejandra entró al baño preparándose para tomar aire y alistarse para cumplir con su parte del trato. Todo había salido a pedir de boca. Fuera de haber mencionado la existencia de los hijos de Carlos, todo había llevado el rumbo planeado. Por algunos momentos Julia y Lizbeth habían tratado de indagar más sobre la familia de Carlos, pero ella, astutamente, había podido evadir las respuestas. Por otro lado, Carlos se había comportado como todo un caballero, y su jefe Salvador había quedado impresionado con él, de hecho era con él con quien pasaba conservando la mayor parte del tiempo alejándose de las conversaciones del resto de sus compañeros y parejas. De pronto se puso tensa, recordó que era hora de seguir la farsa pero esta vez con la familia de Carlos. Respiró profundo, y después de verse instantes en el espejo cerró los ojos.

- Que guardado te lo tenías...

La voz de Lizbeth Morales hizo que Alejandra abriera los ojos y volteara hacia la puerta dejando escapar el aire de la impresión.

- No sé de donde lo sacaste, pero yo no me trago eso de que tiene tres hijos... - caminó hacia uno de los excusados y cerró la puerta detrás de ella.

Alejandra tomó aire, guardó por unos instantes la respiración y pensó... No se había tragado lo de los hijos, pero sí de que era su novio, que finalmente era lo que le importaba.

- ¡Va a ser una lucha a muerte! – gritó Lizbeth.

"Será lo que tenga que ser", pensó Alejandra – como tú digas – respondió al momento que abandonaba el baño. Finalmente ya era hora de partir y no sería necesario dar más explicaciones por el momento. Caminó hacia la mesa y al pasar por detrás de Carlos que continuaba hablando con Salvador, le susurró algo al oído.

Carlos observó su reloj y entonces hizo cara de preocupación, interrumpiendo inmediatamente su plática.

- ¿Sucede algo? – preguntó Salvador.

- Bueno, los papás de Carlos llegan a la Central de Autobuses a las 10:00 de las noche, y no hemos podido comunicarnos con ellos... - explicó Alejandra manteniéndose de pie detrás de Carlos.

El silencio se había hecho sepulcral de manera que todos los presentes habían escuchado.

- Quizás deba mandar un taxi por ellos... - Carlos levantó su celular haciendo el gesto de que estaba dispuesto a llamar y solicitar un taxi.

- ¡Oh, no, no! – exclamó Salvador. – Por favor vayan tranquilos...

En su interior, como sintonizados, Alejandra y Carlos sintieron sus corazones aliviados, el cierre de la obra teatral había sido todo un éxito.

- ¿Seguro que no hay ningún problema? – Carlos fingió incredulidad.

- Oh, no, para nada. Vayan tranquilos… - aseguró Salvador.

Alejandra palmeó el hombro derecho de Carlos y levantando la mirada Carlos hacia ella, ambos sonrieron.

- Bueno, fue todo un placer – Carlos extendió la mano hacia Salvador y se despidió de beso de la señora Carla. – Espero que nos volvamos a ver… - dijo amablemente.

- Claro que sí – dijo Salvador al momento de despedirse de Alejandra a quien le mantuvo la mano sujeta por unos instantes. – De hecho los espero este próximo domingo en mi casa del club Campestre para desayunar…

- ¡Comer y cenar! – exclamó la señora Carla.

- ¡Yo! – Carlos exclamó sorprendido, en voz baja, volteando a ver el rostro de Alejandra que se veía igual de incrédula que él.

- Por supuesto que no voy a aceptar un no – Salvador continuó.

Alejandra levantó la mirada y maneó la cabeza entendiendo que no podían faltar.

- Y están invitados los niños – agregó la señora Carla. - ¡Todos! – exclamó extendiendo la invitación a todos los que estaban en la mesa.

- Allí estaremos – respondió Carlos.

Salvador liberó la mano de Alejandra y ella caminó hacia Carlos. Se tomaron de la mano y mientras se despedían de los demás con gestos se encaminaron a la salida.

- ¡Carlos! – exclamó Salvador.

Carlos se detuvo de golpe y volteó hacia el jefe de Alejandra.

- Si tus papás siguen aquí, también están invitados…

- ¡Gracias! – respondió Carlos con un nudo en la garganta. – Hasta el domingo.

Salvador se sentó en su silla y no quitó la vista de la pareja que se alejaba. – ¿Viste como se hacían señas con la mirada? – susurró a su esposa.

- ¡Oh! Es el amor… Con tan poco tiempo de novios, seguro apenas se van conociendo. Es un nerviosismo normal… – respondió ella.

Lizbeth tampoco quitó la vista de Alejandra y de Carlos y también se percató de lo mismo, además de un exagerado nerviosismo por salir.

- ¿Qué vamos a hacer ahora? – preguntó Alejandra una vez que Carlos se sentó en su lugar de chofer.

- En realidad no necesitas seguir mintiendo – dijo Carlos y viendo el reloj arrancó a toda prisa.

- ¿A qué te refieres? – Alejandra se mostró incrédula y fijo su mirada en el rostro de Carlos que también volteó a verla, quizás sintiendo la mirada de ella fija en él.

- Tu jefe te tiene en excelente concepto y sabe que eres muy capaz – regresó su mirada al frente y puso su atención en el camino.

Alejandra se quedó pensativa.

- Yo pienso que no tendrás ningún problema aunque el domingo te presentes y les digas que tuvimos una diferencia y rompimos la relación – continuó Carlos al momento que viraba hacia la derecha.

- ¿En verdad crees eso?

- No lo creo, él me dijo. En un momento, cuando estabas en el baño, se levantó de su lugar para servirme más vino y al agacharse me dijo que tú tenías todo para ocupar su puesto…

Alejandra sonrió sintiéndose satisfecha.

- Luego me palmeó por la espalda y cuando levanté la mirada, muy disimuladamente se llevó la mano a la boca indicándome que guardara silencio – Carlos giró la cabeza para ver la expresión de Alejandra.

Ella le sonrió complacida y como por acto reflejo se acercó a la mejilla de Carlos y le plantó un beso - ¡Gracias!

- No hay de que… Ahora necesito que hagas tu parte.

Frente a ellos estaba la entrada a la central de autobuses.

Alejandra respiró profundo. - ¿Cómo se llaman tus padres?

- Mi mamá se llama María de Jesús y mi papá Carlos, ¿por qué?

- Para dirigirme a ellos – respondió Alejandra un poco más relajada.

- ¡Oh! Sólo diles mamá y papá.

- No creo que sea correcto.

- Bien, como tú gustes; pero si se te olvidan los nombres solo diles mamá y papá – Carlos estacionó el carro.

Alejandra y Carlos entraron por la puerta principal de la central. Mucha gente venía saliendo por el corredor principal de llegada, así que Carlos extendió su cuello tanto como pudo para ver si sus padres se veían, pero no pudo divisarlos. – Tú camina hacia allá – indicó la puerta de llegada, - yo voy a preguntar si ya llegó el autobús…

- Pero, ¿cómo voy a reconocerlos?

- Sólo busca a un par de personas mayores…

Alejandra asintió con la cabeza y caminó un tanto nerviosa en dirección de la puerta de llegada.

- ¿Samanta? – una voz un tanto temblorosa se escuchó a la espalda de Alejandra.

Alejandra hizo caso omiso y trató de enfocar su mirada hacia los andenes cuando alguien se le atravesó llamando su atención.

- ¿Samanta? ¿Sam? – la voz de la señora de unos sesenta años se volvió a escuchar.

Entonces Alejandra puso toda su atención en la mujer frente a ella y recordó que su nombre no era Alejandra sino Samanta. - ¿Si? ¿Doña… Mamá? – de pronto el nombre de la mamá de Carlos se borró de su mente y por más que ella trató de encontrarlo, todos los nombres que le venían a la cabeza, que no eran muchos, le parecieron incorrectos.

- ¿Doña, mamá?

- ¿Es usted la mamá de Carlos? – Alejandra dejó escapar una sonrisa nerviosa.

- Sí – la señora María de Jesús contestó con una sonrisa en los labios, y al instante la jaló hacia ella para besarla en la mejilla.

- ¿Y su esposo?

- Estaba tratando de llamar a nuestro hijo por el teléfono – con un gesto mostró al hombre mayor que estaba a unos cinco metros pegado a un teléfono público; y luego, alzando su mano, le llamó para que se acercara.

El hombre colgó el teléfono y cargando su equipaje sobre el hombro se encaminó hacia su esposa.

- Pero, ¿cómo me reconoció? – Alejandra expresó extrañada.

- Bueno, han pasado los años y ya no eres una jovencita, pero no eres muy distinta a la foto que Carlos nos mandó hace algún tiempo, cuando se iban a casar… - respondió la señora.

- ¿Samanta? – Don Carlos se acercó amablemente a donde estaban su esposa y Alejandra.

- Mucho gusto, Don Carlos – respondió Alejandra y mientras le daba la mano y se acercaba para besarle en la mejilla.

- ¡Finalmente! – expresó Don Carlos con alegría.

- Sí, finalmente… – respondió Alejandra abriendo los ojos lo más grandes posible, y dándose cuenta de que no había marcha atrás. La mano de Carlos le hizo voltear.

- ¡Papá! ¡Mamá! – Carlos abrazó a uno y a otro. - ¿Cómo…?

- Tu madre me reconoció – dijo Alejandra con una sonrisa de oreja a oreja.

Carlos parpadeó extrañado.

- Esta igualita a la foto, aunque quizás un poco más madurita… - dijo la señora dando unas pequeñas palmaditas a una de las mejillas de Alejandra, para luego abrazarse de ella. – Me da tanto gusto que finalmente hayamos podido venir…

- Me da gusto tenerlos aquí – respondió Carlos. Luego tomó la maleta de su madre que estaba en suelo. – Esto está muy pesado, parece que traes ropa para un par de semanas…

- ¿No le dijiste? – la señora María volteó a ver a su esposo.

Carlos y Alejandra se miraron a los ojos.

- Sólo tuve tiempo para decirle que veníamos, no pensé que fuera relevante indicarle que veníamos por diez días… - respondió Don Carlos.

Alejandra meneó la cabeza y Carlos sólo pudo levantar los hombros en señal de sorpresa.

- Esté bien, veremos lo de su estancia, no se preocupen – Carlos quería salir de aquel lugar lo más pronto posible. Necesitaba llevarlos a la casa y colocarlos en una habitación y pensar... ¡Sí, había mucho que pensar!

- Lo siento, hijo. Pensé que después de tantos años, no sería problema...

- No te preocupes, papá. Me da gusto de que hayan venido.

Los cuatro empezaron a caminar hacia la salida.

- ¿Y mis nietos? ¿Cómo están? – la señora María estaba dispuesta a recuperar todos los años perdidos y no cesaría en aprovechar hasta el último minuto para conocer hasta el mínimo detalle.

- Bien, mamá... Están bien – respondió Carlos sintiendo que las fuerzas de su cuerpo se le iban.

- ¡Me muero por conocerlos...!

Las sonrisas de Alejandra y de Carlos desaparecieron de golpe, el rostro de preocupación no podía ser peor, cada uno sumergido en sus propios pensamientos se preguntaban si no hubiese sido mejor haber dicho la verdad desde el primer momento. Cada quien solo con sus propios problemas; pero no, ahora estaban juntos, con sus problemas y con los problemas del otro.

- Ha estado con eso todo el camino – susurró Don Carlos al oído de su hijo.

La puerta de la casa se abrió y la señora María y Don Carlos fueron los primeros en entrar.

- ¡Que bonita casa! – exclamó la señora María. – Ahora sí, ¿dónde están mis nietos?

- Seño... Doña... Mamá – la voz de Alejandra tembló, una vez más había olvidado el nombre.

- Dime Jesusita, así nos dicen a las Marías de Jesús... - sonrió la señora y con sus manos hizo señas de que le dijeran a donde se debía dirigir para ver a sus nietos.

- Bueno, mamá. Verás.

- ¡Vamos hijo! ¿Qué pasa? – apuró don Carlos.

- Bueno, es que de haber sabido antes que venían, no los habríamos enviado a un campamento – entró Alejandra en ayuda de Carlos.

- ¡Verano! – exclamó doña Jesusita.

- Sí - continuó Alejandra. - Cada año van a uno…

- ¡Oh! Entonces pueden pedir que los regresen o ir por ellos. Un año que no vayan y que pasen unos días con sus abuelos, no les va a hacer daño; es más, quizás el próximo año quieran pasar sus vacaciones con nosotros – sugirió don Carlos.

- Papá, es muy prematuro. No sé si podré recogerlos en el campamento… Tú ya sabes como son los chicos de ahora, no les gustaría para nada que sus papás fueran por ellos cuando están con sus amigos… - Carlos trató de seguir con su plan de que no tendrían que involucrar a ningún niño. Él y Alejandra saldrían adelante con el plan, involucrar a más personas podía terminar en un caos, aunque a decir verdad, ya se encontraban en un caos.

- Yo pienso que no se sentirán mal por estar con sus abuelos… Por primera vez en sus vidas…

La mirada de don Carlos dejó sin habla a su hijo.

- Felicidades Sam, que bien arreglada tienes la casa – Don Carlos caminó hacia el interior observándola en todas direcciones.

- Gracias don Carlos, la verdad… - hizo Alejandra una pasusa viendo que no tenía nada de verdad lo que iba a decir. – Carlos y los niños me ayudan mucho. Alejandra tampoco había estado en la casa y le llamó la atención lo bien y limpia que estaba, para un hombre solitario; aunque también sabía que Bart había estado en ella y quizás Mayra su amiga también, y ellos habían ayudado un poco.

- ¡Que preciosa foto! – exclamó la señora María y se aproximó a la sala en donde había colgado al centro de la pared, un retrato de Alejandra vestida de novia y de Carlos en un elegante traje. Ambos estaban en un jardín, y detrás de ellos la histórica Caja del Agua.

Alejandra se aproximó al retrato y volteó a ver a Carlos que trataba de desviar su mirada para no tener que confrontar la de ella. Entonces ella se preguntó que tan lejos iría aquella mentira, y si valdría la pena todos esos gastos. Una foto de bodas, ¿qué más podía seguir?

- ¿Es este el álbum de su boda? – preguntó Don Carlos mientras con su mano apuntaba a un álbum en un librero.

- Sí, pero… - Carlos trató de distraer la mirada de su padre, pero él ya había sacado el álbum. – Cielo ¿ya viste como se ven Sam y nuestro hijo?

La señora María retiró su mirada del cuadro y se aproximó a su esposo, quien sostenía el álbum con la foto de Sam y de Carlos en la portada, vestidos de novios en un elegante hotel y con personas muy distinguidas.

Alejandra observó la foto y no le quedaba más que dar crédito al buen trabajo que había hecho Bart. La foto estaba trucada con Fotoshop, pero no podía ella misma distinguir los empalmes. Si ella hubiese estado dentro de aquel vestido no podría haberle quedado mejor.

Carlos empezó a sentir ansiedad. No sabía que hacer, ni siquiera sabía si había más fotos dentro del álbum. Se llevó la mano a la cabeza y con ella se peinó el cabello. Volteó a ver a Alejandra que se veía igual de preocupada.

- Hijo, estoy muy molesta contigo – dijo la señora María.
- Pero, ¿por qué, mamá? – Carlos se aproximó para ver que era lo que ella observaba.
- ¿No dijiste que no nos habías invitado a la boda, porque no tenías dinero?
- Sí, eso dije.
- Bueno, esta foto es de una fiesta muy elegante…
- Bueno, sí – se acercó Alejandra, - pero ese fue un regalo de un tío mío… Nosotros no hubiésemos, jamás, podido pagar algo así.

La señora María y don Carlos parecieron conformes con la explicación, y cuando se disponían a ver el interior del álbum, la señora se lo arrebató a su marido y lo puso en manos de su hijo… - ¡Este es el que quiero ver primero!

Carlos observó intrigado el álbum que tomaba su mamá en sus manos y que tenía por título "Álbum Familiar". El corazón de Carlos se aceleró, si al menos una foto en ese álbum, se veía trucada, todo se vendría abajo.

Doña María tomó de la mano a su esposo y se dirigió a la sala en donde ambos se sentaron. Doña María pegó un gritó que casi les dio un ataque cardiaco a Alejandra y a Carlos, para decir: - ¡Qué preciosa foto!

Alejandra corrió hacia el sofá y lo mismo hizo Carlos.

Una nueva maravilla del arte de la edición por computadora y de las habilidades de Bart. Alejandra y Carlos estaban sentados en el sofá acompañados de "sus tres hijos".

- ¡Debiste habernos enviado esta foto hace tiempo, hijo! – exclamó don Carlos, - la habríamos colgado en la sala, frente al sofá y sobre la televisión. Así los tendríamos a todos presentes, todo el tiempo.

- Pensaba hacerlo, papá. Quizás como un regalo por su visita… - Carlos se enderezó y echó un vistazo a Alejandra que le hizo una mueca de que no debía prometer eso; entonces él nerviosamente hojeó el álbum de su boda, sólo para darse cuenta de que estaba vacío. Tragó saliva, y le hizo señas a Alejandra que desde donde estaba había podido observar lo mismo. Se lo pasó y le indicó que lo ocultara en el cajón del escritorio que estaba a su espalda, haciendo uso únicamente de sus manos.

Alejandra lo tomó y cuidando no ser descubierta, caminó con descuido hacia el escritorio.

La señora Jesusita continuó dando vuelta a las hojas del álbum, y de no saber Carlos que las fotos eran trucadas, él mismo creería que tenía una familia. Las fotos de sus hijos, primero de bebés y luego cada vez más mayorcitos. En ocasiones con Alejandra y en ocasiones con él.

- Papá, mamá… creo que deben estar muy cansados del viaje. Quizás deberían ir a dormir y mañana… - Carlos se preocupaba que con cada vuelta pronto encontrarían un error, o quizás que de pronto las fotos se terminaran.

- Tonterías, hijo – respondió don Carlos. – Tanto tiempo sin verte y ya nos quieres mandar a descansar…

- Deberíamos celebrar – dijo doña María.

Las miradas entre Alejandra y Carlos no paraban.

- Bueno, ¿qué se les antoja tomar? – preguntó Carlos resignado a que la noche iba a ser un poco larga.

- No, está bien – interrumpió don Carlos. – Creo que somos un poco desconsiderados, porque quizás tú y Sam tienen que trabajar…

- ¡Es verdad! – exclamó doña Jesusita. – De la emoción no pensé… Es mejor ir a dormir…

Finalmente Carlos y Alejandra respiraron con mayor tranquilidad. En cuanto dejaran a los padres en la habitación, Alejandra saldría directo para su casa, tomaría un baño con agua caliente y se tomaría media botella de tequila con la intención de no pensar más en aquella situación hasta el día siguiente; mientras que Carlos tendría que velar toda la noche deliberando si valdría la pena seguir con esa farsa o no.

- Vengan por aquí – indicó Carlos.

Doña Jesusita y don Carlos lo siguieron por el corredor.

- Ustedes se quedaran en mi… en nuestra habitación – explicó Carlos al momento que habría la habitación de su recámara y se podía ver una cama matrimonial en el interior.

- ¿Y ustedes donde se van a quedar? – preguntó don Carlos.

- En el cuarto de los niños – respondió Carlos sin vacilar, esto era poco de lo que tenía bien planeado.

- No, de ninguna manera – respondió doña Jesusita. – Tu papá y yo podemos quedarnos en el cuarto de los niños o en la sala.

- ¡Mamá! – repeló Carlos.

- ¡Vamos a ver el cuarto de los niños! – dijo don Carlos.

Carlos extendió la mano en dirección de la habitación y sus padres se adelantaron.

- ¿Tienes cama matrimonial? – susurró Alejandra al oído de Carlos.

- ¿Qué tiene de malo? Siempre pensé que encontraría a alguien y se me ocurrió irme preparando… - contestó al oído de Alejandra, y luego se adelantó a la habitación de los niños, con la esperanza de que el trabajo de remodelación hubiese quedado terminado.

La habitación estaba lista, una cama sencilla, con colcha entre blanco y rosa, y una litera con otra colcha similar en la parte de abajo y una azul y blanco en la parte de arriba, claramente indicaban quien ocupaba cada una de las camas. Y sobre las camas había algunos peluches.

- ¿Qué edad tiene Sam? – preguntó doña Jesusita.

- Di… - iba a decir Alejandra cuando Carlos la interrumpió.

- Doce, mamá…

- ¿No debería tener ya su propia habitación? – insinuó don Carlos.

- Estamos trabajando en eso, pero tengo… Tenemos que desocupar la habitación contigua que está llena de tiliches – respondió Carlos.

El cuarto era amplio y bien cabían los tres niños. De lado de la cama individual, al fondo de la habitación, había un gran ropero de tres puertas, que iba desde el piso hasta el techo. En medio de las camas había un mueble con dos pequeños escritorios y enfrente de estos, junto a una ventana, estaba el tercero, un poco más amplio; pero la verdad es que no había mucho más espacio.

- Aquí podemos quedarnos por hoy, quizás mañana nos mudemos a la sala, si los niños están de vuelta – dijo don Carlos y se apresuró a salir de la habitación para acarrear su equipaje y el de su esposa; pero Carlos se acomidió rápidamente para ayudarle.

Alejandra estaba desesperada por salir de aquella casa, cada instante, cada minuto más que pasaba en ella, le oprimía y le aumentaba la arritmia que había empezado por crearle migraña; así que al ver que los padres de Carlos se acomodaban en la habitación de los niños, se preparó ella misma para salir. Ya pasaba la media noche y tenía que llegar a su casa, dormirse y despertar al día siguiente confiando en que todo había sido un mal sueño. Caminó hacia la sala y se dispuso abandonar la casa cuando don Carlos se acercó con un libro en las manos.

- ¿Vas a salir Sam? – preguntó.

- No, sólo iba a cerrar la puerta con llave – respondió Alejandra y comenzó a buscar en su bolso.

- Yo traigo las llaves – apareció Carlos sacándolas de su bolsa del pantalón. Se acercó a la puerta y puso el cerrojo de seguridad.

- ¿Qué haces? – susurró ella evitando que don Carlos la viera.

- ¿Sigues leyendo un rato por las noches? – preguntó Carlos a su padre mientras con su mano izquierda tomaba la mano derecha de Alejandra.

- Así es. Entre más grande, duermes menos; y el libro es un buen somnífero para mi… - se sentó en el sillón junto a una mesita que tenía una lámpara y la encendió; - pero ustedes vayan a dormir.

- Buenas noches papá – Carlos jaló a Alejandra hacia la habitación, y ella se resistió un poco pensando en que entre más lejos de la puerta, más difícil sería su salida.

- Buenas noches, hijo. Buenas noches Sam... . – el papá de Carlos se puso los lentes para leer y se dispuso a iniciar su lectura.

- Buenas noches don Carlos, que descanse – sabiéndose perdida, Alejandra ya no opuso resistencia, y siguió voluntariamente a Carlos hasta la habitación.

- ¡Esto es una locura! – exclamó Alejandra arrojando su bolso sobre la cama. Luego giró para ver de frente a Carlos.

Carlos estaba paralizado, no tenía ni idea de lo que debía hacer.

- ¡No puedo quedarme aquí! – le susurró al oído suplicante.

- Tendrás que dormir aquí – Carlos caminó hacia uno de los roperos y de uno de los cajones superiores sacó una cobija.

- ¡Ohhhh! No... Ya hice mi parte... La idea era traerlos y hacerles creer que yo soy tu esposa... Bueno. Aquí están y están convencidos de que lo soy...

- ¿Y qué piensas hacer? – Carlos arrojó la cobija al suelo y extendió las manos hacia los lados esperando una respuesta.

- ¿Qué te parece si armamos una escenita? ¿Te grito, me gritas, y digo que voy a casa de mis papás? Esto es muy común en las familias de ahora, ¿o no? – Alejandra pareció decidida a hacer un escándalo con tal de salir.

- ¿Y por qué no se me ocurrió hacer eso en el restaurante? – Carlos dijo molesto.

- Porque una escena de estas en el restaurante habría hecho pensar a mi jefe que nuestra relación no es estable, y todo se habría ido por la borda – Alejandra trató de contenerse para no elevar la voz.

- Si te vas con una escena, mis padres se irán muy contrariados y no puedo permitir eso – Carlos caminó hacia la puerta y se interpuso entre ésta y Alejandra.

- Necesito trabajar mañana... Tengo que ir a descansar – Alejandra extendió las manos frente a Carlos, mostrando su desesperación.

- Quédate aquí. Tú sales mañana temprano a tu casa y de allí te vas a tu trabajo. En el transcurso de la mañana te hablo y te digo que vamos a hacer...

- ¿Y si tu padre sigue en la sala?

- No lo hará, se va a despertar en la madrugada y se irá al cuarto con mamá…

- No me voy a quedar a dormir contigo, en el mismo cuarto. Apenas y tenemos una horas de conocernos…

- Lo sé. ¿Tú crees que yo quiero quedarme a dormir contigo? – por unos instantes observó a Alejandra.

Alejandra hizo una mueca como si se hubiese ofendido por las palabras de Carlos.

- Bueno, no me mal interpretes. Tú eres muy bonita, pero yo soy un caballero y…

- Un hombre soltero durmiendo en una cama matrimonial – Alejandra extendió su mano sobre la cama. – ¿Quién sabe cuantas…?

- ¡No! ¡No! ¡No! Mejor no digas nada. Si quieres que duerma en el baño, lo haré. Soy un hombre de principios. Mis padres me enseñaron a respetar y yo no haría nada para ofenderte…

- ¿Quieres decir que tú nunca…?

- ¡No!

Alejandra observó a Carlos y pudo darse cuenta de que decía la verdad, se mordió los labios y movió la cabeza en forma afirmativa. – De acuerdo… Voy a quedarme, pero necesito algo que ponerme… y unas sábanas nuevas.

- Las sábanas están aquí – Carlos abrió un cajón del ropero y mostró las sábanas limpias y bien planchadas. – De allí puedes tomar alguna pijama o lo que gustes – estiró la mano y señaló otro cajón al lado opuesto del ropero. Luego se dirigió a la cama y de debajo de las almohadas sacó una pijama. – Me voy a cambiar al baño. Avísame cuando te hayas acomodado – se introdujo en el baño y cerró la puerta detrás de él.

Alejandra dudó pero finalmente, con manos temblorosas, decidió abrir el cajón. Su sorpresa fue grande al ver un camisón de mujer en él. - ¿Tienes un camisón? – y al sacarlo del cajón vio una nota que reconoció inmediatamente y que decía: "por si lo necesitas, Mayra".

- ¿Qué? – se escuchó la voz de sorpresa de Carlos quien estuvo a punto de salir del baño sin importar que estaba en paños menores.

- ¡Olvídalo! – exclamó Alejandra. - Amiga – susurró cuidando que Carlos no se diera cuenta, y dejó escapar una risa picaresca. No era ella la única que podía anticiparse a los acontecimientos.

- ¿Puedo salir? – preguntó Carlos, pero no escuchó respuesta. - ¿Sam? ¿Digo Alex? – nuevamente continuó el silencio. Carlos abrió la puerta y vio a Alejandra sumida en un profundo sueño. Recostada del lado izquierdo de la cama, desde el punto de vista de Carlos, y cobijada hasta el cuello. Del lado derecho estaba una almohada y una cobija y la luz prendida del buró alumbrando ese lado. Caminó lentamente procurando no despertar a Alejandra y levantó la cobija. Entre su lugar y el lado de Alejandra había un montón de almohadas. Carlos sonrió y se recostó lentamente, luego hizo un leve movimiento para ver el rostro de Alejandra y confirmar que no la había despertado y se quedó observándola por unos instantes. Se veía muy hermosa y sentía el deseo de darle un beso, pero se contuvo. Dejó que su espalda descansara suavemente en la cama, y que su cabeza se acomodara en la almohada y observó al techo. Luego, levantando su mano izquierda puso atención en el anillo que llevaba puesto. *"Quizás no sería mala idea del todo seguir adelante"* pensó. Estiró su brazo izquierdo sobre el buró y apagó la luz, era hora de dormir.

CAPITULO III

Alejandra entró a su oficina en donde Mayra la esperaba con un café en la mano.

- ¡Hola! – saludó Mayra, - Te vez un poco cansada – extendió la mano y le pasó la tasa de café a su jefa y amiga.

- Ni te imaginas… - respondió Alejandra.

- Bueno, pero debió haber valido la pena – Mayra tomó asiento frente al escritorio de Alejandra y la miró con un rostro de complacida.

- ¿A qué te refieres? – Alejandra pareció despertar de golpe.

- El licenciado Salvador estuvo aquí hace unos minutos y me preguntó por ti…

- ¿Lo hizo? Pero aún no es… - volteó a ver su reloj.

- No, él sabe que llegó temprano; pero quería tener una breve conversación contigo antes de que llegaran los demás a trabajar…

- ¡Entonces…! – Alejandra se dispuso a salir de su oficina.

- ¡Espera! ¡Espera! No te precipites, ya se ocupó en su oficina con algunas personas. Me pidió que lo buscaras a las doce en su oficina – Mayra extendió las manos para detener a Alejandra y luego respiró profundamente y contuvo el aire, como provocando a Alejandra a imitarla para que se tranquilizara.

- ¿Estaba? ¿Se veía?...

- No te preocupes, creo que estaba bastante tranquilo. De hecho creo que lo dejaste impresionado…

- ¿Yo o Carlos?

- No lo sé, yo no estuve allí. Dímelo tú… Me muero por saber que pasó ayer.

Alejandra sonrió por unos momentos recordando como había estado la cena. Todo había salido según lo planeado, y de pronto tuvo que llevarse las manos al rostro. - ¡Oh, Dios!

- ¿Qué sucede? – Mayra se puso de pie y tomando las manos del rostro de Alejandra, delicadamente le obligó a que se descubriera.

- El licenciado quiere conocer a nuestros hijos – Alejandra levantó la mirada hacia Mayra que ya no pudo mover ni un dedo, paralizada de la impresión. - Nos invitó a pasar el domingo en su casa… A Carlos, a mí y a los niños…

Mayra tomó el café de Alejandra del escritorio y de un trago se lo tomó todo.

- Mayra, ¿estás bien? – Alejandra se puso de pie y caminó hacia Mayra que se había quedado recargada, con su cabeza en la pared, en un rincón.

- ¿Y qué piensas hacer?

- Eso no es problema. El problema es otro…

Mayra caminó y se sentó de nuevo en una de las sillas para visitas de la oficina de Alejandra.

- La familia de Carlos ha venido por poco menos de dos semanas y están decididos a conocer a los niños, y ese si es problema…

Mayra negó con la cabeza, - ¿y qué piensan hacer?

- No lo sé. Carlos iba a ver a Bart y quedó de hablarme para ver que es lo que podemos hacer… Sinceramente yo creo que lo mejor es que él le diga la verdad a sus padres y así asunto arreglado…

- Si todo parece tan sencillo, ¿por qué te llevaste las manos al rostro y estabas toda colorada? – Mayra se puso de pie y fue por más café a un costado de la puerta de la entrada a la oficina.

- Tuve que usar el camisón… - respondió Alejandra, una vez más poniéndose sonrojada.

- ¿Dormiste con él? – Mayra pareció olvidar el resto de la conversación.

- ¡Shhhh! Únicamente compartimos la cama – las manos de Alejandra se batieron en el aire pidiéndole que bajara la voz. – No hubo manera de que pudiera salir hasta hoy por la mañana…

- ¿Y cómo fue?

- May… No pasó nada… - yo dormí en un lado de la cama y él en el otro.

- Bueno, eso pasa con las parejas normalmente… ¿Pero antes de dormir?

- Mayra, no pasó nada. Yo quedé exhausta…

- Eso también es normal…

- No, no, no… Estas pensando cosas que no debes – Alejandra sintió que su cabeza daba vueltas.

- ¿Entonces porqué te sonrojas?

- Es solo un reflejo. Me da pena haberme acostado sola con un hombre…

- Entonces no estabas sola…

- ¡Grrrr! ¡Mayra! Eres imposible – Alejandra se dio la vuelta.

- Perdón, pero ya no hablemos de esa parte. ¿Dices que todo está arreglado con el licenciado?

- Sí, Carlos y yo acordamos tener una discusión y romper antes del domingo, así no tendremos que presentar a los niños en la reunión a la que únicamente asistiré yo. Según Carlos, el licenciado está tan impresionado conmigo, que nada hará cambiar su decisión de darme el puesto…

- Pareces muy segura – Mayra dio un nuevo trago al café.

- Creo que funcionará… - Alejandra se sentó en su silla y sonrió satisfecha.

- ¿Y qué hay con la familia de él? ¿Cómo van a resolver su problema? – sirvió otra taza de café y se la entregó a Alejandra.

- Eso le toca él resolverlo. Dejaré que él y su amigo Bart se preocupen por ello. Ahora a trabajar… - levantó el monitor de su lap-top y oprimió el botón de encendido, luego dio un sorbo a su café.

- Y bueno, platícame, ¿qué paso? – preguntó Bart mientras veía el rostro demacrado de Carlos.

Los dos amigos estaban sentados en la mesa del Restaurante La Parroquia, a unos metros del parque de Morales. Habían buscado el lugar más escondido y es que el rostro de Carlos lo decía todo. La preocupación no lo había dejado dormir hasta unos pocos minutos antes de que se hiciera de día.

- Alejandra durmió conmigo anoche – inició Carlos.

- Vamos hombre, ¿y por eso te ves así? Deberías estar contento, a tu edad ya te hacía falta una experiencia así…

- Bart, entre ella y yo no pasó nada…

- ¿Ni un besito, o un abracito?

- Bart, nada – el rostro de Carlos parecía fastidiado, no estaba para bromas, la preocupación era grande e iba en aumento.

- ¡Diablos! Le dije a Mayra que no era buena idea dejar el camisón…

- ¿El camisón? – Carlos abrió los ojos.

- Sí, bueno…

- ¡Olvídalo! No me importa. Lo que me preocupa es que mis papás se van a quedar hasta el sábado de la próxima semana y quieren conocer a nuestros hijos…

- ¿Nuestros hijos?

- Los hijos de Alejandra y míos… De Samanta y míos - corrigió.

- ¡Oh, Dios! – exclamó Bart.

- Así es, ¡oh, Dios! – Carlos forzó una sonrisa de complicidad.

En ese instante se acercó el mesero con un par de jugos y tazas de cafés. Colocó un par delante de Carlos y otro de Bart.

Carlos y Bart disimularon para que el mesero no se diera cuenta de lo que sucedía.

- No te preocupes – dijo Bart en voz baja.

- ¿Qué no me qué…? – Carlos estuvo a punto de estallar en su asiento; pero hizo un esfuerzo para bajar la voz y no llamar la atención de los demás clientes.

- ¿Acaso no estoy yo aquí para ayudarte? ¿Qué tal me quedó el cuadro en la pared? – Bart no dejó que Carlos reaccionara.

- Fue un buen trabajo – aceptó Carlos tratando de entender a donde iba Bart.

- Un buen trabajo, ¿qué tal el álbum de familia?

- ¡Excelente! No lo puedo negar, lo que me recuerda decirte que tuve que quitar el álbum de nuestra boda porque…

- ¿Lo vieron? – el rostro de Bart se mostró preocupado.

- No tuvieron tiempo, únicamente la foto de la portada…

- Debí imaginarlo – llevó la mano hacia un portafolios bajo sus pies y de allí sacó un álbum idéntico al que habían escondido Alejandra y Carlos. – No pude terminar todo ayer, y lo acabé esta mañana antes de que me hablaras… Fue un riesgo dejarlo así, pero supuse que querrían ver el de la familia primero.

- Estuvo cerca - Carlos observó el álbum y lo hojeó. Realmente Bart era un artista. No se veía truco en ellas. - ¿de donde las sacaste?

- Unos amigos míos…

- Bueno, esto resuelve el problema de que mis padres querrán ver el álbum; pero que hay de mis hijos…

- Primero necesito que me pongas al corriente de todo; y quiero decir desde la cena con el jefe de Alejandra...

El mesero se acercó e interrumpió por un instantes al colocar los desayunos. Unos huevos divorciados con frijoles y un poco de ensalada para Carlos y unos chilaquieles con pollo, en salsa verde para Bart.

- O.K. – exclamó Bart limpiándose la boca. – Hay puntos que tenemos que afinar y para ello necesito hablar con Mayra primero, pero nada está fuera de control. Las fotos de los niños son reales. Tengo una amiga que trabaja en un orfanato en Guadalajara. Tienen una página de Internet para la adopción de los niños y allí pude encontrar a los tres niños que aparecen en el álbum. Le pedí que me enviara unas fotos, porque había una pareja que estaba interesada en formar una familia... Técnicamente dije la verdad, aunque sólo fuera a medias... - Bart observó a Carlos que le miraba con atención. – Creo que sería factible que nos los prestara por algunos días con el fin de que los conozcan...

- Eso no suena nada mal – Carlos sonrió.

- Tú regresa a tú casa con tus padres. Diles que estás esperando una llamada del camping para ver si puedes pasar por los niños. En caso de que no haya problemas yo te confirmo y te doy santo y seña de cuando podemos ir por ellos y que necesitamos hacer... En caso de que no, yo te lo digo con esa llamada y buscaremos otra manera.

- Me parece razonable - Carlos asintió con la cabeza.

- Si todo sale bien, Alejandra y tú tendrán que seguir actuando por el tiempo que tus padres estén aquí; y si deciden ir con el jefe de Alejandra el domingo, los niños deberán estar dispuestos para ese día.

Carlos pudo finalmente terminar la última parte de su desayuno tranquilo.

- ¿Qué harías sin mi? – Bart dio un pequeño sorbo a su jugo y se reclinó en su asiento cruzando los brazos y con una gran sonrisa.

- Tienes toda la razón... ¿Qué haría sin ti? – Carlos dejó escapar una gran carcajada liberando toda la tensión contenida.

- Esto está muy raro – dijo la señora Jesusita al momento que se sentaba a un lado de su marido, en el sillón de la sala, junto a la televisión.

- ¿A qué te refieres? – don Carlos observó a su esposa a través de la parte superior de sus lentes.

- Los dos salieron muy temprano y no nos dijeron nada…

- Anoche dijeron que tenían que trabajar, y Carlos nos dejó una nota de que tomáramos lo que quisiéramos, que estábamos en nuestra casa, y que él trataría de regresar lo más pronto posible – respondió don Carlos.

- Pero es que actúa muy raro…

- ¿Cuándo ha actuado normal nuestro hijo? – don Carlos volteó la mirada hacía la televisión.

- Tienes razón… - respondió doña Jesusita después de meditar un poco. En ese momento sonó el teléfono y la señora se apresuró a contestar. - ¿Bueno…? Es la casa de la familia Martínez Gutiérrez, señorita… No hay cuidado – colgó el teléfono. Se puso de pie y justo caminaba de regreso a la habitación cuando éste volvió a sonar, por lo que se regresó a toda prisa. - ¿Bueno…? Sí él es mi hijo… No, no se encuentra en este momento, si gusta dejarle algún recado… Bueno, el dejó dicho que iba a su trabajo… Muy bien, de cualquier forma yo le paso su recado… No hay de que, hasta pronto – Colgó y volteó a ver a su esposo. – Sigo pensando que algo le pasa a nuestro hijo… Era la misma señorita que llamó hace un momento, buscaba a Carlos, de parte de su trabajo. Me pidió que le dijera que se comunicara… ¿Qué no dijo Carlos que iba para allá?

- Eso dijo – respondió don Carlos.

- ¿Y si le pasó algo? – la señora regresó junto a su esposo. – No nos dejó ningún teléfono a donde podemos buscarlo a él o a Sam…

- Tranquila, todo va a estar bien – don Carlos quiso continuar viendo el programa que estaba en la televisión.

En eso se escuchó el cerrojo de la puerta y Carlos apareció.

- Lo ves – don Carlos no perdió un segundo en mostrarle a su esposa que él tenía razón.

- ¡Ay, hijo! –exclamo doña Jesusita

- ¿Qué sucede, mamá? – cerró Carlos la puerta detrás de él.

- Estaba muy preocupada porque te hablaron del trabajo, que hoy no habías ido a trabajar y que necesitaban que te comunicaras con la señorita Karina…

- Muchas gracias mamá, yo le hablo ahora. Estas secretarias no te ven y creen que no fuiste… - caminó hacia su recámara ante la mirada atónita de su madre y la tranquilidad de su padre.

- Hijo, ¿no sabes donde quedó el álbum de tu boda? Lo estuvimos buscando esta mañana y no lo encontramos… - don Carlos alzó la voz para que Carlos le escuchara.

- El álbum está en el carro, se lo había quedado de mostrar a un amigo – se asomó desde su habitación. – Si quieres toma las llaves, las colgué junto a la puerta – luego desapareció detrás de la puerta

Don Carlos asintió.

- Tengo el presentimiento de que algo no anda bien…

- Tú y tus presentimientos. Hace años que me dices que no crees que se haya casado y velo, aquí está. Ya conociste a Sam y seguramente pronto veremos a nuestros nietos…

Doña Jesusita accedió a las explicaciones de su esposo; pero no por ello dejó de preocuparse.

- ¡Alex! – Mayra vio pasar a su jefa frente a ella. Llevaba una mirada de preocupación que parecía más de terror.

Alejandra le hizo una seña con la cabeza y con ésta le indicó que la siguiera al interior de la oficina.

- Necesito decirte algo – Mayra susurró hacia el interior mientras cerraba la puerta detrás de ella.

- Antes, tengo que decirte yo algo… ¿tenemos aspirinas? – se llevó las manos a la cabeza en señal de dolor.

Mayra se dirigió al mueble al otro lado de la oficina y de allí sacó unas aspirinas, luego se fue a donde estaba la cafetera y en una taza puso un poco de agua, de una jarrita de cristal que estaba a un lado de la cafetera. Entonces le extendió la mano a Alejandra con las aspirinas y le puso la taza con agua, en el escritorio.

- ¡Estoy en un gran aprieto!

- ¿Qué te dijo el licenciado?

- No fue lo que me dijo, sino como me lo dijo…

Mayra guardó silencio.

- Necesito a Carlos y a los niños para el domingo o estoy fuera del puesto. Salvador me dijo que su esposa ha preparado todo para presentarme como suplente ese día, y por lo mismo es imperativo que Carlos y mis hijos estén allí.

- ¡Lo lograste! – Mayra mostró su alegría.

- Estoy segura de que si no llevo a Carlos y a los niños, el puesto se lo dará a Lizbeth.

- No hay nada de que preocuparse – respondió Mayra sentándose en el escritorio frente a su jefa y amiga. En su rostro se dibujaba una gran sonrisa.

Alejandra observó a Mayra, incrédula.

- Tú y Carlos son tal para cual, deberían casarse...

- Si esto es una broma, es de muy mal gusto – pareció molestarse Alejandra.

- No es broma. Les falta fe a los dos. Bart estuvo con él en la mañana y estaba muerto en preocupaciones...

- No es para menos, sus padres quieren ver a los niños.

- Eso ya está resuelto; y tu problema también...

- No me gusta nada esto – Alejandra meneó la cabeza. – La última vez que escuché algo así, me metí en este lío del matrimonio y la familia...

- Bart tomó las fotos de un álbum de niños en un orfanato. Una trabajadora del orfanato es amiga de Bart...

- ¿Por qué no me sorprende? – Alejandra se llevó de nuevo las manos al rostro.

- Y su amiga ha conseguido que los niños pasen unos días con ustedes...

- ¿Bajo que nueva mentira?

- Ninguna. Bart les ha dicho que a ti y a Carlos les gustaría conocer a los niños y pasar un tiempo con ellos para ver si se llevan bien, y proceder con la adopción...

- ¿Y esta mujer se lo creyó?

- Es una buena amiga de Bart.

- ¡Dios! Si no me corren de mi trabajo, seguramente voy a terminar en la cárcel por mentirosa... - sus ojos observaron fijamente a Mayra que le miraba con seriedad, - O por corruptora de menores...

- No estás haciendo nada malo con los niños… A ellos se les explicará todo desde el principio y sabrán que únicamente estarán actuando… No te imaginas lo bueno que será para ellos salir de esa pobre casa…

- No trates de hacerme sentir bien, cuando sabemos que lo que estamos haciendo está mal…

- ¿Por qué? – Mayra dio la vuelta y caminó hacia la puerta. - ¿Quién sufre con todo esto? La empresa tiene a la jefa que se merece el puesto, tú te lo mereces. La familia de Carlos regresa a su casa pensando en lo bien que está su hijo, y hasta pudieron conocer a la esposa y a los nietos que por años habían deseado ver. Carlos se queda tranquilo y puede seguir su vida; y los niños conocen lo que es vivir en familia, por lo menos por unos días… Todos ganan, nadie pierde. ¿Por qué está mal?

Alejandra guardó silencio. Sabia que a nadie se trataba de dañar; pero el problema no era el qué, sino el como.

- Únicamente tienes que seguir fingiendo ser la adorable esposa y madre que eres por unos días y después… Se acabo – Mayra observó a Alejandra que parecía que caería desmayada en cualquier instante.

- ¿Qué sigue ahora? – Alejandra respondió totalmente desarmada y sin fuerzas.

- Regresar a comer con tu esposo y sus padres. Bart les llamará por teléfono y les dirá que los niños pueden regresar. Carlos tendrá que ir por los niños a Guadalajara y eso le tomará el resto del día de hoy. Regresará mañana a medio día y a jugar a la familia…

Alejandra asintió con la cabeza. *"Jugar a la familia"*, pensó. Tan fácil como eso, cuando tenía años que había dejado su casa para dedicarse a trabajar.

- Si me necesitas, estoy en mi lugar – Mayra hizo unas señas de despedida y salió de la oficina cerrándola detrás de ella.

Alejandra levantó su mano y observó el anillo que llevaba puesto, y se preguntó por cuanto tiempo más tendría que llevarlo… Estaba segura de que ese día no podría concentrarse más en su trabajo, tenía tantas cosas en la cabeza. Pensó en hablarle a su madre y platicarle todo lo que le estaba pasando, como solía hacerlo cuando era niña; pero tenía muy clara la imagen de lo que ella le diría, que prefirió no hacerlo. Se recargó en su asiento dispuesta a meditar en como se es esposa y madre.

Carlos estaba acabando de poner la mesa de la cocina cuando sonó el timbre. Doña Jesusita estaba cuidando los guisos y don Carlos se había ido un momento a recostarse a la habitación de los niños.

- Hola cielo – Alejandra apareció detrás de la puerta, se aproximó a la mejilla de Carlos y le plantó un beso. – Se me olvidaron las llaves otra vez... Mmmmm – respiró profundamente. – Huele riquísimo...

- Mamá ayudó – respondió Carlos siguiendo el juego, tomó la bolsa y el saco de la mano de Alejandra y los colocó en un perchero detrás de la puerta.

- Gracias por la ayuda – caminó hasta donde doña Jesusita meneaba la sopa evitando que con el hervor se tirara.

- De nada hija, ¿cómo te fue en el trabajo?

- Ha sido un día complicado, pero nada de que alarmarse... - dio una probada a la sopa y la saboreó. Tenía tiempo que no comía comida casera. Al vivir sola, lo más cómodo para ella eran los restaurantes. Ya se sentía cansado de ellos, pero no tenía tiempo para algo mejor. En ocasiones, cuando tenía un poco más de tiempo, compraba comida para llevar a casa, pero aún así no era comida casera. – ¡Está deliciosa! Tiene que enseñarme a hacerla.

- Yo sólo ayudé un poquito, mi hijo es buen cocinero y me imagino que tú lo serás tan bien... Con tres hijos que alimentar...

Alejandra se atragantó un poco al recordar que pronto tendría que preparar algo para toda una familia de cinco personas más los papás de Carlos, y empezó a toser.

- ¿Estás bien, Sam? – doña Jesusita empezó a golpear con delicadeza la espalda de Sam.

- ¿Sam? – Carlos corrió a un lado de Alejandra, bien entendía lo que había sucedido, aunque desconocía si Alejandra era buena cocinera o no.

- Estoy bien – respondió Alejandra con trabajo, - creo que se me fue la comida por otro lado. Será mejor que nos sentemos a comer, porque tengo que regresar a trabajar en la tarde...

- Voy por mi papá – Carlos se encaminó a la habitación de los niños.

- ¿Trabajas todo el día? – doña Jesusita preguntó preocupada.

- No, nos queda de otra… Con la escuela de los niños, la casa, los carros, etc. Necesitamos los dos salarios – Alejandra comenzó a abrir una y otra gaveta en busca de las servilletas.

- ¿Y cómo le hacen con los niños? ¿Quién se queda con ellos por las tardes?

- ¿Qué buscas, amor? – Carlos apareció en la cocina.

- No encuentro las servilletas – respondió Alejandra.

- Las cambié de lugar – respondió Carlos indicando una puerta, arriba, a un costado de la estufa.

Alejandra abrió la gaveta y tomando las servilletas, las extendió en señal de que las había encontrado.

- ¿Decías, mamá?

- Buenas tardes – saludó don Carlos ingresando a la cocina con pasos lentos, lo cual indicaba que aún estaba un poco modorro.

- ¿Preguntaba que como le hacen con los niños, si ambos trabajan todo el día? – doña Jesusita se sentó a la mesa junto a su esposo.

- Contratamos una niñera – respondió Carlos.

Alejandra transportó la olla con la sopa en las manos y la colocó en una tabla de madera sobre la mesa, y se puso a servir mientras dejaba que Carlos diera todas las explicaciones.

- ¿Y no les sale eso más caro? – intervino don Carlos.

- Es una jovencita que cobra poco, y con eso se ayuda para sus estudios…

- Me gustaría conocerla – dijo doña Jesusita.

- Quizás…

- Va a ser difícil – interrumpió Alejandra muy segura de que entre más gentes intervinieran en la mentira, más pronto alguien cometería un error. – Está de vacaciones con su familia…

- ¡Verano! – exclamó doña Jesusita un tanto molesta.

Alejandra y Carlos se vieron a los ojos. En eso sonó el teléfono y Carlos se apresuró a tomar la llamada.

- Sam, quizás no debería meterme en su vida… - doña Jesusita dudó si debía o no continuar.

Alejandra pensó que quizás no era la palabra correcta, era un rotundo no debería de meterse en sus vida, lo que haría más fácil llevar a cabo tanta mentira.

- Los niños están en una edad que necesitan mucho de su madre ¿no habría manera de reducir o cambiar las condiciones para que estuvieras más tiempo con ellos?

- Carlos y yo hemos discutido el tema, pero ha sido imposible darnos más tiempo; pero los niños lo entienden, no es una época fácil. Los tiempos han cambiado – respondió Alejandra con mucha seguridad.

- Quizás sea así, pero un niño es y será siempre un niño, y sus necesidades del cariño de sus padres nunca va a cambiar... - doña Jesusita juntó sus manos frente a ellas y observó a su esposo que parecía desaprobar su intervención.

- ¡Buenas noticias! – exclamó Carlos colgando el teléfono y con una mirada de aprobación observó a Alejandra cuyo rostro parecía preocupado. – Me hablaron del campamento y mañana por la mañana puedo recoger a los niños, así que cielo, me voy hoy después de comer... - tomó su lugar en la cabecera de la mesa.

- ¿Quieres que te acompañé? – se animó a preguntar don Carlos.

- No te preocupes papá, voy a pedirle a un amigo que lo haga. Él tiene asuntos que ver allá, así que le voy a hablar y aprovecharemos esta tarde. Además, así tendrán más tiempo para conocer a Sam.

Alejandra sintió un piquete en el corazón y se llevó la mano al pecho esperando que no fuera un ataque... O esperando que fuera un ataque que la sacara de los problemas en los que se había metido. – Trataré de estar temprano hoy, y podremos salir a cenar... - se sentó a la mesa y tomando la cuchara se disponía a comer cuando la mano de Carlos la detuvo. Alejandra levantó la vista y se dio cuenta de que don Carlos estaba a punto de bendecir los alimentos.

- Señor... - inició don Carlos, - te damos gracias por estos alimentos, que dados de tu generosidad vamos a tomar por Cristo nuestro Señor...

- Amen – respondieron todos a coro.

- Y en especial te damos gracias por habernos permitido venir a visitar a nuestra familia, que tanto amamos y a la que te pedimos la llenes de tu amor y de tus dones...

Tanto Alejandra como Carlos se sintieron incómodos con esta oración, porque ellos sabían que Dios sabía, que esa no era una familia. ¿Cómo entonces los podía bendecir? Antes deberían de caerles maldiciones por semejantes mentiras.

- Amén.

- Y por mis papás que nos acompañaran estos días... - continuó Carlos. *"Y para que todo salga bien"* rogó en su interior.

- Amén.

Don Carlos, doña Jesusita y Carlos se persignaron, y Alejandra los siguió al darse cuenta de lo que ellos hacían.

- ¡Provecho! – dijo Carlos.

"Ojalá me haga daño" pensó Alejandra.

Y todos empezaron a comer.

Alejandra sintió la mano de Carlos bajo la mesa y sobre sus piernas. Estuvo a punto de voltear y darle una cachetada, cuando al mirar el rostro de Carlos se percató de que éste le hacía señas de que mirara. Alejandra bajó la mirada y vio la llave que éste había depositado sobre sus piernas. La tomó disimuladamente y se la llevó a una de las bolsas de su pantalón.

Carlos estacionó su carro en una esquina. Bart colocó su maleta en el asiento de atrás y se sentó en el lado del copiloto con una carpeta en la mano.

- ¿Traes todo, no se te olvida nada? – preguntó Carlos volteando a ver la carpeta.

- No te preocupes, aquí está todo – Bart abrió la carpeta en donde apareció una foto de una jovencita de unos doce años. – Ella se llama Sofía, él es Francisco... - pasó a la segunda hoja, - y ella es María – continuó hasta la tercera hoja.

Carlos se quedó mirando la foto de la pequeña. - ¿Crees que no nos echaran de cabeza? – se dispuso a arrancar el automóvil.

- No te preocupes, los niños son muy listos. Además tendremos todo el trayecto para darles una buena explicación y acordar los términos.

- ¿Y seguro que no habrá problemas con el orfanato? – preguntó Carlos con la vista en el espejo, para posteriormente ingresar en el tráfico.

- No. Mi amiga sabe que esto sucede de vez en cuando. Aunque no es normal que se adopte a tres niños de un jalón, ella confía en mi y ha hablado con la directora, quien ha accedido por la confianza que le tiene…

- ¿Y qué le dirás cuando regresen los niños? – Carlos volteó a ver a Bart

- Ella entiende que esto puede suceder. Mientras los niños regresen bien, no creo que haya ningún problema.

- Me extraña tanto que te hayan permitido sacarlos, pensé que eran más duros al respecto – Carlos observó nuevamente el espejo y poniendo las direccionales entró en la diagonal sur.

- No es fácil, eso es un hecho; y también es cierto que normalmente se pide que ambos padres acudan a la cita al orfanato y tengan una serie de entrevistas antes de soltar a los niños, pero como mi amiga me conoce bien, sabe que no pondría a los niños en manos de criminales… - miró a Carlos y sonrió. - Aunque a decir verdad, con tanta mentira, ya no sé si eres de confiar…

Carlos le dio una mirada de no muy buenos amigos y luego sonrió.

- ¡Voy a pedir unos días! – exclamó Alejandra. – No puedo concentrarme… - levantó la mirada hacia Mayra de forma suplicante. - ¿Qué voy a hacer hoy yo sola, con los padres de Carlos?

- ¿Pues que más? – Mayra sonrió, - Seguir adelante…

- ¿Y si me preguntan algo personal? ¿Algo que no pueda contestar?

- Inventas algo y ya… Pero lo anotas en algún lado para poner al corriente a Carlos… - Mayra se cruzó de brazos recargada en la pared.

- No puedo seguir adelante con esto…

- Muy bien, ¿te hago cita con el Licenciado Salvador?

- ¡Te odio! – exclamó Alejandra y con una mirada de pocos amigos fulminó a Mayra. - Hazme la cita pero para solicitar unos días de vacaciones…

Mayra sonrió y salió de la oficina.

Eran casi las nueve de la noche cuando Alejandra acompañada de los papás de Carlos entraron al restaurante Applebee's que se encontraba sobre la avenida Chapultepec.

- ¿Sam, estás seguras de que no es un restaurante muy caro? – preguntó don Carlos en voz baja.

- No se preocupe don Carlos, el tenerlos aquí vale la pena – Alejandra ayudó a doña Jesusita a subir las escaleras de la entrada.

- Buenas noches – saludó una joven que salió a recibirlos.

- Buenas noches – respondieron todos a coro.

- ¿Mesa para cuantas personas? – continuó la joven con su acostumbrado cuestionario.

- Nada más nosotros tres – respondió Alejandra.

- ¿Fumadores?

- No.

- Síganme por favor.

Los cuatro caminaron por el lado izquierdo de la entrada y se sentaron a unos metros del rincón, con una ventana hacia la calle de Chapultepec.

- En seguida les traigo el menú – la joven se alejó de la mesa en dirección de la barra.

- ¿Ya te habló Carlos? – preguntó doña Jesusita.

- No, no lo ha hecho, pero no se preocupe, mañana para medio día ya va a estar aquí con los niños…

- ¿Te puedo preguntar algo? – continuó doña Jesusita.

- Por supuesto, lo que guste…

- ¿Cómo se conocieron tú y mi hijo?

Alejandra se quedó mirando a doña Jesusita por unos instantes. La pregunta era muy directa y si ella no sabía que contestar la cosa se pondría mal. Pensó inventar muchas situaciones, pero sólo una se quedó en su mente. – Bueno, cuando nos conocimos yo era modelo, trabajaba en una empresa de edecanes, y…

- ¿Entonces era verdad? – doña Jesusita se quedó pensativa.

- Pues sí, ¿o qué les contó él que les haya hecho dudar? – hábilmente Alejandra tomó el "sartén por el mango" y cambió el curso de los eventos. Aunque cabía la posibilidad de que fuera una trampa para hacerla caer... *"Pero que tonterías"* pensó. Ya todo lo veía con mala intención y en forma de intrigas para desenmascararla.

- Mi hijo, no platica mucho de su vida – respondió don Carlos.

- Únicamente nos dijo que se había enamorado de una modelo que había conocido y que se iban a casar... - respondió doña Jesusita, asintiendo con la cabeza la afirmación de su esposo. – Nosotros estábamos muy preocupados, porque normalmente esas pobres chicas tienen muy bonito cuerpo y tienden a atraer a los hombres por ese atractivo, pero suelen tener sólo eso y viven de su cuerpo hasta que la belleza se les acaba... Pero tú eres diferente. Vemos que eres inteligente y eres muy distintas a todas esas chicas...

Alejandra tuvo que respirar profundo. Si ellos supieran lo que era en verdad su vida. Una mujer solitaria, que aunque aún conservaba gran parte de su belleza, para nada se asemejaba a lo que la pareja junto a ella se imaginaba. No tenía familia, y en ese deseo de explotar su belleza en las pasarelas y en los eventos, tontamente se había alejado de su familia. A sus padres hacía tiempo que los había dejado y desde entonces no se había vuelto a comunicar con ellos. Una vez que dejó de ser útil para las cámaras y atraer a las personas por su juventud, se las vio duras para salir adelante. Tuvo suerte de encontrarse con una excompañera quien le ayudó a centrar su vida en una carrera y aceptar un trabajo en la compañía en la que laboraba ahora. Una empresa de modelos y edecanes internacionales, cuya matriz del corporativo se encontraba en Paris, pero que tenía oficinas en varias partes del mundo, incluyendo San Luis Potosí.

- En el caso de nuestro hijo, quizás la atracción entró por sus ojos, pero seguramente una vez que te conoció su corazón terminó por enamorarse de ti...

- Tienen poco de conocerme, ¿cómo saben que no los decepcionaré?

- ¡Oh! - intervino don Carlos. – Las mamás tienen un sexto sentido... Tú eres madre y debes de comprender eso...

"¿Madre? No tengo ni un triste cachorrito en la casa al cual cuidar" los pensamientos de Alejandra trabajaban más rápido de lo que ella pudiera controlar.

- ¡Aquí tienen! ¡En unos minutos vengo a tomar su orden! – la joven mesera repartió los menús y volvió alejarse de la misma manera como llegó.

La interrupción le dio un respiro a Alejandra, que por poco y las lágrimas se le salían sin control. – Hablando de lo poco comunicativo que es Carlos... Él me ha hablado poco de su vida con ustedes. ¿Cómo era de chico?

- ¿No te ha platicado? – se extrañó doña Jesusita.

- Pues sí, pero muy poco. Siempre ha sido muy reservado con su pasado... - Alejandra ya no quería que hablaran más de ella, porque entendía que podrían llegar a un punto en que no pudiera controlar sus emociones y terminaría diciendo toda la verdad. Además, si iba a pasar varias noches en la habitación de Carlos, haciéndose pasar por su esposa, sentía que al menos debía conocerlo más a fondo.

- Bueno, la vida para nuestros hijos no fue muy fácil de niños – comentó don Carlos.

- ¿Conoces a Erica? – interrumpió doña Jesusita.

- No en persona – respondió Alejandra suponiendo que se trataba de alguien de quien ella debía tener conocimiento; - pero Carlos me ha hablado un poco de ella... - se sentía fatal por mentir así; de hecho necesitaba tomar algo de alcohol para que se le soltara y se le refrescara un poco la boca. Tantas mentiras ya se la habían secado.

- Bueno Carlos y Erica tuvieron la desdicha de tener unos padres con pocos conocimientos y muy pobres – don Carlos mostró tristeza al recordar.

- Pero eran muy alegres los dos... - interrumpió de nuevo doña Jesusita.

- Es cierto, casi nunca demostraban su tristeza, pero para quienes los conocíamos bien, se les podía ver en sus caras. Mientras los otros niños vestían bien, ellos tenían que usar la ropa que otros les regalaban – los ojos de don Carlos se rasgaron. – Yo trabajaba en el campo y mi salario era apenas suficiente para llevar la comida a la mesa. Ni María ni yo aprendimos a leer hasta que los hijos se habían ido.

Alejandra hizo un gesto de no creer lo que decían porque había visto a don Carlos leer la noche anterior, y por su forma de ser se veían personas bien educadas y de un cierto nivel de cultura.

- El primero que se fue de la casa fue Carlos. Tenía sueños de cambiar su vida, y quizás por eso no le gusta hablar del pasado. Pero no lo juzgues a la ligera... - apuntó don Carlos al ver el rostro de Alejandra que parecía molesta por el hecho. - Juntó el dinero de su trabajo cuando tenía como dieciséis años y se vino a vivir a San Luis, en donde un amigo le ofrecía un trabajo como ayudante en una fábrica de bicicletas... Con su trabajo se pagó sus estudios, y con sus estudios consiguió el trabajo que ahora tiene. En un principio nos enviaba dinero y con él pagamos los estudios de su hermana...

- Pero se te olvida algo importante – interrumpió doña Jesusita. – Cuando nos escribía podíamos notar su soledad y su tristeza...

- Es cierto, hasta que un día nos dijo que habías aparecido tú en su vida...

- Y entonces ustedes se quedaron tranquilos porque estaba yo con él – Alejandra sintió que esta vez sus ojos no iban a poder contener el llanto y tomando una servilleta se limpió la nariz y de paso los ojos.

- Tú debes conocer el resto de la historia.

Alejandra asintió con la cabeza, aunque en realidad lo único que podía hacer era conjeturar los hechos.

- ¿Les tomo su orden? – se acercó la mesera suponiendo que había dado el tiempo suficiente para que se decidieran por algo.

- Aún no hemos decidido – Alejandra se apresuró a abrir el menú...

- Sólo pide algo para los tres – dijo don Carlos a Alejandra, y a continuación extendió el menú hacia la mesera.

Doña Jesusita siguió el ejemplo de su marido y esperó a que Alejandra decidiera.

- ¿Qué les parecen unas alitas de pollo en sala búfalo como entrada?

Doña Jesusita y don Carlos asintieron con un movimiento de la cabeza.

- ¿Y una arrachera para los tres? – volteó a ver a sus "suegros". – Está acompañada de frijoles refritos, salsa, guacamole, totopos y tortillas.

- Por mi está bien – don Carlos asintió.

- Yo no tengo mucha hambre, ¿habrá algo de pan dulce? – preguntó doña Jesusita.

- Tenemos unos rollos de canela, que son la especialidad de la casa – respondió la joven mesera.

- Unos roles está bien… - doña Jesusita se sintió satisfecha.

- ¿De tomar? – la joven mesera anotaba todo en su pequeña libretita en la mano.

- ¿Hay agua de sabores? – preguntó doña Jesusita.

- Limonada, o naranjada…

- Limonada – respondió rápidamente doña Jesusita, a la que se sumó su esposo.

- Tráiganos una jarra de limonada – terminó por solicitar Alejandra.

- ¿Natural o mineral?

- Natural por favor – una vez más doña Jesusita tomó la palabra.

Al irse la mesera, la conversación se centró un poco más en el trabajo de Alejandra, y en la vida de ellos. Esto facilitó mucho la labor de Alejandra quien poco a poco se sentía más cómoda ante aquellos dos señores que poco a poco se volvían más y más familiares para ella.

Alejandra se sentó en la cama del cuarto de Carlos pensativa y observó todo a su alrededor. Quizás las cosas pasaban por una razón y no eran coincidencias. Tomó la foto trucada del buró junto al lado izquierdo de la cama, y la observó con detalle. Como le gustaría que aquella foto en la que aparecía abrazando a Carlos fuese real y no sólo empalmes hechos por un experto en el arte del fotoshop. Las descripciones que habían hecho los padres de Carlos, de él, le habían hecho conocerlo más, y se daba cuenta de que era un hombre bueno, y que el llevar esa mentira no había sido más que producto de una situación en la que en su momento pensó que era lo mejor para su familia.

Bajó la mirada y la clavo en el anillo que tenía en su mano izquierda. Se dejó caer de espaldas y subiendo sus piernas a la cama no dejó de mirar la forma en que éste brillaba con la luz de la habitación.

Estaba Alejandra muy metida en sus pensamientos cuando sonó el teléfono, se paró de golpe y se sentó a la orilla de la cama desde donde podía contestar. - ¿Bueno?

- Hola Alex, soy Carlos - se escuchó la voz de Carlos del otro lado del teléfono.

- Hola, ¿cómo les fue? – la voz de Alejandra no mostraba tensión ni miedo, pero sí algo de melancolía.

- Muy bien, gracias a Dios. Ya estamos en el hotel en la habitación quinientos por si necesitas algo, aunque salimos mañana temprano por los niños. Tenemos la cita a las diez.

- Me da gusto, y ojalá todo salga conforme a lo planeado.

- ¿A ti como te fue con mis padres?

- Muy bien, son unas personas muy amables y tratables. Los llevé a cenar al Applebe's.

- ¿Y les gustó…? Mis papás no son de restaurantes…

- No te preocupes, sí les gustó y pasamos un muy buen rato juntos.

- Me da gusto escuchar eso. Tenía miedo de que las cosas se pusieran difíciles..

- ¡No! ¡No! Todo estuvo bien… Puedes dormir tranquilo por hoy.

- Esta bien. No te quito más tu tiempo. ¿Vas a ir a trabajar mañana? –

- No, pedí el día, quizás salga con tus padres a dar una vuelta.

- Ten cuidado.

- No te preocupes, toda va a estar bien.

- Bueno, que descanses…

- Buenas noches.

- Buenas noches. ¡Alex!

- ¿Si?

- Toma lo que gustes. Con confianza. Estás en tu casa.

- Gracias.

- Todo va a salir bien.

- Lo sé.

- Hasta mañana.

- Hasta mañana – Alejandra colgó el teléfono y se quedó pensativa por unos momentos. Luego se empezó a desabrochar la ropa, era hora de dormir.

- ¿Qué estás leyendo? – preguntó Bart al salir del baño y ver que Carlos estaba en la cama con un libro en la mano.

- Un libro sobre como ser papá – respondió Carlos bajando el libro para ver a Bart que llevaba puesto un short y una playera.

- ¿Por unos cuantos días? – Bart se recostó en su cama y dejó escapar una leve carcajada.

- ¿Piensas que es fácil?

- No. Pienso que no debe de ser tan difícil.

El rostro de Carlos denotaba preocupación.

- No te preocupes, todo va a salir bien. Mañana, después de la entrevista, y una vez que los niños estén con nosotros, les haremos saber de que se trata todo, y si es necesario les prometemos algo para que actúen y no revelen nada al orfanato. Los niños de ahora no son como los de antes, ahora están muy despiertos y son sumamente listos, entenderán y harán su papel de maravilla.

- Quisiera tener tu confianza, pero no soy de los que les gusta echar mentiras. Por momentos ha sido un poco cómico, como cuando pienso que ayer compartí la cama y la habitación con Alejandra, pero esto de estarlo haciendo todo el tiempo, me ha generado un estrés que tiene deshecho mi estómago.

- Amigo, eres único. En esta época hombres y mujeres se van a la cama sin conocerse. Se ven en un bar, se gustan y se van a un motel; y tienen relaciones sin sentir ningún tipo de remordimiento – se sentó en su cama y se recargó en la cabecera dispuesto a meter los pies bajo las sábanas.

- Yo no soy así. Sé lo que sucede ahora, pero mis padres me enseñaron principios que he guardado toda mi vida. Quizás sea un sentimental o anticuado, pero creo que las relaciones deberían ser algo especial y no del diario; porque no es únicamente compartir el cuerpo, sino los sentimientos y las emociones… Esto fuera de lo que religiosamente se me ha enseñado… Mentir también ha ido en contra de mis principios, no creas que no lo siento…

- Yo también soy algo anticuado, aunque no tanto como tú. Te voy a contar algo para que te relajes. ¿Te acuerdas de Rosita, Sofi y Carmelita?...

Carlos puso su libro sobre el buró y trató de recordar.

- Aquellas tres chicas que entraron al área administrativa un poco después que yo…

- Creo que sí, una morenita bajita, la otra alta muy elegante y…

- ¡Esas meras¡ - respondió Bart satisfecho de que Carlos las recordara.

- Bueno, en una ocasión me dijeron que si no quería acompañarlas a Six Flags en la ciudad de México. Había ofertas para ingreso y buscaban a un varón que las acompañara para no irse solas... Bueno, heme aquí, guapo, soltero y sin compromisos, dispuesto a pasar un excelente día con tres adorables chicas – se llevó la mano al pecho con orgullo. – Cuando llegamos al parque, justo a la entrada, nos encontramos con un letrero de esos grupos de... ¿Cómo se llama? Creo que: Tiempo Compartido...

- ¿No te habrás metido en...? – Carlos interrumpió un tanto preocupado.

- ¡No, espera! Resulta que ofrecían boletos para entrar gratis a algunas de las atracciones si comprábamos algún paquete, o si por lo menos les dábamos una hora de nuestro tiempo.

- ¿Se metieron? – Carlos preguntó incrédulo.

Bart asintió con la cabeza. – Rosita y yo dijimos que éramos recién casados y que acabábamos de regresar de luna de miel, por lo que nuestros ahorros difícilmente podrían permitirnos un lujo así; sin embargo, la persona que nos atendió se sentía tan confiada de que nos iba a poder vender algo, que dijo que no importaba y nos pasó a la primera sala. Allí todos escuchábamos atentos, pero estábamos conscientes de la consigna de que no podíamos ceder nada. Nos hablaron de las maravillosas vacaciones que podríamos pasar con una cómoda mensualidad, en diferentes partes de México y otros lugares que ya no recuerdo, y cuando nos veían muy interesados nos preguntaban si no nos parecía formidable aquello. Nosotros decíamos que sí, que era maravilloso, y luego Rosita me tomaba de la mano y me miraba, como insinuándome que viéramos la posibilidad de comprar alguno de los paquetes. Yo veía a Sofi y a Carmelita luchando para mantener la calma y no echarse a reír...

- ¡No puedo creer que hayas hecho eso...!

- Espera, que aún no llego a lo mejor – Bart extendió la mano indicándole a Carlos que no le interrumpiera. – Nos pasaron a la siguiente sala, en donde el agente sentía que ya casi era un hecho de que se realizaría la compra. La parte del enamoramiento ya había pasado y ahora nos iba a ver un vendedor que buscaría, a como diera lugar, a vendernos cualquier paquete. Vino a nosotros y nos expuso las ofertas, poniéndonos un panorama espléndido para recién casados y cuando nos vio convencidos nos dijo que nos iba a dejar unos momentos a solas para que lo pensáramos. En cuanto el hombre salió todos nos echamos a reír. Hasta ahora sólo habíamos escuchado, pero venía la parte difícil. El hombre regresó y nos preguntó que habíamos decidido. Le dijimos que no teníamos muchos recursos, regresábamos de la luna de miel y habíamos tenido los gastos de la boda y el viaje...

- ¿Y no se reían?

- Sofi y Carmelita estaban tan impresionadas de nuestra habilidad para decir mentiras, y de todos los cuentos que sacábamos, que no se podían reír. El hombre insistió de que había un plan adecuado para nosotros, pero nos mantuvimos diciendo que no teníamos nuestra casa aún, nos faltaban los muebles... Y de vez en cuando volteábamos a ver el reloj en la pared que indicaba el tiempo exacto que llevábamos allí adentro. Sólo Dios sabe cuantas mentiras dijimos en toda esa hora. Al final, el hombre cansado de insistirnos y cumplida la hora, nos entregó nuestros pases y nos dejó ir. Afuera nos reíamos los cuatro como nunca, pero créeme que en un momento me sentí mal. Había dicho tantas mentiras, que me parecía que les habíamos robado y yo necesitaba encontrar un confesor...

- ¿Tan mal te sentías?

- Bueno, no fue para tanto – se rió Bart. – Rosita me dijo que era parte del trabajo de ellos y que ellos tampoco eran muy sinceros del todo. En cierta forma ellos habían tomado una hora de nuestro tiempo también. Me pareció convincente su explicación y nos fuimos a divertir.

- Acepto que me divirtió tu historia, pero no creas que me ha hecho sentir mejor....

- Carlos, no vas a lastimar a nadie. Todo va a salir bien y todos habrán ganado. Los niños estarán como de vacaciones fuera del orfanato, tus padres regresaran a su casa contentos y Alex tendrá el trabajo que buscaba y que se merece... Nadie pierde, todos ganan.

- ¿Yo que gano? – preguntó Carlos.

- Ganaras tu tranquilidad – Bart observó a Carlos. – Descansa, todo saldrá bien, ya lo verás.

CAPITULO IV

Era el viernes en la mañana. Carlos se había vestido muy elegante, de traje, para la entrevista en el Orfanato: "Los Niños de María". Bart que le acompañaba, también iba muy bien vestido a manera de que se veía la seriedad de las intenciones.

Bart tocó a la puerta y dio un paso hacia atrás para colocarse del lado izquierdo de Carlos. Llevaba un par de carpetas llenas de documentos en uno de sus brazos, y él pensaba que al ser únicamente un acompañante, no se iba a sentir nervioso; pero era todo lo contrario, estaba sumamente nervioso y se le podía notar en las manos sudorosas.

- ¿Y si mejor nos vamos? – bromeó Carlos, sabiendo que no podía echarse para atrás.

Bart sonrió nervioso.

Por unos instantes esperaron y de pronto se abrió la puerta y se dejó ver la figura de una señorita entre los veinticinco y treinta años. - ¡Bart! ¡Tanto tiempo sin verte! – se apresuró a abrazarlo.

Bart la reconoció y la abrazó con mucha familiaridad. - ¡Pero que bella estás! – exclamó Bart. – La última vez que te vi estabas gorda y llena de pecas…

- ¡Cómo eres! ¡No has cambiado nada! – respondió la joven negando con la cabeza, pero con una sonrisa de oreja a oreja.

Carlos se preguntó como era posible que Bart tuviera tantas amistades, y que conociera chicas tan bellas, y él siguiera aún soltero.

- Te presento a Carlos – Bart tomó del codo derecho a su amiga y le mostró a Carlos.

- Mucho gusto – expresó Carlos extendiendo la mano hacia la joven.

- Ella es Reina – continuó Bart.

- ¿Reina…? Lindo nombre – dijo Carlos.

- El gusto es mío – Reina se sonrojó un poco. – Bart me ha dicho que usted y su esposa no han podido tener familia y eso es muy triste…

Carlos volteó a ver a Bart con cara de incredulidad y Bart sólo movió los hombros en señal de quitarle importancia.

- Pero que bueno que se han decidido a adoptar unos niños. Hay tantos niños sin hogar que añoran una familia… - Reina se mostró complacida de saber que tres de los niños en aquella casa, si todo marchaba bien, tendrían finalmente un hogar. – Pero, pasen, la directora los está esperando en su oficina – haciéndose a un lado e indicando con la mano izquierda el camino, les invitó a ingresar en lo que parecía una escuela.

Carlos y Bart entraron primero, pero esperaron a que Reina cerrara la puerta detrás de ellos y caminara en medio de los dos.

- No es normal que los padres adoptivos vean a los niños por Internet y luego quieran pasar un tiempo con ellos antes de adoptarlos. Normalmente vienen, los conocen y empiezan a tener un diálogo con ellos antes de pedir la autorización para llevarlos y tener un tiempo con ellos; pero dadas las condiciones de su esposa...

Carlos trató de adivinar que otra mentira se había inventado Bart, *"y él decía que no lo conocía"*.

- Y de las referencias que tenemos a través de Bart, la directora ha accedido a que los niños pasen un tiempo con ustedes. Los niños mayores pocas veces son adoptados, normalmente la gente busca bebés, y eso está bien, pero es triste para los mayorcitos, que entre más grandes, ven más difícil la oportunidad de tener una mamá y un papá, y aceptan su condición de huérfanos – Reina se detuvo frente a una puerta. – Sofía, Francisco y María, son unos niños adorables, estoy segura de que se van a enamorar de ellos.

Carlos agradeció con un gesto.

Reina abrió la puerta y pidió a Carlos y a Bart que pasaran.

- ¡Buenos días! ¡Pasen, por favor! – exclamó una señora mayor desde el interior, al momento que se ponía de pie apoyada en un bastón.

- Buenos días – respondieron Carlos y Bart a coro y se aproximaron al escritorio frente a ellos.

- Soy la señora Alicia Rosillo, para servirles – la voz temblorosa de la mujer demostraba cansancio, pero su sonrisa era tierna y mostraba mucha confianza.

- Carlos Martínez – Carlos estrechó la mano de la señora y se sintió mal por mentir.

- Bart Juárez – saludó Bart.

- ¿Tú debes de ser...? – la señora Alicia volteó a ver a Reina.

- Amigo de Reina – completó Bart.

- Mucho gusto. Pero siéntense – doña Alicia hizo señas a Bart y a Carlos de que tomaran asiento en las sillas frente al escritorio y luego volteó a ver a Reina. – Dame unos veinte minutos y luego traes a los niños.

- Sí señora – respondió Reina. - ¿Gustan algo de tomar? – miró a Carlos y a Bart.

- Nada por el momento – respondió Carlos, aunque se le empezaba a secar la boca de los nervios, y de pensar en que tendría que decir muchas mentiras para lograr salir con los niños de aquella casa. Si algo no salía bien allí, todo se vendría abajo.

- Yo tampoco – Bart observó a Reina y se preguntó porque la había dejado de ver por tanto tiempo.

Reina salió de la habitación y cerró la puerta detrás de ella.

- ¿Trae la copia de su acta de matrimonio? – preguntó doña Alicia.

Carlos no tenía ni idea de que requiriera mostrar ese documento así que abrió los ojos sorprendido, pero se tranquilizó en un instante al ver a Bart sacar un papel de una de las carpetas que traía y extenderlo hacia el escritorio de la señora.

- Bien, con esto abriremos el expediente – doña Alicia tomó el documento y lo puso dentro de un fólder, y de allí iniciaron una larga serie de preguntas y respuestas en donde Carlos pudo imaginarse lo que Bart había pasado en la experiencia que le había contado.

Reina caminó por el pasillo hasta una puerta grande, la cruzo y se encontró en un patio donde había unos cincuenta niños de diferentes edades jugando. Unos cerca de las resbaladillas, otros en el sube y baja, unos más en la arena, otros en un pequeño campito de futbol y los más grandecitos en lo que parecía una huerta. Reina se acercó primero a los niños que jugaban en el sube y baja y se detuvo frente a una niña morenita, de cabello negro y ojos grandes, de unos seis años de edad. – Ya están aquí por ti, María.

La niña volteó a ver a Reina y sus ojos parecieron iluminarse, y una gran sonrisa se dibujó en sus labios. - ¡Viva! – gritó y casi de un salto se bajó del sube y baja.

- ¡María! - Reina tuvo que hacer un movimiento rápido para evitar que la otra niña que estaba al otro lado del sube y baja se golpeara al no tener la resistencia del peso de María.

- ¿Me van a adoptar? ¿De verdad quieren adoptarme? – empezó a cuestionar María, de pronto volteó a ver a los niños que estaban alrededor de ella y se dio cuenta de que muchos mostraban una alegría por ella, pero otros la veían con tristeza, por un lado porque quizás no volverían a verla, y por otro porque ellos no habían sido los escogidos.

- ¡Vamos, María! Despídete de todos… ¡Niños! – Reina invitó a todos a acercarse, ella vivía con este sentimiento cada vez que uno de los niños se iba. Había sentimientos encontrados, por un lado la alegría de ver al niño partir hacía una familia que a su tierna edad añoraba y necesitaba; y por otro la pérdida de su presencia, cuando ella ya había comenzado a amar y a estimar a ese niño.

- ¿Ya llegaron? – preguntó otra joven, un poco más chica que Reina y que cuidaba a los más pequeños, al momento que se acercaba con una carreola.

Reina asintió con un gesto.

- ¡Francisco! – gritó la joven volteando su mirada hacia el campito de fútbol.

Entre los niños que perseguían una pelota, se detuvo de pronto uno de ellos; de piel blanca, ojos y cabello castaño, y un tanto delgado; y volteó a ver a Reina y a la otra joven. Sus compañeros hicieron lo mismo pero voltearon a ver a su amigo. Uno de ellos se acercó por la espalda y le dio una palmada. Francisco lo volteó a ver y ambos se sonrieron, y entonces pegó carrera en dirección de Reina.

- ¿Y Sofía? – Reina volteó a ver a su compañera.

- Debe estar en la huerta.

- ¿Puedes decirle a Maribel que lleve a Francisco y a María a prepararse mientras voy por Sofía?

- No te preocupes, yo me encargo – respondió la amiga y luego le dijo algo a Francisco para que fuera en busca de Maribel…

Sofía estaba recargada debajo de un árbol, con la mirada triste mientras con sus manos deshojaba una flor. Era una niña desarrollada, alta, de tez blanca y de cabello café claro sin llegar a un rubio, de ojos cafés y complexión normal para su edad.

- Sofi, ya están aquí por ti... - dijo Reina una vez que estuvo a lado de la niña.

- No quiero ir – respondió la niña de doce años.

- ¿Por qué? ¿No te gustaría tener una familia? – Reina le tomó el mentón con sus dos manos obligándola a mirarla.

- Sí quiero una familia – respondió Sofía, - pero ¿qué familia quiere a una niña de mi edad? Todas las demás que han estado aquí hasta los doce se han ido al cumplir los dieciséis a buscar trabajo...

- ¿Y por qué te miras en las demás? Dios te está dando una oportunidad a ti, ¿por qué desaprovecharla?

Sofía se quedó pensativa.

- Es sólo una prueba. Si tanto tú como ellos se encariñan, te adoptarán; y si cualquiera de los dos no sienten ese cariño por el otro, estarás aquí de vuelta con nosotros...

Sofía no dijo nada y observó a Reina.

- ¿Y si no soy lo que ellos esperan de mi?

- Superaras sus expectativas... Créeme, yo lo sé, porque te conozco – Reina no quitó la mirada de los ojos de Sofía hasta que la vio sonreír. – Todo saldrá bien – y la jaló hacia ella abrazándola con mucho cariño, como ella solía hacer con todos los demás niños, por lo que todos la querían mucho.

- Por supuesto que cada uno tiene su carácter y su forma de ser – la señora Alicia observó a Carlos a los ojos, - Sofía, a sus doce años ya muestra rasgos de ser una jovencita mayor, aunque apenas está entrando en su etapa de adolescencia... Ve a las maestras y trata de imitarlas, porque la mayoría de los niños son más chicos que ella, y entonces se siente con la responsabilidad de ver por las demás...

- Entiendo – respondió Carlos.

- Con esto ya está el expediente completo, y queda pendiente únicamente los resultados de su experiencia con ellos – doña Alicia cerró el fólder que tenía en sus manos y lo colocó dentro de un cajón.

- Les aseguro que los tres son buenos niños y que se van a encariñar con ellos; sin embargo, si algo llegara a suceder, las puertas para ellos están abiertas, aunque nos dolería mucho verlos de vuelta. Quizás en lugar de tener esta experiencia con los tres niños al mismo tiempo, deberían iniciar con uno, y aprender la experiencia de la adopción para posteriormente ir con el segundo, y luego el tercero; quizás sería más fácil el adaptarse...

- Mi esposa y yo hemos visto las fotos de los tres, y ya nos hemos encariñado con ellos, no puedo llegar nada más con uno ahora... - interrumpió Carlos.

- Será como gusten...

En eso tocaron a la puerta.

- ¡Adelante! – ordenó doña Alicia.

La puerta se abrió y entraron María, Francisco, Sofía y Reina, todos en ese orden. Carlos y Bart se pusieron de pie para recibirlos.

La señora Alicia también se puso de pie y se acercó a los niños que ya la conocían. - ¡Vengan! – les invitó a acercarse a Carlos.

- Hola – Carlos extendió la mano derecha en primer lugar en dirección de María, y para ello tuvo que ponerse en cuclillas. – Yo soy Carlos Martínez...

- ¿Tú vas a ser mi papá? – la pequeña extendió su mano hacia Carlos en forma dubitativa.

Carlos se quedó pasmado con la pregunta y no podía creer lo que estaba haciendo, pero no podía dar marcha atrás, y asintió con la cabeza.

María no esperó más y se abrazó al cuello de Carlos.

Por más que Carlos trató de contenerse, una lágrima brotó de sus ojos, y cuando levantó la vista pudo ver que tanto el pequeño Francisco como Sofía tenían los ojos rasgados. Tomó entre sus manos a María y poniéndose de pie se aproximo a Francisco – Francisco...

El niño se acercó a Carlos y lo abrazó.

- Y Sofía – Carlos puso la mirada en la adolescente.

Reina dio un leve empujón a Sofía, y ésta se acercó y se abrazó de Carlos también.

Bart no pudo ver más y tuvo que girar la cabeza para alejarla de la escena y mantener el control de sus sentimientos.

- Sus cosas están listas – dijo Reina rompiendo un poco con el momento.

Carlos volteó a ver a la señora Alicia. – Gracias – le extendió la mano en señal de despedida.

- Que les vaya muy bien y espero su llamada – doña Alicia puso las manos sobre las cabezas de los niños y con ello les dio su bendición.

Carlos y los niños salieron de la oficina acompañados de Reina y Bart se quedó unos instantes detrás.

- Si la esposa de su amigo Carlos, es como él, no me cabe duda de que harán una hermosa familia – le dijo la señora Alicia a Bart.

Bart observó a la señora y con un gesto de su cabeza afirmó que pensaba lo mismo.

- No tardo nada – Alejandra se bajó del auto y entró al edificio donde estaba su oficina.

- Buenos días, Alex – saludo la señorita en la recepción.

- Buenos días. ¿Has visto a Mayra?

- Creo que ha estado toda la mañana en tu oficina…

- Gracias – Alejandra caminó hacia el elevador mostrando mucha ansiedad.

- ¡Sam! – una voz femenina se escuchó desde la recepción.

Alejandra vio uno de sus más grandes temores hacerse realidad. Los papás de Carlos caminaban hacia el interior del edificio llamándola Sam. Dejó su lugar junto al elevador y se acercó a la recepción a toda prisa con la esperanza de que nadie se hubiera percatado del hecho.

- ¿Perdona que nos hayamos bajado del coche, pero me preguntaba si podía usar tu baño? – preguntó doña Jesusita.

- ¡Claro! – respondió Alejandra. – Vienen conmigo, Sonia – se dirigió a la chica de la recepción que tenía una cara de duda.

- Le dije que debíamos esperar en el carro – dijo don Carlos.

- Está bien, no se preocupen – no hay problema. – Vamos al elevador… - no quiso hacer ninguna aclaración y decidió mejor no voltear a ver a la recepcionista, para no tener que dar explicaciones.

- ¡Alex! Buenos días – saludó el licenciado Salvador al salir del elevador.

- Buenos días licenciado – respondió Alejandra.

- Pensé que no venías hoy, tu secretaria me dijo que habías tomado el día…

- Sí, bueno – *"piensa rápido"*, *"piensa rápido"* se dijo para su interior. – Sólo vengo a recoger unos documentos que necesito, y ya me voy. Ellos son los papás de Carlos – presentó a don Carlos y a doña Jesusita.

- Mucho gusto – respondió el licenciado, bastante interesado, y estrechó la mano de la pareja. – Acabo de conocer a su hijo y créanme que me ha impresionado mucho. Estoy contento por Alex...

Don Carlos y doña Jesusita se sorprendieron por escuchar al licenciado llamara Alex, pero no dijeron nada.

- Muchas gracias, licenciado... - dijo don Carlos.

- Y mucho gusto – agregó doña Jesusita.

- Espero que ya les hayan dicho que están invitados a un día de campo en mi casa este domingo... - continuó el licenciado Salvador.

- En realidad estábamos por decirles. Carlos fue hoy en la mañana por los niños así que allí estaremos, si Dios quiere – respondió Alejandra.

- Perdone licenciado... - se disculpó doña Jesusita, - Sam, me urge ir... - hizo un movimiento de cabeza indicando que necesitaba subir al elevador.

- ¡Claro! Disculpe licenciado, nos vemos el domingo Dios mediante... - respondió Alejandra y con delicadeza encaminó a don Carlos y a doña Jesusita al interior del elevador. – Sam era el nombre de la esposa de Carlos – susurró al oído del licenciado y luego se introdujo en el elevador.

El licenciado asintió con la cabeza entendiendo que la señora extrañaba a su antigua nuera, y sin decir más se encaminó a la recepción.

- ¿Señor, sabe por qué la señora llama a Alex, Sam? – preguntó Sonia con una mirada de extrañeza.

- Era el nombre de la difunta esposa de su novio Carlos – respondió el licenciado y caminó rumbo a la calle.

Sonia sonrió como si entendiera y se quedó tranquila.

- Sam, ¿por qué ese hombre te llamó Alex? – preguntó doña Jesusita una vez que el elevador estaba en su movimiento ascendente.

- Es una larga historia, quizás se las cuente más adelante – respondió Alejandra con un mundo de pensamientos en la cabeza.

- ¿Acaso te llamas Samanta Alejandra? O ¿Alejandra Samanta? – agregó don Carlos.

- Algo así – respondió Alejandra. – Pero ninguna de las dos formas se escucha muy bien, ¿verdad?

Don Carlos y doña Jesusita asintieron, pero tratando de no molestar a Alejandra.

- Por aquí – señaló Alejandra después de haber visto que el corredor estaba vacío. Sus nervios estaban en la máxima tensión, no quería encontrarse con ninguno de sus compañeros, y especialmente con los que disputaban el puesto. Y sobre todos ellos ni con Arturo ni con Lizbeth, quienes difícilmente se tragarían eso de que los papás de Carlos la llamaran Sam, bajo la excusa de que era el nombre de la difunta esposa de Carlos; seguramente se irían a investigar hasta las últimas consecuencias. Bombardearían a los señores con un montón de preguntas hasta que algo no coincidiera; aunque por otro lado, esto seguramente sucedería el domingo, y quien sabe si sería mejor que la descubrieran allí, en ese momento, que delante del licenciado y su familia, en una fiesta fuera del trabajo.

- Hola Alex – saludó un compañero de trabajo de Alejandra que salió a toda prisa de una de las oficinas.

- Hola Rey – respondió Alejandra tratando de no prestarse a ningún tipo de plática. – Pasen – abrió la puerta de su oficina en donde Mayra trabajaba en la computadora de su jefa.

- Hola Alex… perdón – Mayra se dio cuenta de que había cometido una imprudencia, pero había sido sorprendida.

- Esta bien, Mayra. Mis suegros saben que aquí me dicen Alex, aunque les prometí que más tarde les explicaría la razón…

Mayra respiró tranquila.

- Mayra es mi secretaria y amiga. Don Carlos y doña Jesusita, los papás de Carlos…

- Mucho gusto, señores – Mayra estrechó la mano de cada uno de ellos. – Gustan que les ofrezca algo…

- Sí – respondió doña Jesusita.

- Usted dirá… - Mayra se dio cuenta de que la señora estaba un tanto preocupada.

- El baño…

- ¡Perdón! – se disculpó Alejandra, - Por esa puerta.

Doña Jesusita no esperó más y desapareció detrás de la puerta.

- Siéntese don Carlos – pidió Alejandra.

- ¿Le puedo traer algo de tomar? ¿Un café? ¿Agua? ¿O unas galletitas? – Mayra se acomidió.

- No se preocupe, así estoy bien. Muy amable.

- ¿Seguro?

- Seguro.

- Bien – luego Mayra, volteando la mirada hacia Alejandra, continuó – pensé que no venías hoy… Ya cancelé todas tus citas y las he reprogramado para la próxima semana como me pediste… ¿No hay nada urgente o si?

- No, todo está bien. Venía por un expediente y quería ver si me podías ayudar con algo que se me pasó…

- Tú dirás…

- Don Carlos, ¿me permite unos minutos? – Alejandra dirigió su mirada a su "suegro".

- Claro, tómate tu tiempo…

- Siéntanse libres… Si quieren café allí está la cafetera… - Alejandra señaló la cafetera sobre el mueble.

- No te preocupes Sam, ve tranquila, aquí te esperamos – don Carlos se mostró muy tranquilo.

- No me tardo… - aseguró Alejandra.

Don Carlos asintió con la cabeza.

Mayra hizo un gesto y salió de la oficina detrás de Alejandra.

- ¿Qué sucede? ¿Te veo muy agitada? Los señores se ven muy buenas personas y no creo que te hayan hecho pasar malos momentos, ¿o si? – Mayra caminó al lado de Alejandra procurando hablar en voz baja para evitar que alguien más escuchara su conversación.

- ¡May! – Alex exclamó con un rostro de seria preocupación, al momento que entraba a una de las salas de juntas, que se encontraba vacía en ese momento. – Tú eres mamá, pero yo no sé como actúan las mamás, y en unas cuantas horas más tendré que comportarme como la madre de una adolescente de 12 años, de un niños de 10 y una niña de 6… - respiró profundo denotando que no había tomado nada de aire, fruto de toda la tensión que se desataba en su cuerpo y en su mente.

- ¡Tranquila! – Mayra puso sus manos sobre los hombros de Alejandra y la obligó, con sutileza, a sentarse en una de las sillas.

- Solo recuerda como era tú mamá contigo cuando eras chica e invierte los papeles…

- Fue hace mucho tiempo… Y tú sabes que mamá y yo no nos llevamos muy bien. Yo huí de la casa para hacer mi vida y…

- Pero estás hablando de cuando tenías dieciséis, no de cuando tenías seis o doce, entonces todavía dependías mucho de ella y estoy segura de que se llevaban bien…

- No me queda claro como actuar…

- Déjate llevar por ellos. Ellos te dirán lo que debes hacer; pero evalúa o te tomarán la mano y después ellos te van a controlar a ti. Piensa en las necesidades básicas… - Mayra se sentó frente a Alejandra en otra de las sillas.

- Comer, vestir, dormir, estudiar, divertirse… ¿A eso te refieres?

- Eso es una parte, pero los niños también necesitan cariño, amor, apoyo… Tienes que observarlos para saber que es lo que necesitan de ti.

Alejandra tomó un poco de aire mientras observaba a su amiga, y trató de organizar sus ideas. Quizás se estaba ahogando en un vaso de agua, después de todo. Ni siquiera conocía a los niños, que tal si eran en verdad unos ángeles… Pero ¿y qué tal si no? En fin, se estaba adelantando a los hechos y eso indicaba que todas sus preocupaciones estaban más que nada en su mente. -¿Qué voy a decirle a los padres de Carlos, de por qué aquí me llaman Sam y no Alex?

Mayra sonrió. - ¿Eso te preocupa? – meneó la cabeza. – La solución es muy simple. Si tú ya les has dicho y ellos saben que tú eras modelo, Samanta era sólo tu nombre artístico; pero los usabas cuando te casaste con Carlos, y ahora únicamente en tu trabajo lo siguen usando… ¿Qué te parece?

- ¡Eres una genio! – el color parecía regresarle a la piel, y la tranquilidad de nuevo entraba en su ya mal trecho cuerpo con tanto estrés. Sonrió y le dio un beso a su amiga. – No sé si pueda soportar todo esto… Parece que entre más tiempo pasa, más difícil se vuelve mantener estas mentiras.

- Lo sé – respondió Mayra, - pero todo terminará bien, ya lo verás.

- Eso espero, porque ya me estoy encariñando con los papás de Carlos.

- Bueno, una nunca sabe – la mirada picara de Mayra hizo que las dos terminaran por reírse.

- ¿Y en donde está mamá? – pregunto Francisco colocando su cabeza entre los dos asientos delanteros.

- Bueno, tenemos que viajar unas tres horas y media a San Luis Potosí. ¿Lo conocen? – respondió Bart volteando a ver a los tres niños que estaban en el asiento de atrás.

- Yo no sé donde está San Luis – respondió María con franqueza, abriendo los ojos y negando con la cabeza.

- Yo tampoco – aseguró Francisco.

- Está al noreste de Guadalajara – respondió Sofía con una cara de no muy contenta.

Carlos levantó la vista y la observó por el retrovisor, y pudo ver que ella lo veía a él también.

- Eres una niña muy inteligente – observó Bart.

- Yo también soy inteligente – reprochó Francisco, - pero eso todavía no me lo han enseñado en la escuela…

- Yo tampoco sé nada de historia – dijo María.

- ¡Historia, no! ¡Geografía! – exclamó Sofía con fastidio.

- Está bien, veo que los tres son muy inteligentes, pero cada quien sabe sus cosas – Bart trató de evitar que hubiera tensión.

Carlos siguió la conversación y por el espejo observó a cada uno de los niños y se sintió muy mal por mentirles. No sabía como hablarles, no sabía que decirles, sentía que cualquier cosa terminaría lastimándolos… - ¿Desayunaron algo en la mañana?

- ¡Sí! – respondieron María y Francisco, pero Sofía no dijo nada.

- ¿Tienen hambre? – continuó Carlos.

- Yo no – respondió Francisco.

- Yo tampoco – apoyó María.

- ¿Y tú, Sofi? ¿Tienes hambre? – siguió Carlos.

Sofía negó con la cabeza sabiendo que Carlos la veía por el espejo.

- ¿Está bien que te llame Sofi?

Sofia asintió con la cabeza.

- Bueno, les diré algo. Ya que no tienen hambre, iremos a comprar algo de ropa y unos juguetes ¿cómo ven?

- ¡Sí! – una vez más Francisco y María gritaron a coro, pero Sofia siguió como si la tristeza le hubiese invadido.

Carlos giró por una calle angosta y luego entró a un centro comercial. Dio vueltas hasta encontrar un lugar. Apagó el carro y abriendo la puerta salió de él.

Bart también se bajó, pero tan pronto como estuvo afuera le abrió la puerta a Sofia para que se bajara.

Carlos imitó lo que Bart había hecho y abrió la puerta del lado de María.

Una vez abajo los tres niños, todos empezaron a caminar, pero María se quedó parada junto al auto.

- ¡Vamos, María! – pidió Carlos a la niña que caminara hacia ellos.

La niña negó con la cabeza.

- ¿Pero qué pasa? – Carlos buscó respuestas en Bart y en los otros niños.

- En el orfanato nos han dicho, a los niños de seis años o menos, que no deben caminar por la calle si no es de la mano de un adulto – respondió Francisco.

- Entiendo – Carlos se aproximó a María y le ofreció la mano.

María sonrió y caminó junto a Carlos.

Francisco y Sofía caminaron libres cerca de Bart y todos juntos se introdujeron en una tienda departamental.

- Necesitamos ropa de campo – dijo Carlos y buscó en lo alto el letrero que dijera "Niños", - y unos juguetes… - buscó "juguetería".

- Ve tú con María y Francisco – le dijo a Bart, yo voy con Sofía a buscar su ropa.

- De acuerdo – Bart extendió la mano y María corrió a tomarla, y los tres desaparecieron detrás de unos estantes.

Carlos vio a Sofía que miraba al suelo con un rostro de tristeza.

- ¿Qué sucede Sofi? ¿Es qué no te caigo bien? – Carlos se puso frente a ella y la miró.

Sofía era una niña sumamente bonita; pero a parte de su belleza física, Carlos, podía ver que era bastante inteligente, y a través de sus ojos veía la inocencia de la niña que quería crecer.

- No es eso – respondió Sofía meneando la cabeza de un lado a otro.

- ¿Entonces qué es?

- No nos van a adoptar – la mirada de Sofía se alzó hacia Carlos como buscando algo que confirmara lo que estaba diciendo.

- ¿Por qué dices eso? Mi esposa y yo… - Carlos se detuvo, que caso era mentirle a Sofía por unos minutos, si después de comprar los regalos y demás tendría que decirles la verdad. Era la única manera de que los niños asumieran su papel de hijos con nombres distintos a los que tenían. - ¿Cómo lo sabes?

- Nadie adopta a tres niños al mismo tiempo, y menos si no son hermanos entre ellos…

La respuesta de Sofía hizo que Carlos sintiera como choques eléctricos en todo el cuerpo, de tal forma que se le erizó todo el bello de los brazos.

- ¿Quién quiere a una niña de doce años? Soy muy grande para que alguien me quiera adoptar, y menos si nunca me había visto.

- No voy a mentirte – Carlos le puso sus manos en los hombros, y no pudiendo mirarla cerró los ojos por unos instantes. – Ven, vamos a caminar y te explico todo…

Sofía caminó junto a Carlos y receptiva como era se dio cuenta de que todo lo que Carlos le decía era verdad, no había más mentiras. No habría adopción, no habría padres después de dos semanas y tan pronto como los padres de Carlos regresaran a casa, y la amiga de Carlos obtuviera su trabajo, ellos estarían de vuelta en el orfanato. No podía ocultar sus sentimientos a pesar de lo fuerte que era, y sus ojos se llenaron de lágrimas.

- ¡Perdóname! – Carlos abrazó a Sofía y lo hizo de tal manera como si la conociera de toda la vida aguantando las lágrimas con todas sus fuerzas. – No puedo hacerles esto a ti, a Francisco y a María… Voy a aclarar todo y los voy a regresar al orfanato de inmediato…

- No – la voz de Sofía hizo que Carlos la mirara a los ojos.

- No puedo hacerlo.

- ¿Y qué pasara con la señora Alejandra? ¿ Y sus papás? ¡No! Tenemos que hacerlo…

Carlos observó a la niña que de pronto parecía iluminada con un halo de energía, y con una emoción que no había mostrado durante todo el tiempo anterior.

- ¡Aquí están!

La voz de Bart a la espalda de Carlos hizo que éste volteara, entonces se fijó en Francisco y María. – Tengo que decirles a Francisco y a María – le dijo en voz baja a Sofía tratando de evitar que alguien más escuchara.

- ¡Déjemelo a mi! – Sofía se encaminó hacia María, la tomó de la mano, y luego algo susurró al oído de Francisco, y los tres niños caminaron por el corredor por el que habían llegado Francisco y María con Bart.

- ¿No deberíamos…? – Bart se preocupó que los niños se alejaran.

- ¡No! – respondió Carlos sin dejar de mirar a los tres niños. – ¡Déjalos! – volteó la mirada hacia Bart. – Sofía ya lo sabe…

- ¿Le dijiste? - Bart se quedó con la boca abierta.

- No pude ocultárselo y accedido a participar, y ahora se los está diciendo a Francisco y a María…

Bart cerró la boca.

- A ver, muéstrame lo que les conseguiste… - tomó del codo a Bart y lo invitó a seguirlo hasta una banca donde pudiera poner las cajas que cargaba en el piso.

- Esta es la ropa de campamento de María – sacó unos shorts y unas playeritas, - y le compré esté juguete – un cocodrilo de trapo. – Y para Francisco, aquí está su ropa – otros shorts y unas playeras, - con su juguete – un equipo de plástico de mini-espías.

Carlos sonrió al ver los juguetes y la ropa. - ¿Se probaron la ropa?

- Sí – aseguró Bart mientras guardaba todo. – Estaban encantados… La verdad es que esos niños son maravillosos…

- ¡Listo! – la voz de Sofía llamó la atención de Carlos y de Bart. – Todo en orden. ¿Quién eres Francisco? – volteó la niña a ver a su "hermano".

- Yo me llamo Carlos Martínez Gutiérrez y tengo diez años... - respondió Francisco.

- ¿Y tú María? – siguió Sofía.

María se quedó pensando unos segundos – Yo me llamo Jessica Martínez Gutiérrez, tengo seis años y me pueden llamar Jessy... - la niña se mostró satisfecha con su declaración y alzó una ceja esperando que la felicitaran.

- ¡Bravo! Pero ¿cómo? – Carlos volteó a ver a Sofía que le devolvió una sonrisa pícara.

- No te preocupes papá, mamá estará bien – anunció Francisco.

- Sí, mamá estará bien – afirmó María.

Bart se llevó la mano a la nuca tratando de entender que había pasado.

Carlos observó a todos y dejó escapar una carcajada. Ahora todos estaban en el juego, no había marcha atrás y todo seguiría conforme a lo planeado. – Bart, que los niños se cambien de ropa en el coche. Aún Sofía y yo tenemos que comprar algunas cosas...

- De acuerdo. ¡Vamos niños! – Bart tomó la mano de María y caminaron en dirección del estacionamiento.

- ¿Qué les dijiste? – Carlos se aseguró de que nadie los escuchaba para interpelar a Sofía.

- Que mamá perdió a sus tres hijos, que se llamaban Samanta, Carlos y Jessica y que por eso quería adoptarnos, para sentir que sus hijos estaban con ella; y les dije que sería bueno cambiar nuestros nombres por los de sus hijos, y así nos querría más... Ellos aceptaron gustosos...

Carlos observó a Sofía. - ¡Muy inteligente! Pero tarde que temprano les tendré que decir la verdad...

- Lo sé, pero por ahora todo estará bien – Sofía respondió satisfecha.

Carlos sonrió de nuevo.

- ¿Soy una hija digna de Alejandra Durán y de Carlos Martínez?

Carlos no pudo contener la carcajada que llamó la atención de muchas de las personas que pasaban cerca de ellos, y accedió con un movimiento afirmativo de la cabeza. - ¡Creo que ella y yo no podríamos tener una hija más parecida!

Sofía sonrió.

- Pero eso de decir mentiras no es bueno… - miró fijamente a Sofía, luego la abrazó y se dirigieron de vuelta a la tienda departamental.

- Carlos mandó un mensaje. Me dice que estarán en casa para la hora de la comida – Alejandra apretó un botón y colocó su celular en la mesita junto al teléfono.

- ¡Que maravilla! Por fin podré conocer a mis nietos… - exclamó doña Jesusita que estaba en la cocina ayudando a cocinar, o más bien dicho cocinando, porque quien estaba ayudando era Alejandra.

- ¿Me pregunto si estarán ellos tan emocionados como nosotros? – dijo don Carlos quien estaba arreglando la mesa del comedor para que se acomodaran las sietes personas, en lugar de las cinco habituales.

En eso sonó el teléfono.

Alejandra dudó en contestar, pero tenía que hacerlo puesto que se suponía que era su casa. - ¿Casa de la familia Martínez?

- ¿Samanta?

La voz no era familiar y no podía comprender como alguien podía saber "su nombre". - ¿Si? – respondió con temor.

- Mira, no te preocupes, yo soy Erica la hermana de Carlos. Quizás ni te llamas Samanta, pero no sé de que otra manera llamarte…

- Está bien – Alejandra comprendió de que estaba al tanto de todo, - pero no debía dar más explicaciones que pudieran crean incertidumbre en los padres de Carlos.

- Te agradezco lo que haces por mi hermano, pero no te preocupes si las cosas no salen como él quisiera. Desde que todo empezó le dije que no lo hiciera, y bueno… Ya sabes como son los hombres, creen saber que es lo mejor siempre, y no nos dan crédito. En fin, sólo no te preocupes demasiado… ¿llegaron mis papás?

- Sí aquí están, ¿quieres hablar con ellos?

- Por favor…

- Te los comunico, y no te preocupes que el beneficio es mutuo. Gusto en saludarte.

- El gusto es mío. Espero que pronto podamos conocernos.

- Ojalá y así sea. ¡Cuídate! – dicho esto extendió el teléfono hacia don Carlos que era quien más cerca le quedaba. – Su hija, Erica...

Los ojos de don Carlos se iluminaron y con emoción tomó el teléfono. – Hija, ¿cómo estás?

Con la pequeña conversación de Alejandra con Erica fue suficiente para que Alejandra volviera a sentir toda la presión encima. En unos cuantos minutos más estaría llegando Carlos con unos niños que no conocía y con los que tendría que hacer la mejor actuación de su vida... Tenía que actuar como una madre responsable y amorosa de sus hijos cuando no sabía lo que ello significaba.

- ¡Oh! Sam es maravillosa. Tu mamá y yo estamos contentos de haber podido venir a conocerla...

Alejandra se sintió halagada pero ese reconocimiento aumento su tensión.

- Y en unos cuantos minutos más vamos a conocer a nuestros nietos... ¡Cómo nos gustaría que pudieran venir y así estar toda la familia completa...! Sí, te la comunico... - don Carlos volteó a ver a Alejandra. – Sam, te habla Erica, que se le pasó decirte algo...

- ¿Si?

- ¿Carlos va a llevar a unos niños a la casa?

- Sí, así es – Alejandra pudo entender que Erica estaba en el mismo entendido original de que los niños no iban a aparecer en escena.

- ¡No debería llevar las cosas tan lejos! Quizás debería de ir a verlo y hablar con él en persona...

- No te preocupes, todo está bien.

- Todo en esta vida se sabe, Sam. Tarde que temprano lo que pudo empezar como una buena acción, terminará por descubrirse y no sabemos las consecuencias...

- Lo sé, pero no te preocupes, por lo pronto todo está bien. Carlos llegará con los niños en unos minutos más y tenemos planes para el fin de semana.

- De acuerdo, Sam. Pero por favor anota en un papel este teléfono. Si me necesitas puedes llamarme.

- Un segundo – Alejandra buscó un papel y una pluma dentro de su bolsa. – Lista...

- Treinta y tres, treinta y uno, treinta y cuatro, veintiuno, veintidós... Erica Martínez.

- Lo tengo.

- Por favor no dudes en llamarme.

- Lo haré. Cuídate. Te paso a tú mamá... - caminó hasta la cocina y le entregó el teléfono a doña Jesusita.

- ¡Esta es nuestra casa! – señaló Carlos su casa. El carro de Alejandra estaba en la cochera y él se estacionó a un costado de la acera, frente a la casa.

- ¡Wow! – exclamaron los tres niños.

Ya no iba Bart con ellos puesto que lo habían ido a dejar a su casa, ahora estaba Carlos a solas con los tres niños.

Sofía iba sentada en el asiento del copiloto y María y Francisco ocupaban los asientos de atrás.

- En la casa debe estar su mamá con los abuelos, mis papás – Carlos respiró profundo y rogó a Dios que los niños fueran buenos actores.

- ¿Y cómo vamos a saber quien es mamá? – preguntó Francisco metiéndose una vez más entre los asientos.

- Lo sabrás, porque la abuela es vieja y mamá es más joven – Sofía respondió adelantándose a Carlos que estaba a punto de dar una descripción física completa de Alejandra.

- ¡Ah, sí! – exclamó Francisco, - Qué tonto soy... - se llevó las manos a la cabeza y se dejó caer en el asiento.

- ¿Están listos? – Carlos observó a los tres niños.

Todos asintieron.

La puerta de la casa se abrió y don Carlos apareció con una sonrisa y la emoción de ver por primera vez a sus nietos.

- ¿Abuelo? – la pequeña María se paró frente a don Carlos.

- ¿Jessy? – respondió don Carlos bajando su cuerpo a la altura de la niña.

- ¿Sabes cómo me dicen?

- No, pero me gustó decirte así. ¿Te gusta?

La niña asintió con la cabeza y extendiendo los brazos hacia don Carlos esperó a que él la levantara con sus brazos.

- ¡Jessica! – mi pequeña, doña Jesusita apareció corriendo desde el interior y extendiendo sus brazos la arrebató de los brazos de don Carlos, y la llenó de besos.

- Tú debes de ser Carlitos – don Carlos observó a Francisco y extendiendo la mano frente a él, invitándolo a saludarlo. - ¡Ven acá! – lo jaló hacia él y le dio un fuerte abrazo.

- Pero, ¡qué grande estás! – doña Jesusita abrazó a Francisco y sin dejar de cargar a María, lo atrajo hacia ella.

- ¿Tú eres…? – don Carlos vio de frente a Sofía.

- ¡Samanta! – respondió Sofía con seriedad.

- ¡Por supuesto! ¡Samanta, como tu madre! – don Carlos la abrazó con mucho cariño.

- Pero que hermosa eres – doña Jesusita extendió su mano y tomando delicadamente el mentón de Sofía, le levantó su rostro para observarla bien. – Te pareces mucho a tu madre… - y la llenó de besos.

Sofía se dejó besar sin decir nada.

Carlos se quedó muy sorprendido de lo bien que habían iniciado las cosas. Los niños se habían comportado espléndidamente.

- ¡Fra…! Carlitos y Sam – ayúdenme con el equipaje, por favor.

Francisco y Samanta caminaron detrás de Carlos en dirección de la cajuela del auto, mientras que don Carlos y doña Jesusita se internaron en la casa con María en los brazos de su "abuela".

- ¡Hola, mamá! – saludó María al momento que ella y doña Jesusita entraban a la cocina, y extendió sus brazos hacia Alejandra.

Alejandra estaba casi paralizada de terror, no había querido salir a recibirlos por el pánico que se había apoderado de ella, cuando escuchó el llamado de María. Se dio la vuelta y observó a María con una sonrisa, y de forma inesperadamente se sintió movida a extender sus brazos hacia la niña. – ¿Hola preciosa? – la tomó entre sus brazos y las dos se vieron a los ojos. - ¿Cómo les fue de viaje? ¿No vienes cansada?

- Estoy bien – respondió María. – Tenía muchas ganas de verte… - le dio un beso y se abrazó del cuello de Alejandra.

- ¡Que tierna! – exclamó doña Jesusita con las manos unidas frente a su pecho. - ¡Con ganas de tener una cámara!

Don Carlos entró para ver la escena en la cocina y sonrió, luego escuchó que Sofía, Francisco y Carlos entraban en la casa así que salió de la cocina y se dirigió a su hijo. - ¿No tendrás una cámara? Deberíamos tomarnos una foto todos juntos...

- En el cajón – señaló Carlos hacia el cajón en uno de los libreros.

Don Carlos se dirigió al librero.

- ¡Hola, mamá! – saludó Sofía al ver a Alejandra salir de la cocina con María en los brazos.

- ¡Mamá! – Francisco que no estaba viendo hacia la cocina, al escuchar el saludo de Sofía, se dio la vuelta y corrió hacia Alejandra de una forma muy teatral y alocada; pero ni doña Jesusita ni don Carlos estaban observando en ese instante. - ¡Te extrañé mucho! – la abrazó con violencia.

Carlos y Sofía se vieron, los ojos de ambos se habían cruzado en una preocupación por la sobreactuación de Francisco, pero luego respiraron tranquilos y se devolvieron una sonrisa nerviosa.

Alejandra correspondió al abrazo y besó la cabeza de Francisco.

Sofía se acercó a Alejandra.

- De verdad te ves muy bonita, como dice tu abuela... - Alejandra extendió la mano libre y acarició el cabello de Sofía.

- Gracias...

- ¿No te molestó tener que regresar del camping?

- ¿Y perderme estar con los abuelos...? ¡No! – Sofía le mostraba a Alejandra que ella sabía muy bien su papel. Ambas se sonrieron, y esto le dio una gran tranquilidad a Alejandra.

- ¡Una foto de la familia! – interrumpió don Carlos.

Alejandra volteó a ver a don Carlos, y con su brazo acomodó a Sofía junto a ella. Francisco se colocó del otro lado y preparó su pose para la fotografía.

- ¡Hijo! – don Carlos hizo una seña a Carlos para que se acomodara a lado de su "familia".

Carlos asintió con la cabeza y se posicionó dejando a Francisco y a María entre él y Alejandra.

- ¡Que preciosa familia! – exclamó doña Jesusita, colocándose a un lado de su marido que era quien tomaba la foto. – No me voy a perdonar todos estos años que no pudimos venir… y que tú no los llevaste a conocernos – se dirigió a Carlos.

- ¡Ya amor! Lo importante es que estamos aquí – apretó don Carlos el botón de disparo de la cámara.

Carlos dejó su lugar y se acercó a su padre. – Ahora déjenme tomarles una a ustedes…

Don Carlos entregó la cámara a su hijo y ocupó su lugar; mientras que doña Jesusita se acomodó del lado de Sofía.

Al escuchar el clic de la cámara y al ver que Carlos bajaba la cámara, Alejandra bajó a María al piso - ¡Ahora a cambiarse y a lavarse las manos para comer! – exclamó.

Los tres niños se quedaron paralizados sin saber que hacer, nadie les había dicho cual era su cuarto ni donde estaba el baño.

Carlos observó a los tres niños y no fue hasta que vio la mirada de Sofía que abría los ojos y giraba la cabeza en dirección del interior de la casa, que se dio cuenta del detalle. – ¡Primero tomen cada quien su maleta!

Los tres niños obedecieron y esto dio tiempo a Carlos para acercarse a María, a la que levantó en brazos con todo y su maleta, y de esta manera se encaminó a la habitación liderando a los niños, sin que sus papás se dieran cuenta de la situación.

Cerca de las diez de la noche Carlos estaba en el cuarto de los niños, le ponía la pijama a la pequeña María. La cena había estado plagada de preguntas a los niños, pero gracias a Dios no habían sido preguntas comprometedores, todas iban sobre lo que les gustaba hacer y lo que no, lo que les gustaba comer y cosas triviales; además, hábilmente los niños se habían volcado a hacerles las mismas preguntas pero a los papás de Carlos. En fin, todos habían pasado la primera prueba y ahora era momento de descansar.

Sofía ya estaba en su cama y Francisco ocupaba la parte superior de la litera.

- ¿Por qué mamá no vino a despedirse de nosotros? – preguntó Francisco asomando su cabeza por arriba de la escalera.

- Porque aún le cuesta trabajo pensar que estamos ocupando el lugar de sus hijos perdidos… - respondió Sofía rápidamente.

Carlos le dio una mirada de incógnita. No podía entender de donde sacaba tanta imaginación, y Sofía subió sus hombros restándole importancia.

- Denle tiempo... - Carlos meditó las palabras de Sofía y pensó que quizás no era tan mala la respuesta, si las cosas seguían igual un par de semanas después, el regresar a los niños al orfanato tendría una justificación; pero, había un pero... Si Alejandra seguía manteniendo la distancia sin dudas sus padres lo notarían.

- ¿Vamos a rezar para dormir? – María sin darse cuenta llegó a salvar la situación.

- ¿Qué quieres rezar? – Carlos observó a la niña que se hincaba sobre su cama frente a él.

- En el orfanato rezamos un Padre Nuestro, un Ave María y al ángel de la guarda – respondió María.

- Entonces recemos – dispuso Carlos.

Sofía se bajó de la cama y se hincó en el suelo, mientras que Francisco lo hizo desde su cama.

- En el nombre del Padre, del Hijo y del Espíritu Santo... - comenzó Sofía y María, Francisco y Carlos la siguieron.

Carlos se preguntó cuanto tiempo hacía que no rezaba, las actividades diarias no le daban mucho tiempo a pensar en rezar, y añoró su niñez cuando solía hacerlo todas las mañanas y todas las noches, y en ocasiones durante el día. En aquel entonces la religión formaba parte importante de su vida, tal y como lo podía ver en los tres niños.

Eran ya pasadas de las diez de la noche cuando Carlos entró a su habitación. Alejandra ya estaba recostada en la cama con su camisón de dormir y las sábanas le cubrían hasta el pecho.

- Lo siento – Carlos se dio la vuelta.

- Está bien, no te preocupes. Ya tengo puesta la pijama – se descubrió para que cuando Carlos volteara la viera con el camisón puesto.

- ¡Estoy rendido! – Carlos caminó hacia el baño frotándose los ojos con las manos.

- Igual yo, ya no podía esperar que los niños se fueran a dormir y que tus papás también… Aunque me imagino que tu papá se puso a leer su libro…

- Sí, lo está leyendo; pero mamá ya estaba dormida cuando me vine del cuarto de los niños – Carlos se echó agua en la cara y disfrutó el agua fresca que le relajaba los músculos del rostro. Luego tomó una toalla y mientras se secaba caminó hacia la habitación. – ¿Los niños hicieron un buen trabajo, no crees?

- Sí, así lo creo… Han evitado preguntas personales y todo el tiempo estuvieron preguntándole a tus padres sobre su casa, el trabajo, la tía Erica y tantas otras cosas. Lo hicieron bien, y en especial Samanta…

- Sofía – corrigió Carlos.

- Sí, Sofía, pero no quiero mezclar los nombres o voy a terminar haciéndome bolas, y no quiero equivocarme delante de otras personas...

- Lo sé, sólo fue una broma – Carlos caminó y se sentó al pie de la cama. - ¿Puedo preguntarte algo?

Alejandra asintió.

- ¿Por qué guardas la distancia con los niños? Ellos tratan de acercarse y tú les mantienes a distancia. Creo que mis papás no se dieron cuenta de eso hoy, pero si continúas así, lo notarán y sentirán que algo no anda bien…

- ¡Lo sé! – Alejandra se sentó en la cama y escondió su cabeza entre sus rodillas mientras abrazaba las piernas. – Carlos, yo me fui de casa cuando tenía quince años, casi dieciséis… En un sueño tonto… No se nada de cuidar niños, tengo miedo a equivocarme…

- Sólo déjate llevar por ellos. Te mostrarán el camino.

- Una amiga me había dicho eso, pero me es tan difícil. Siento como si nunca fuéramos a salir de esto.

- ¡Tonterías! En poco más de una semana tú tendrás tu trabajo y mis papás ya se habrán ido, el resto será historia.

- ¿Realmente lo crees? ¿Qué pasara cuando llamen por teléfono queriendo hablar conmigo o con los niños? ¿O si vienen una vez más a vernos?

- Sé a que te refieres. Creo que podremos argumentar una separación o algo así… Lo he pensado y creo que antes de que se vayan podemos tener una discusión fuerte delante de ellos. Ya se nos ocurrirá algo. Lo que necesitas hacer es disfrutar el momento... - Carlos se echó la toalla al cuello y sonrió.

- ¿Tú lo estás disfrutando? – Alejandra bajó las piernas.

- Nunca había dormido con una compañera, ahora sé lo que se siente dormir con alguien – Carlos sonrió de forma picara y luego se agachó a quitarse los zapatos.

Alejandra lo observó y se dio cuenta de que Carlos lo decía sin malicia.

Carlos levantó la mirada y observó por unos segundos a Alejandra hasta que la vio sonreír. – Descansa que mañana nos toca un día pesado... - se puso de pie y caminó al baño cerrando la puerta detrás de él. Se quitó los pantalones y la camisa, y se puso un short para dormir, se lavó los dientes y regresó a la habitación. No le había tomado más de cinco minutos el prepararse pero al abrir la puerta se dio cuenta de que Alejandra ya estaba en un profundo sueño, así que sin perder tiempo apagó la luz. Caminó sin hacer ruido y con mucho cuidado levantó las sábanas de su lado, y dejó escapar una sonrisa al ver la hilera de almohadas dividiendo la cama. Muy despacio se fue acomodando procurando moverse lo menos posible para evitar despertar a Alejandra, y con sus manos sobre la nuca se quedó observando al techo; estaba cansado, pero no tenía sueño, había tantas cosas en su cabeza. *"¿A qué hora se iban a levantar? ¿Qué hacer durante todo el día para evitar pláticas sobre la historia de la familia? ¿Los niños recordarían quienes eran o tenía que volverles a recordar por la mañana? ¿Había que bañar a María o ella se podía bañar sola? Porque Sofía y Francisco ya debían bañarse solos...¡Oh, Dios! ¡En que lío me he metido!".* Entre estos pensamientos y muchos más fue transcurriendo el tiempo cuando unos leves toquidos en la puerta llamaron su atención. Observó el reloj y era pasada la media noche. Se levantó con mucho cuidado para no despertar a Alejandra y caminó hasta la puerta.

Parada en el corredor estaba María. - ¡No puedo dormir! – dijo la niña tratando de hablar en voz baja, bien entendía que los demás estaban dormidos. - ¿Puedo dormir con ustedes?

Carlos observó por unos instantes a María y luego con un movimiento de la cabeza le indicó que entrara.

María caminó despacito hasta la cama... - ¿Por qué tienen tantas almohadas? – preguntó extrañada, manteniendo su tono bajo de voz, antes de subirse.

- Un juego entre mamá y yo... - respondió Carlos.

María alzó los hombros en señal de restarle importancia y luego se subió a la cama.

Carlos quitó las almohadas con cuidado y dejó que María ocupara su lugar entre él y Alejandra, luego se recostó y María puso su cabeza en su pecho de manera que él pudiera abrazarla.

María no tardó en quedarse dormida, pero Carlos estuvo despierto la mayor parte de la noche, quizás recordando sus sueños de juventud, y sus palabras a Alejandra de disfrutar el momento. A las cuatro de la mañana se quedó dormido.

CAPITULO V

A las 7:28 de la mañana Alejandra abrió los ojos y sorprendida de ver a María en la cama, hizo un movimiento brusco que despertó a Carlos.

- ¿Qué sucede? – Carlos apenas y podía entre abrir los ojos, ya que tenía poco de haberse quedado dormido.

- ¿Qué hace ella aquí? – preguntó en voz baja.

- No podía dormir, así que vino a quedarse con nosotros.

- ¿No debía…?

- ¿Por qué?

- Pues parecería que en verdad somos una familia y…

- ¿No se trata de eso? Cuando mis papás la vean salir de esta recámara, y vean que pasó la noche con nosotros, no dudarán de nuestra "relación" – Carlos sintió que el sueño se le iba y estirándose en la cama se recargó en la cabecera. – Lograríamos mucho sin haber abierto la boca, sin actuaciones ni nada.

- Pues sí, pero… Preferiría que durmiera en su cama – Alejandra se recogió el cabello.

Carlos la observó como no la había visto los días anteriores. Realmente Alejandra tenía una belleza natural, pero como se arreglaba a diario, aunque no exageraba, no había podido apreciarla sin maquillaje.

- ¿Por qué me ves así? – Alejandra preguntó curiosa, pero sin disgusto.

- Así, ¿cómo? – Carlos extendió las manos frente a él, bien sabía a lo que se refería Alejandra, pero no quiso responder.

- ¡Papá! – entró Sofía a toda prisa y sin tocar a la puerta.

Alejandra y Carlos voltearon sincronizados hacia ella.

- Olvídenlo… - Sofía se relajó y se dispuso a salir de la habitación sin decir una sola palabra adicional, pero se detuvo en la puerta y volteó hacia el interior. – La próxima vez que María se venga a dormir con ustedes sólo avísenme… - salió de la habitación y antes de cerrar la puerta volvió a introducir la cabeza - ¡Bien pensado! – alzó el pulgar y salió.

- Esa niña tiene una mente que trabaja muy rápido. A veces me asusta… - Carlos regreso la miara hacia Alejandra.

- ¿Tienes una idea de lo que vamos a hacer hoy? – Alejandra se recostó una vez más sobre la cama y se le quedó viendo a Carlos que tenía los brazos sobre la nuca y observaba al techo.

- Me pasé la noche ideando cosas y nada me convenció. Tendremos que improvisar – de un solo movimiento se puso de pie y caminó hacia el baño.

Alejandra se quedó recostada y bajando la mirada la posó en la cabecita de María que aún dormía. Sin saber como y porque se sintió a atraída a abrazarla y cerrando los ojos se quedó dormida una vez más.

Alejandra salió de la recámara y se topó con que la mesa estaba lista. Doña Jesusita y Sofía terminaban de preparar el desayuno mientras que el resto de la casa se escuchaba en silencio.

- Buenos días – saludó Alejandra.

- Buenos días Sam. ¿Cómo dormiste? Ayer te veías muy cansada – doña Jesusita se acercó para darle un beso de buenos días.

- Creo que dormí de más... - respondió Alejandra viendo la hora que era en su reloj.

- No es para menos, con eso de que Jessica pasó a su recámara en la madrugada, seguro que no han de haber tenido una buena noche... Vi la cara de mi hijo cuando salió del cuarto...

Alejandra hizo un gesto de afirmación a lo que decía doña Jesusita, aunque ella muy bien sabía que ella no se había despertado; pero ¿para qué aclarar? Además, el hecho de que hubiese visto, o de que Carlos le hubiese contado de que María había ingresado por la noche, en la mañana era simplemente lo mejor, tal y como Carlos se lo había mencionado.

- Buenos días, mamá – Sofía se acercó a Alejandra después de secarse las manos con el secador.

- Buenos días, mi amor – Alejandra tomó entre sus manos la cabeza de Sofía y le plantó un beso en la mejilla, estaba dispuesta a tener un mayor acercamiento con los niños. - ¿Y tú papá?

- Los tres hombres salieron a comprar pan – respondió doña Jesusita. - ¿Y Jessica?

- La dejé jugando un ratito en la regadera. Creo que le gusta mucho el agua – dijo despreocupadamente y se recargó en el refrigerador de la cocina.

- Oye Sam, ¿con qué lavas la ropa de los niños? – doña Jesusita volteó a ver a Sofía.

- Con jabón normal, ¿por qué? – Alejandra se sorprendió por la pregunta y no se le ocurrió una mejor respuesta.

- Si no me equivoco, el vestido que usa Sam se lo enviamos el año pasado y parece nuevo...

- Es que no lo había usado, abuela – se adelantó a responder Sofía.

- Pero la ropa que traía Carlitos también se veía como recién sacada de la envoltura – protestó doña Jesusita.

- Es que no la habían usado – Alejandra entendió que Carlos la había guardado durante todo ese tiempo, y no se le ocurrió que podía verse sin uso, y que esto llamaría la atención de su madre; pero no tenía caso decir una gran mentira para resolver el problema, una pequeña sería suficiente. – Tienen tanta ropa que ésta estaba sin usar, y cuando supimos que venían, pensamos que les gustaría ver que les queda bien.

- Pero ¿cuánta ropa pueden tener en esos dos roperos?

Alejandra se quedó muda por algunos instantes, se había olvidado que ella y su esposo habían pasado la noche anterior en esa habitación, y en verdad no cabía mucha ropa si contaban con que también debía haber juguetes dentro de los roperos.

- Tenemos más ropa en el cuarto de los tiliches – una vez más Sofía vino a salvar la situación.

Doña Jesusita asintió con la cabeza como aceptando la respuesta.

- Voy a sacar a Ma... mi hija del agua... Ya no deben de tardar para desayunar – salió Alejandra de la habitación. Entre menos tiempo pasara frente a doña Jesusita sería mejor... "*¿Disfrutar? ¿Cómo iba a disfrutar?*" se preguntó.

- ¡Mira! ¡Carlitos! Hoy juega el San Luis contra el Toluca... - don Carlos le mostró el periódico al niño.

Don Carlos y Carlitos estaban sentados en una banca esperando que Carlos saliera de la panadería.

- Mi equipo favorito son las Chivas, no el San Luis... - respondió el niño.

- Pero, ¿no te gustaría ir a un juego?

El niño asintió con la cabeza, pero mostró algo de tristeza.

- ¿Ya te ha llevado tu papá a alguno?

- ¡No! – Carlitos respondió con seguridad.

- ¿Por qué no vamos? ¿Será muy caro?

- No lo sé…

- ¿De qué hablan? – Carlos apareció a la espalda de don Carlos.

- Hoy juegan el San Luis y el Toluca. ¿Por qué no vamos al juego? – don Carlos respondió.

- ¿No lo sé? – dudo Carlos pensando en lo que pensaría Alejandra de que la dejara sola con su mamá y las dos niñas; pero por otro lado sería una buena forma de matar el tiempo.

- ¿Quizás Sam y las niñas también quieran ir?

Carlos levantó las cejas considerando que podía existir esa posibilidad, en una primera instancia pensó que al fútbol iban sólo hombres, pero en verdad no lo sabía porque él veía poco el fútbol y de hecho nunca había ido a un estadio. - Les preguntaremos si quieren ir, y si no tienen otros planes…

Don Carlos se puso de pie y viendo la alegría de Francisco se sintió contento de poder dar alegría a su nieto.

Los tres caminaron hacia el carro.

- Mi papá me ha hecho una sugerencia para esta tarde, y que creo que sería bueno que aceptáramos… - anunció Carlos una vez que Alejandra terminó de servir los platos y todos estaban a la mesa.

Alejandra se sentó con la mirada fija en Carlos, esperaba que la sugerencia implicara un poco de tiempo para ella sola, así es que escuchó con atención.

- Hoy juegan el San Luis y el Toluca en el estadio Alfonso Lastras. ¿Por qué no vamos?

- ¡Vayan ustedes! – respondió doña Jesusita. – A mi no me llama la atención ese juego de las patadas…

Los niños se rieron a coro ante la expresión de doña Jesusita.

Alejandra iba a decir algo, pero le ganó una vez más Sofía.

- Yo me quedo con la abuela, así me puede enseñar a tejer – Sofía mostró su poco interés en el deporte del fútbol.

- ¿Y tú que dices? – Carlos volteó a ver a Alejandra, quizás esperando que ella aceptara ir.

- No, vayan ustedes, yo voy a ver a una amiga…

- ¿Y tú, Jess? – Carlos observó a la pequeña María.

- ¡Fuchi el fútbol! Prefiero ir con mamá…

Alejandra no esperaba esa respuesta de María, pero en cierta forma no estaba tan mal. Se partirían en parejas, y a ella le tocaría cuidar de la más pequeña, que en casa de Mayra no sería problema. – Jessy se viene conmigo.

- Entonces los hombres de las tres generaciones nos divertiremos de lo lindo – don Carlos frotó el cabello de Francisco y los tres hombres se rieron.

- Bueno, mi plan para después del desayuno es el siguiente: en cuanto recojamos la cocina nos iremos a dar una vuelta por la ciudad, así los abuelos la podrán conocer…

- Y nosotros también… - dijo Sofía en voz muy baja que sólo escucharon María y Francisco, los que soltaron una risita burlona.

- Lugo iremos a comer gorditas a Morales y regresamos a la casa para descansar un rato antes de que nos vayamos al fútbol… ¿Qué les parece?

- ¡Muy buena idea! – gritaron todos a coro, menos Alejandra.

- ¡Vayan ustedes! Yo me quedo a arreglar un poco la casa – Alejandra sintió que tenía una oportunidad más para alejarse de esa tensión constante en la que estaba viviendo.

- Por un día que no lo hagas… ¡Vamos! – insistió Carlos.

- Sí, ¡vamos! – insistieron los niños a coro, apoyando a Carlos.

- No, vayan ustedes…

- ¿Mami? – insistió María.

- He dicho que me quedo – se levantó de la mesa y caminó hacia la cocina.

- Sam, ¿necesitas que te ayude? – preguntó doña Jesusita.

- Gracias, pero tienen poco tiempo para conocer, es mejor que se vayan a pasear – Alejandra desapareció detrás de la puerta de la cocina.

- ¿Qué le sucede? – doña Jesusita volteó a ver a su hijo.

- Yo creo que está presionada con lo de su posible ascenso – Carlos trató de justificar a Alejandra.

- ¿La van a promover? – don Carlos intervino.

- Por eso es el día de campo mañana. Si todo sale bien, ella va a ser la gerente regional de la compañía... Voy a hablar con ella – se puso de pie y se introdujo en la cocina.

Alejandra estaba de pie con las manos apoyadas en la mesa y la cabeza agachada.

- ¿Qué sucede? – Carlos preguntó con voz muy baja, mientras se acercaba y se colocaba a un costado de ella.

- Sucede que tengo años que no estoy en familia, no sé como comportarme, me siento fuera de lugar...

- ¿Nunca soñaste con tener una familia? – Carlos le puso su mano izquierda sobre la mano izquierda de ella, con mucha delicadeza.

- Sí lo hice, pero hace tanto tiempo que lo olvidé – Alejandra levanto la vista y miró fijamente a Carlos, como si le suplicara que no la obligara volver al comedor.

- ¡Entiendo!

- ¡No, no entiendes! Yo sólo necesito un día de ti y de los niños para lograr lo que quiero, pero tú necesitas de mi tiempo completo, por los próximos siete u ocho días...

- De acuerdo, si no quieres salir con nosotros no lo hagas; pero al menos no nos dejes en la mesa, o pensarán que hay algo mal con ellos y se sentirán.

- Quizás se vayan más pronto...

- Quizás yo decida no ir mañana al día de campo...

- Carlos, que tan mal pueden sentirse ahora, que no se sientan después cuando se den cuenta de todas las mentiras que hemos dicho y hecho desde que llegaron.

- Quizás no tan mal como te sentirás tú cuando tu jefe se entere de que todo esto es una comedia y no sólo te quite el puesto, sino que te exponga ante los demás, y eso si no te corre de la compañía. Deberías relajarte y dejar de pensar en cuantos días más tenemos que mantener esta farsa, si vivieras el momento no te estarías preocupando de más... Lo que pase mañana será cosa de mañana, lo importante es lo que pase hoy – Carlos se enfadó y alzó una ceja indicándole que lo pensara, luego salió de la cocina.

- ¿Todo bien? – don Carlos pareció notar el enojo de su hijo.

- Todo bien, papá – se sentó a la mesa y trató de poner buena cara.

Carlos sujetaba con su mano derecha, la mano izquierda de María cuando llegaron a la Plaza de Armas, en el centro de la ciudad de San Luis. Don Carlos y doña Jesusita caminaban junto a ellos, y Sofía y Francisco iban libres manteniendo cierta distancia y aproximándose de vez en cuando para no perderse, ya que ellos tampoco conocían la ciudad.

- Esta es la Plaza de Armas, la Catedral, más allá está el Palacio Municipal. De aquel lado está el Palacio de Gobierno – Carlos señaló cada uno de los edificios una vez que llegaron a la Plaza de Armas, ya que venían entrando por el andador de la calle de Zaragoza.

- ¿Es arquitectura colonial? – preguntó don Carlos.

- Sí, así es…

- ¿Qué significa colonial? – preguntó Francisco parándose frente a Carlos.

- Que viene de la época en que México aún formaba parte de España – respondió Carlos.

- La plaza está muy bien arreglada.

- ¿Y Samanta? – doña Jesusita preguntó volteando a ver hacia varios lados.

- ¡Allá! – exclamó María con su índice derecho, ya que con su mano izquierda se sujetaba de Carlos, a un aparador de la tienda Sears que se encontraba en contra esquina de la Catedral.

Sofía observaba los MP3 que se exhibían en el aparador.

- ¿Te gustaría tener uno? – preguntó don Carlos a Sofía.

- Son muy caros – respondió ella con un poco de nerviosismo al verse descubierta.

- ¿Por qué no vamos a ver?

Sofía volteó a ver a Carlos que se acercaba y con una mirada solicitó su aprobación.

Carlos accedió con un gesto y en el rostro de Sofía se dibujó una gran sonrisa que se abrazó del brazo izquierdo de don Carlos, para entrar a la tienda.

Carlos y María caminaron también al interior pero con más calma, esperando a que se les acercaran doña Jesusita y Francisco que venía un poco más rezagado.

- ¡Lo ves! ¡Están muy caros! – Sofía le mostró a don Carlos el precio del IPod Touch 4 de 64 GB que tenía un precio de $5,200.00 pesos.

- Bueno, es que tú sí sabes elegir… Es uno de los mejores, pero hay otros más económicos como esté – don Carlos le mostró el Apple IPod Nano 6 de 8GB en un precio de $1,800.00 pesos.

- Tienes razón, pero aún está muy caro – Sofía sonrió con disimulo, nunca había tenido un radio de esos y le llamaba la atención ver a tantos muchachos en la calle con sus audífonos puestos, aislados del mundo y metidos en sus cabezas, que realmente se había dejado apantallar.

- ¿Y uno como estos abuelo? – Francisco se acercó y le mostró un Sony NWZ-B172F de 2GB en $800.00 pesos.

Don Carlos observó a Francisco y volteó a ver a Sofía. – Le preguntaremos a tu papá…

- No por hoy – dijo Carlos acercándose. – Quizás más adelante…

Sofía se entristeció al igual que Francisco que ya se hacían con un radio MP3.

Don Carlos abrazó a los dos niños como tratando de consolarlos, pero Francisco se le escurrió por entre el brazo y sin que don Carlos se diera cuenta se aproximó al estante y tomó uno de los MP3 con tal facilidad que nadie se percató de ello. Entonces escondió al aparato debajo de su suéter y salió a la calle sin que nadie se diera cuenta de lo que llevaba.

- ¡Se me olvidó algo! – exclamó Carlos. – Sigan adelante, los veo en la Catedral… - le dio la mano de María a su madre y los abandonó a toda prisa para volverse a meter a Sears.

- ¿Qué se le olvidaría? – preguntó doña Jesusita.

- Quien sabe. A lo mejor le dieron ganas de ir al baño… - respondió don Carlos.

Alejandra entró a su casa y se sintió extraña; ya había dormido fuera dos noches seguidas, algo que no había hecho en mucho tiempo.

Caminó al interior y revisó su teléfono, un par de mensajes del trabajo, pero nada realmente de importancia. Entró en su habitación y la soledad le hizo temblar. Lo que por muchos años se había vuelto habitual, ahora que conocía otra cama, otra habitación y otra casa; ahora su casa, su cuarto y su cama le parecían fríos y vacíos, llenos de soledad; una soledad que ella había tratado de evitar con el trabajo. Si no fuera porque al día siguiente tenía el día de campo, y porque tenía que regresar a la casa de Carlos, se habría ido a trabajar unas horas a la oficina y el sábado se habría ido en un suspiro. Abrió su closet y buscó la ropa que había ido a buscar y que le sería necesaria para los siguientes días. La acomodó en una pequeña maleta de viaje, entró al baño y tomó varias cosas como su cepillo de dientes, su shampoo, su desodorante, etc., y los acomodó en una bolsa, y luego se dirigió a su pequeña oficina ubicada al otro lado del pasillo de su cuarto. Prendió su computadora y se dispuso a hacer lo que mejor sabía hacer, trabajar. Tendría un par de horas antes de regresar a la casa de Carlos, a tiempo para ir a comer con la familia.

Los niños y los abuelos entraron a la Catedral por la puerta principal, y todos se quedaron observando desde el atrio.

- ¡Qué bonita iglesia! – exclamó doña Jesusita.

Don Carlos y los niños también admiraron lo bien arreglada de la Catedral, pero no dijeron nada, únicamente observaron.

Caminaron todos por el ala izquierda y pasaron frente al altar del Señor de la Misericordia, donde varias personas rezaban de rodillas. La pequeña capilla estaba llena de flores y maravillosamente iluminada. Los cinco hicieron una reverencia y siguieron adelante. Pasaron junto a la imagen de San Luis Rey de Francia y continuaron admirando la iglesia.

Un poco más adelante, en un nicho en alto, doña Jesusita divisó a la Sagrada Familia, y sin perder el tiempo se hincó frente a las imágenes y se persignó.

- ¿Por qué te hincas? – preguntó María soltándose de la mano de don Carlos para pararse junto a doña Jesusita.

- Porque allá arriba está la sagrada familia – respondió doña Jesusita mientras con el dedo en corto señalaba las imágenes. – Y quiero agradecerle porque nos haya permitido estar aquí con toda la familia, además le voy a pedir para que siempre sigamos unidos.

María se dejó caer de rodillas junto a la "abuela", y Sofía y Francisco que también escucharon hicieron lo mismo.

Don Carlos se mantuvo de pie pero no por ello se mantuvo al margen de las oraciones.

- ¡Gorditas! – exclamó María con alegría cuando Alejandra le puso en un plato una gordita de picadillo.

- Parece como si nunca hubieran comido gorditas – dijo don Carlos después de ver con el gusto con el que los niños las comían.

- Sí hemos comido, pero no aquí y muy de vez en cuando… - explicó Francisco y después le dio una mordida a la gordita de huevo rojo que tenía en sus manos.

- Los sacamos poco al restaurante – aclaró Alejandra.

- Hija, ¿pero como le haces? Si en el refrigerador sólo hay comida como para un soltero…

Alejandra y Carlos se miraron. La verdad se les había pasado ese detalle. Carlos compraba comida para la quincena o el mes, y compraba poco porque no solía preparar en la casa. Habían tenido suerte de que había algo de comida en el refrigerador para la comida del día anterior, la cena y el desayuno, pero no era la comida para cinco personas, y mucho menos para cuatro adultos y tres niños.

- Como venía el fin de semana y el día de campo, planeamos ir al super el lunes… - respondió Alejandra.

Doña Jesusita pareció convencida con la respuesta.

- ¡Jessica! – exclamó Alejandra al ver a la niña que se había manchado la ropa.

La gordita se había despedazado en las manos de María, y al momento que ella había tratado de darle la mordida la comida había ido a dar a su vestido. Con la exclamación de Alejandra, la niña bajó la mirada y se dio cuenta de lo sucedido.

Sofía y Francisco comenzaron a reír al ver a su "hermana" manchada como un payasito, ya que sus labios se habían pintado con el rojo de la salsa al igual que su nariz, y además la blusa blanca y los shorts amarillos, y entonces ella también empezó a reír.

- Eso pasa por no comer sobre el plato – Carlos dijo serio.

María paró de reír en seco y asustada con la mirada de Carlos su risa se tornó en lágrimas. Si bien no hizo escándalo, sí se puso triste y las lágrimas brotaron de sus ojos.

- ¡Vamos, no pasa nada! No es para que llores – Alejandra tomó una servilleta y comenzó a limpiarla, empezando por las lágrimas.

María observó a Alejandra y limpiándose las lágrimas trató de calmarse.

- ¡Parece un pallacito! – se burló Francisco.

- ¡Una pallacita! – corrigió Sofía.

- ¡Sam, es suficiente! – la voz de Alejandra fue tajante y con la mirada reprochó a Sofía su comportamiento.

Se hizo silencio por unos instantes y los tres niños se voltearon a ver entre sí. María dejó escapar una leve sonrisa tímida, y Francisco y Sofía sólo hicieron una mueca indicando que todo estaba bien.

Don Carlos y doña Jesusita vieron reacciones que no habían visto ni en su hijo Carlos ni en Alejandra y les extrañó; pero ahora sí parecían más una familia…

- A ver, niños… - Carlos rompió el silencio. – Sus abuelos han querido darles unos obsequios, y sacando tres sobres de distintos colores se los pasó a don Carlos.

Los tres niños se emocionaron ante la idea de recibir un regalo, esto era toda una sorpresa.

- Sam, tú eres la más grande, tú escoges primero… - don Carlos extendió los sobres hacia Sofía. – Pero no lo abras hasta que cada quien tenga el suyo…

Sofía escogió el sobre amarillo y lo puso frente a ella tanteándolo con las manos, viendo si podía descubrir lo que había en el interior.

Don Carlos extendió los dos sobres restantes hacia Francisco – Tú turno, Carlitos…

Francisco escogió el sobre verde y a imitación de Sofía trató de averiguar lo que era.

- Y éste es tuyo – don Carlos le entregó el sobre azul a María. – Ahora pueden abrirlos…

Los tres niños se apresuraron a romper su sobre, pero María que no podía lo extendió a Alejandra para que le ayudara.

- ¡Gracias! – levantó Sofía la mirada hacia don Carlos y luego hacia doña Jesusita. En sus manos tenía un IPod Nano de 8G del color de su sobre.

Doña Jesusita la abrazó confortándola porque parecía que iba a llorar de emoción.

- No es el que tu querías, pero algo ha de servir – dijo don Carlos.

- Gracias abuelo, esto es más de lo que podría pedir – Sofía se puso de pie y le dio un beso en la mejilla.

- ¿Pero qué pasa contigo? – don Carlos volteó a ver a Francisco que estaba muy serio observando su IPod de color verde.

- Nada – respondió el niño.

- ¿No estás contento? – preguntó doña Jesusita.

- ¡Se ha quedado mudo de la impresión! – Sofía dio la mejor explicación de lo que podía estar pasando por la mente de Francisco.

Francisco asintió con la cabeza.

- ¡A mi también me gustó mucho! – dijo María tomando su IPod azul de la mano de Alejandra. - ¡Gracias, abuelos! – y siguiendo el ejemplo de Sofía se bajó de su silla y fue a agradecerles con un beso en la mejilla a cada uno.

- Guárdenlos – sugirió Carlos, aún hay que bajar la música de la computadora y cargar la batería…

- ¡Papá! – Sofía se acercó con cuidado a Carlos, procurando no llamar la atención de los demás que iban en dirección de la puerta de la casa.

- ¿Qué sucede? – Carlos se volvió para ver a Sofía.

- ¿Tendremos que regresar el regalo, cuándo los abuelos se hayan ido?... – Sofía jugueteaba con el IPod en sus manos.

- ¡No! ¡Es suyo! Como toda la ropa y los juguetes – le pasó la mano por el hombro y juntos caminaron hacia la casa.

- ¿Los abuelos no se molestarán con nosotros…? - la mirada de Sofía era penetrante y denotaba cierta tristeza.

- ¡No! En todo caso lo harán conmigo – cruzaron la puerta. ¡Ven! – llevó a Sofía hacia la habitación y sacó de un maletín su computadora portátil, una Macbook Pro de 15". – El módem está prendido. Te voy a enseñar a usar mi máquina para que prepares tu IPod y los de Francisco y María...

- ¡Mami! ¿Estás molesta conmigo? – María alzó los brazos permitiendo que Alejandra le retirara la playera.
- ¡No! No estoy molesta contigo...
- Hice un tiradero...
- Sí lo hiciste. A ver, quítate los shorts – Alejandra fue hacia el ropero y empezó a revisar lo que había allí. La ropa de los niños estaba guardada en cajas, cajas viejas que contenían ropa totalmente nueva. Cajas de regalo con los nombres de los niños, pero la ropa ya no coincidía con la edad actual. Se dio cuenta de que eran los regalos que les habían mandado los papás de Carlos a lo largo de los años que lo habían creído casado y con hijos. Carlos había guardado todo, probablemente los había abierto para verlos, pero los había regresado a las mismas cajas. Finalmente encontró un vestido azul con blanco y pensó que la talla era correcta. Había sido enviado para Samanta seis o siete años atrás. - ¡Vamos a probarte este!

María extendió los brazos y Alejandra le colocó el vestido.

- Te queda un poquito grande, pero se te ve bien. ¿Te gusta?
- ¡Sí me gusta! – respondió María con una sonrisa mientras veía el vestido y luego corrió a verse en el espejo de la habitación.

Alejandra entró en la habitación de Carlos y encontró a Sofía en la computadora portátil con Carlos. - ¿Puedo hablar contigo? – se dirigió a Carlos.

Carlos quitó la mirada de la pantalla y se dio cuenta de que era a solas. – Llévate la computadora al comedor y sigue allá... - le dio unas palmaditas en la espalda a Sofía que inmediatamente se percató de la situación, y sin replicar nada salió de la habitación metida en la computadora. - ¿Qué pasa? Te escucho...

- He pensado mucho lo que discutimos en la mañana y te pido disculpas por lo que dije, estaba fuera de lugar...
- Yo también dije cosas que no debía – se disculpó Carlos.
- Hay muchas cosas y sentimientos danzando sobre mis cabeza – Alejandra se recargó en la pared.
- Lo sé y lo entiendo, la mía no está diferente.

- Pero tú te ves tan tranquilo.

- Sólo me veo, no creas que estar mintiendo es parte de mí, no lo es y de hecho lo detesto – se puso de pie y caminó hacia Alejandra.

- Necesitamos decidir que vamos a hacer la próxima semana. Estar todo el tiempo improvisando no me deja respirar…

- Sé a que te refieres.

- Mañana como sea será estar todo el día en ese dichoso día de campo, pero después…

- Hablaremos mañana después del día de campo. Lo prometo.

Alejandra movió la cabeza en forma afirmativa.

- Lo estás haciendo bien, sólo que necesitas actuar con Sofía y con Francisco como lo haces con María – le levantó la cabeza a manera de que los dos se vieron a los ojos.

Por unos instantes ambos desearon acercarse más el uno al otro, tocarse y abrazarse, y quizás hasta besarse.

- Es hora de que me vaya o no llegaremos al partido – Carlos dio un paso hacia atrás y observando el reloj dio media vuelta y salió de la habitación.

- ¿Cómo te va la vida de mamá? – Mayra sirvió una tasa de café y se sentó junto a Alejandra en la mesa de la cocina.

- No está mal, los niños son muy independientes. La única que necesita un poco de mayor atención es María, de allí en fuera, Francisco se ha relacionado muy bien con el papá de Carlos, y Sofía con la mamá; así es que he tenido poco tiempo para seguir creciendo mi nariz de pinocho… - la voz de Alejandra mostraba un poco de preocupación y melancolía.

Mayra sonrió entendiendo lo que Alejandra quería decir. - ¿Y con Carlos?

- ¿Qué con él?

- ¿Cómo se llevan?

- Es un caballero, no lo puedo negar. Me respeta… Aunque ya hemos tenido algunas discusiones no muy agradables.

- ¿Te ha besado?

- ¡Por supuesto que no! ¿No me escuchaste decirte que hemos discutido?

- Todo mundo discute. No me lo tomes a mal. No me refiero al tipo de besos que te estás imaginando. Un beso normal... - Mayra juntó sus labios mostrando gráficamente lo que quería decir. - Deberían hacerlo, y es mejor que lo hagan delante de los papás de Carlos, porque mañana, entre tanta gente, les será más difícil, y este tipo de demostraciones son necesarias para convencer, tanto a los papás de Carlos como al licenciado Salvador y a todos aquellos que estén presentes...

- ¡Huy! Ya nada más de escucharte decirlo se me puso la piel de gallina.

- Piénsalo, porque eso no te puede suceder delante de tu jefe mañana, se dará cuenta de que no son una pareja – Mayra tomó las manos de Alejandra.

- Quizás tengas razón, pero apenas y lo conozco de hace un par de días...

- ¿Dormiste con él, no?

- Pero sólo en la misma cama, por necesidad, y no pasó nada...

- Lo sé. Se ve muy bien ese anillo en tu manó – Mayra se agachó para observar el brillo del mismo en la mano de Alejandra.

- Se me olvidó quitármelo después de salir de la casa – Alejandra pasó su mano derecha sobre la izquierda y retiró el anillo de su dedo anular.

- ¡No! No necesitas quitártelo. Se te ve muy bien... Además podrías perderlo.

- ¿Bromeas? Este anillo se ve bien en cualquier mano – lo levantó sobre su cabeza en dirección de la ventana, lo observó por unos momentos y luego se lo pasó a Mayra para que lo viera.

- ¿No has pensado que quizás...?

- ¡No! – interrumpió Alejandra adivinando la pregunta de Mayra.

Mayra sonrió.

En eso entró Fernandito, el hijo mayor de Mayra, de unos ocho años de edad, ligeramente sobre pasado de peso aunque un poco más alto que la media de los niños de su edad.

- Mamá, ¿podemos comer palomitas mientras vemos la película?

Mayra asintió con la cabeza y se puso de pie en dirección del mueble de la alacena. - ¡Váyanse a sentar junto a la TV y yo se las llevo!

- Mami, ¿yo también puedo comer? – entró María y se dirigió a Alejandra.

- Sí – respondió Alejandra y luego la observó salir corriendo de la cocina con una sonrisa de oreja a oreja, detrás de Fernandino.

- ¿A poco no te gusta como te dice mami? – Alejandra introdujo una bolsa de palomitas al microondas, puso tres minutos y lo echó a andar.

- No lo sé...

- Lo dice muy tierna – Mayra pareció más emocionada que la misma Alejandra.

- No quiero encariñarme mucho con los niños, May...

- ¿Por qué?

- Después la separación no va a ser fácil para ellos – Alejandra tenía la mirada fija en la puerta de la cocina.

- ¿Para ellos o para ti?

- Para ambos – Alejandra concedió.

Mayra asintió con la cabeza. Luego tomó un plato de una gaveta y sacando las palomitas de la bolsa, las puso sobre el plato y salió hacia la TV dejando sola a Alejandra por unos instantes.

- Dime Sam, ¿por qué no se llevan bien tú y tu mamá...? - doña Jesusita dio una vuelta al hilo sobre la aguja y continuó tejiendo. Apenas y había levantado la vista un poco para ver a Sofía que la seguía con la vista atenta a sus movimientos.

- No, no es que nos llevemos mal... - Sofía levantó las agujas que tenía en sus manos y trató de realizar los mismos movimientos de doña Jesusita.

- Tienes razón, no se llevan mal; porque simplemente no se llevan... Hay una distancia enorme entre ustedes... Es como si no se conocieran. En cambio veo que tu madre se preocupa mucho por Jessica.

- Es la más chica de la familia, es normal que se preocupe por ella... Eso no quiere decir que no me quiera...

- Tienes razón, pero aún así mi corazón de abuela me dice que algo no anda bien, que ustedes dos no se entienden, y esto puede ser muy doloroso.

Sofía sintió una fuerte punzada helada, que le bajo desde la nuca hasta los hombros y tuvo que encogerse. – Estoy entrando en la etapa de la adolescencia... ¿Cómo puede conocerme mi madre, si yo misma no me conozco? – levantó los hombros como si quisiera restarle importancia a la conversación, pero lo que en realidad buscaba era tratar de relajar la tensión en su espalda.

Doña Jesusita bajó su tejido y lo dejó entre las piernas y se le quedó observando a Sofía, si veía el trabajo que ella hacía con su tejido, pero más que nada le interesaba ver la reacción a su pregunta. - ¡Eres una chica muy lista Sam! – dijo, como dando a entender que no se tragaba la respuesta, pero entendía que no podía profundizar en el tema en ese momento.

Sofía dejó escapar una leve sonrisa y de reojo observó a doña Jesusita que continuaba mirándola.

- ¡No! – la abuela detuvo las manos de Sofía. - Este se da vuelta en la otra dirección – tomó el hilo de la mano de Sofía y le dio vuelta en sentido contrario al que lo había hecho Sofía.

- Gracias – respondió Sofía satisfecha de que el tema se había dado por concluido.

El juego había estado por demás emotivo. El San Luis había jugado como nunca y había logrado un contundente 5 a 1, pero a pesar de ello y de que tanto don Carlos como Carlos lo habían disfrutado, sobre todo por el ambiente, Francisco sólo había mostrado cierta emoción en momentos muy particulares.

- ¿No te gustó el juego? – preguntó Carlos a Francisco mientras caminaban entre la multitud de la gente.

- Sí me gustó – respondió el niño con cierta seriedad.

- ¿Te sientes mal? – don Carlos también mostró su preocupación por la poca falta de interés, cuando ese mismo día en la mañana había estado muy entusiasmado.

- Sí, no me siento bien – concedió Francisco.

- ¿Te duele la cabeza? – Carlos llevó su mano a la frente de Francisco.

Francisco negó con un movimiento de su cabeza.

- ¿El estómago?

Nuevamente Francisco lo negó. - Sólo quiero dormir…

- Bien, en cuanto lleguemos a la casa le pediremos a tu mamá que te de algo de cenar para que te vayas a acostar…

- No tengo ganas de cenar, ¿me puedo ir directo a la cama?

- ¡Veremos! – respondió Carlos.

Don Carlos y Carlos se vieron extrañados, pero Carlos se preocupo de tener que llevar a Francisco al doctor en caso de que fuera algo más serio. Y por su mente vino la pregunta de ¿a qué doctor podría acudir? No conocía ningún pediatra, luego se calmó con la idea de que Alejandra o alguna de sus amigas pudiera conocer a alguien.

Don Carlos, doña Jesusita, Carlos y Alejandra estaban sentados a la mesa. Acababan de cenar y los niños ya se habían despedido para ir a la cama a descansar.

- Me preocupa Carlitos – rompió don Carlos el silencio. – No es normal que haya cambiado así de un momento para otro…

Carlos asintió con la cabeza.

- Estaba muy bien desde en la mañana hasta que les dimos los IPods – continuó don Carlos.

- Lo sé, yo también me di cuenta – Carlos confirmó.

- Los niños cambian de humor repentinamente – trató de tranquilizar la situación Alejandra, aunque no muy convencida de lo que decía, después de todo su experiencia con niños era casi nula.

- Quizás han sido muchas emociones en muy poco tiempo – agregó doña Jesusita integrándose a la conversación.

- Eso podría ser también – concedió Carlos.

- ¡Papá! ¡Mamá! – la voz de Sofía apareció por el corredor.

- ¿Qué sucede? – Alejandra volteó a ver a Sofía que ya estaba casi frente a ellos en el comedor.

- Es Carlitos; está llorando…

- ¿Le duele algo? – preguntó Alejandra.

Carlos se puso de pie y caminando a un lado de Sofía indicó – voy a ver que le pasa…

- ¿Qué es lo que tiene tú hermano? – doña Jesusita extendió la mano izquierda y tomó el brazo derecho de Sofía obligándola delicadamente a acercarse a ella.

- No lo sé – respondió Sofía y con un suave movimiento se liberó de doña Jesusita y se dirigió a su habitación.

- ¿Carlitos? ¿Qué te pasa? – Carlos se acercó a la litera y con su mano derecha acarició el cabello del niño.

María se enderezó en su cama al ver entrar a Carlos pero no dijo nada, únicamente se dedicó a poner atención a lo que pasaba.

- No pasa nada – respondió Francisco sin parar de sollozar.

- Tiene remordimientos – la voz de Sofía se escuchó seria detrás de Carlos, en la entrada de la puerta de la habitación.

- ¿Remordimientos? – Carlos volteó a ver a Sofía.

- ¡Cállate! – gritó Carlitos volteando de pronto la cara que estaba empañada en lágrimas.

- ¿De qué habla Sofía? – Carlos regresó la mirada a Francisco que parecía querer fulminar a su "hermana" con la mirada.

Francisco fijó su mirada en los ojos de Carlos por unos instantes y no pudiendo contener más sus sentimientos se dejó caer de nuevo en la cama, dándole la espalda a Carlos.

Carlos volteó de nuevo a hacia Sofía en busca de respuestas.

- Robó un IPod de la tienda... - explicó Sofía.

En ese preciso instante los sollozos de Francisco se incrementaron, y éste se tapó con las sábanas la cabeza, como si con ello pudiese ocultar la vergüenza que el hecho le provocaba.

- ¿Tomaste un IPod de la tienda?

Francisco no contestó, pero su llanto indicaba que el hecho era real.

- ¡Estoy muy decepcionado de ti! – Carlos alzó la voz molesto. – Pensé que eras un buen niño, así ¿quien va a querer adoptarte? ¿sabes cómo se llama a los que toman las cosas que no son suyas?...

No hubo respuestas.

- ¡Ladrón! Así se les llama, ya que lo que hiciste fue robar...

El niño incrementó el llanto como no pudiendo contener la tristeza que se acumulaba en su interior.

- ¡Papá! – María jaló la playera de Carlos. – Él no sabía que le iban a regalar un radio…

- Las cosas no se toman tan sólo porque no las tenemos, hay que pagarlas – Carlos bajó la mirada hacia María y le pasó la mano derecha por la cabeza.

Sin darse cuenta, la intromisión de María había hecho que el enojo de Carlos se atenuara, ya que poco le faltaba a Carlos bajar al niño de la cama y darle una buena tunda.

- Mañana resolveremos esto. Quiero que tengas listo el radio, y olvídate del regalo que te dio mi padre, porque en castigo ya no lo tendrás… - se dio la vuelta y salió de la habitación cerrando la puerta de golpe.

- ¡Ya estarás contenta! - Francisco se dio la vuelta de golpe y miró con odio a Sofía. - ¡Ahora ya no me van a adoptar a mí! ¡Me van a regresar al orfanato! – se volvió de nuevo a su posición…

- Paco, yo… - Sofía trató de disculparse, pero Francisco se echó encima la almohada sin intenciones de volver a trazar palabra con ella. Sofía sintió de pronto una profunda tristeza, esa no había sido su intención, si había alguien que soñaba con que los adoptaran a los tres era ella. Había hecho todo por ello, pero bien sabía que no podían ocultar aquello, sobre todo porque no era ella la que realmente lo había delatado, sino la consciencia que no le permitía descansar en paz.

- ¿Qué paso? Escuchamos gritos… – Alejandra se puso de pie y se aproximó a Carlos con preocupación, aunque por el rostro de Carlos y por su actitud, podía determinar que Francisco no tenía un problema de salud.

- Francisco robó un IPod de Sears… - respondió Carlos.

- ¿Francisco? – preguntó doña Jesusita.

- Carlitos – Explicó Alejandra.

- No sabía…

- Se llama Carlos Francisco – Alejandra trató de aclarar todo en un instante.

- ¿Y qué pasó? – don Carlos vio la preocupación en el rostro de su hijo.

- Le dije que era un ladrón... - Carlos se dio cuenta de lo duro que había sido y no pudo más que volver la cara para evitar que le vieran el rostro.

- ¡Tan sólo es un niño! – exclamó doña Jesusita.

- Pero tiene que aprender – Carlos se mantuvo dándole la espalda a su padres, pero Alejandra bien podía ver lo que le estaba molestando a Carlos esa situación.

- ¡Hijo! – la voz de don Carlos era tranquila y suave. – ¡Hijo! – se encaminó hacia Carlos y le puso la mano en la espalda. - ¿Recuerdas aquel día en la Comercial Mexicana?

Carlos levantó la cabeza y observó a su padre.

- ¿Te acuerdas?

Carlos asintió.

- ¿No te parece que fuiste muy duro con Carlitos al llamarlo ladrón? – don Carlos insistió.

- No es igual – Carlos sacudió la cabeza.

- ¿Qué hay de diferencia? – volvió a interpelar don Carlos.

Carlos respiró profundo.

- Habla con él, dile que lo que hizo estuvo mal, pero no le llames ladrón – don Carlos vio el conflicto en su hijo.

Alejandra no entendía lo que sucedía, pero podía ver que padre e hijo comprendían muy bien de que se trataba aquella cita a un hecho pasado.

Carlos asintió con la cabeza y se dirigió de nuevo al cuarto.

- ¿Cómo está? – se enderezó Alejandra en la cama al ver entrar a Carlos.

- Más tranquilo – Carlos parecía no muy animado.

- ¿Y qué vas a hacer con el aparato?

- Acordamos que ya sea mañana o el lunes lo iremos a regresar, lo entendió bien.

- ¿Qué fue eso de la Comercial Mexicana?

Carlos trató de forzar una sonrisa y se dirigió al baño. Dejó la puerta abierta y se echó agua en la cara como tratando de despejar las ideas. – Cuando estaba chico, como de la edad de Francisco, mis padres y yo entramos a una Comercial Mexicana – salió del baño con una toalla en la mano limpiándose el rostro. – Pasamos por la sección de juguetería y yo vi unas canicas que llamaron mi atención… Estaban sueltas en una charola. Se me hicieron bonitas y las eché a la bolsa de mi pantalón – se sentó al pie de la cama del lado de Alejandra.

- Eras un niño – Alejandra se acercó a Carlos sin dejar de mirarlo a los ojos.

- Pero sabía lo que hacía. No salí con las canicas en la mano, las quería ocultar de mis padres…

Se hizo una pausa y ambos se miraron fijamente sin decirse nada.

- ¿Y qué sucedió?

- Cuando mi papá se dio cuenta de ello, me llevó ante el gerente y me pidió que le dijera lo que había hecho…

- ¿Lo hiciste?

- ¿Qué otra opción tenía?

- ¿Y aprendiste?

- Jamás se me olvidó la lección. Nunca más volví a tomar algo que no fuera mío.

- ¿Y qué piensas hacer con Francisco?

- En cuanto tengamos una oportunidad iremos a ver al gerente, y hará lo mismo que yo hice…

Alejandra se acercó un poco más a Carlos, y antes de que éste se diera cuenta, le plantó un beso en los labios; rápido y muy superficial, pero al fin y al cabo un beso.

- ¿Qué haces? – Carlos observó a Alejandra pero no se movió ni un centímetro.

- Mayra piensa que debemos practicar besarnos de vez en cuando, antes de que tengamos que hacerlo en público, y sentí que era el momento…

Carlos sonrió – Mayra es muy sabia – extendió sus manos y tomó del mentón a Alejandra, le levantó la cabeza y aproximo sus labios a los de ella…

- No es muy sabia; de serlo no me habría sugerido decir tantas mentiras – Alejandra sonrió y se dispuso a recibir los labios de Carlos en los suyos.

- ¿Puedo dormir con ustedes?

La voz de María interrumpió el magnifico momento y ambos sonrieron. Carlos libero la cabeza de ella y volteó a ver a la niña parada junto a la puerta.

- Sólo si me dices que pasó con Francisco...

- Ya se calmó. Está profundamente dormido – respondió la niña con seguridad.

- ¿Y Sofía? - continuó Carlos.

- Bien dormida...

- Bien – Carlos accedió y volteando a ver a Alejandra se dio cuenta de que el momento ideal para besarla ya había pasado, ya que ella se había recostado en la cama alejándose de él.

María se subió a la cama y quitó las almohadas que dividían el espacio entre Alejandra y Carlos y se recostó abrazando a Alejandra.

Carlos sonrió y rodeando la cama tomó su lugar. Extendió la mano y apagó la luz.

CAPITULO VI

Carlos abrió los ojos y volteando a ver el reloj de la cabecera se dio cuenta que eran las siete de la mañana. Meditó por unos instantes y luego volteó a ver a Alejandra un tanto dubitativo, pero finalmente se decidió, - Alex – movió suavemente el hombro de Alejandra tratando de despertarla.

Alejandra abrió los ojos, pero claramente se podía ver el trabajo que le estaba costando despertarse. - ¿Qué sucede? – vio a Carlos frente a ella y luego volvió a cerrar los ojos como si quisiera volverse a quedar dormida.

- Tenemos que levantarnos ya…

Alejandra abrió los ojos y después de observar el rostro de Carlos, incrédula, por algunos segundos, desvió su mirada hacía el mismo lugar en donde Carlos había visto la hora. - ¡Pero si apenas son las siete de la mañana!

- Lo sé, pero es domingo – Carlos comenzó a mover a María con la intención de despertarla.

- Pues, ese es el caso. Normalmente los domingos yo suelo levantarme tarde… - protestó Alejandra, quitando la mano de Carlos de la espalda de María que seguía dormida ajena a la discusión.

- ¿A qué hora tenemos que estar en casa de tu jefe?

- A las diez, diez y media. ¿Por qué?

- ¿Vas a la iglesia los domingos?

Alejandra negó moviendo la cabeza.

- Pues yo tampoco, pero mis papás sí, y van a querer ir a misa antes de irnos con tu jefe. Lo que nos da una hora, hora y media para vestirnos, desayunar e ir a misa de nueve.

- Lleva a tus papás, yo me quedo con los niños – Alejandra se volvió a recostar en la cama, aunque presentía que su respuesta no cambiaría las intenciones de Carlos.

- Mis papás verán muy mal que no vayamos en familia, además después no habrá tiempo para que vayan ustedes a misa, lo que será mucho peor…

- De acuerdo – Alejandra estiró su cuerpo y se dispuso a ponerse de pie.

- ¡María! ¡Vamos, arriba! – Carlos regresó a su labor de despertar a la niña.

María cambió de posición pero permaneció dormida.

- ¿Puedes hacerte cargo? Voy a despertar a los otros – Carlos observó a Alejandra.

Alejandra asintió con un movimiento afirmativo de la cabeza.

Carlos salió a toda prisa de la habitación.

- ¡Hijo, que bueno que te veo! – don Carlos se aproximó a su hijo que se había detenido a la mitad del pasillo y volteado a ver a su padre al escuchar que le llamaba.

- ¿No sería bueno que fuéramos a misa antes que al día de campo?

- Estoy en eso papá. Voy a despertar a los niños – hizo un gesto y se dirigió al cuarto de los niños. – Vamos a ir a misa de nueve…

- ¡El desayuno está listo! – salió doña Jesusita de la cocina, llevaba puesta una bata de dormir.

- Y la mesa también – agregó don Carlos.

- Bien – asintió Carlos, - despierto a todos, desayunamos y luego nos preparamos para ir a la iglesia. Entró en la habitación en donde tranquilamente descansaban Sofía y Francisco. – ¡Niños, arriba! – movió a Sofía y luego se fue hacia la cama de Francisco. - ¡Arriba! ¡Es hora de levantarse!

- ¡Pero es domingo!

- Lo sé. Los quiero en la mesa en diez minutos para desayunar – Carlos prendió la luz y salió de la habitación.

- ¡Cinco minutos más! – exclamó Sofía y se echó la almohada en la cabeza para tapar la luz.

Francisco no dijo nada, pero pensó que la sugerencia de Sofía era excelente así es que se metió debajo de las sábanas y cerró los ojos.

La misa había terminado y todos iban camino a la casa del licenciado Salvador. El carro de Carlos iba lleno, manejaba Carlos y a su lado iba sentada Alejandra con María en las piernas, y en el asiento de atrás don Carlos, doña Jesusita, Sofía y en sus piernas Francisco.

- Hijos – doña Jesusita puso sus manos en los hombros de Carlos y Alejandra. – Me da mucho gusto de que van a la iglesia en familia.

Carlos y Alejandra se miraron.

- Gracias, mamá – Carlos regresó la vista al frente y de reojo miró por el retrovisor a su madre. Se sintió mal, porque ni eran familia, y de hecho hacía meses que no se acercaba a la iglesia.

- Es verdad. Es triste ver que ahora muchas familias ni siquiera le dedican un ratito a la semana a Dios. Todo el tiempo están ocupadas en sus problemas, en sus trabajos, en sus diversiones y les da una flojera tomarse media hora o cuarenta y cinco minutos para estar un momento en su presencia... - continuó doña Jesusita.

- Si se dieran cuenta de lo importante que es tener a Dios como centro de su vida y de sus familias, lo buscarían más... Es triste ver como han crecido los divorcios, las parejas separadas, la violencia en las familias... Le pedí mucho a Dios por ustedes porque los conserve unidos como hasta ahora – una lágrima brotó de los ojos de doña Jesusita.

- ¡Gracias abue! – se recargó Sofía en doña Jesusita quien la abrazó y le dio un beso en la frente.

Carlos y Alejandra no podían decir nada, sus mentes estaban bloqueadas por las palabras de la mamá de Carlos y por la situación de mentira en la que estaban viviendo.

Carlos detuvo el carro frente a una pluma que irrumpía el paso hacia la privada, y bajó el vidrio para comunicarse con un guardia que ceremoniosamente se acercó a él. - Vamos con el licenciado Salvador Martínez – anunció Carlos.

- ¿Trae alguna identificación?

Carlos se llevó la mano a la bolsa de su pantalón y sacó su cartera y de allí extrajo su credencial del IFE, la cual entregó al oficial.

El oficial entró a su cabina y salió con una especie de boleta con un número, e introduciendo la mano la colocó dentro del carro, sobre el tablero. – Por esta calle hasta el final, es el número 145 – indicó extendiendo su mano en dirección de la derecha de Carlos. Después regresó a la cabina e hizo que la pluma se levantara.

Carlos giró el carro hacia la derecha y siguió las instrucciones del oficial.

Todos los que iban en el carro se quedaron admirados de la belleza de aquel lugar. Había árboles grandes que cruzaban de lado a lado formando arcos que parecían formar un túnel, y detrás de los árboles se veían casas enormes, con grandes jardines. Algunas de arquitectura moderna y otras no tanto, parecían construidas a los caprichos de sus dueños.

Nadie dijo nada por unos instantes todos estaban impresionados, inclusive Alejandra, que sabía donde vivía su jefe, pero nuca lo había visitado.

- Si te dan el puesto, ¿se mudarán a vivir a un lugar así? – preguntó don Carlos.

- No lo sé – respondió Alejandra. No tenía ni idea de cuanto era el salario en el puesto de su jefe, el que ella ocuparía en caso de que fuera elegida. Tembló al darse cuenta de lo relevante de aquel día para sus aspiraciones y ambiciones.

- Pero al menos ahora sí tendrán dinero para ir a visitarnos – dijo feliz doña Jesusita.

Nadie dijo nada, el futuro era tan incierto como lo que pasaría durante el día de campo.

- Aún no tengo el puesto – Alejandra trató de eliminar todo comentario a un futuro que más que halagador y prometedor, sobre todo en cuestiones familiares, parecía terminarse con el correr de los días.

- ¡Aquí es! – exclamó Carlos divisando el número 145 sobre la barda blanca, a unos cuantos centímetros de una puerta de madera dentro de lo que parecía un pasillo protegido por un techo, y a un par de metros de un portón de color verde. Se estacionó a unos metros de él sobre la acera del lado derecho en donde ya había algunos carros estacionados, lo cual parecía indicar que otros de los invitados ya se encontraban en el interior.

Se bajaron del carro y se aproximaron al timbre que estaba en el pasillo junto a la puerta de madera.

- Tengo nervios – dijo Francisco.

Nadie hizo ningún comentario adicional, pero todos vivían de los mismos nervios.

Alejandra tomó la delantera llevando de la mano a María y tocó el timbre.

Por unos momentos se hizo silencio y todos esperaron impacientes.

Finalmente la puerta de madera se abrió. – Alex... - saludó el licenciado.

Francisco iba a preguntar como era que aquel hombre que había abierto la puerta le hablara a Alejandra por su nombre y no como Sam, cuando la mano de Sofía le tapó la boca.

- Pasen, están en su casa.

- Ella es Ma... mi hija Jessica – presentó Alejandra a María, por unos instantes y por lo impresionada que estaba había estado a punto de cometer un error.

- Hola, pequeña. Yo me llamo Salvador – extendió la mano hacia María quien se ruborizó, pero extendiendo la mano le saludo.

Alejandra y María caminaron al interior y se quedaron admirados de lo que veían.

- Tengo curiosidad porque Sam nos cuente la historia de porque aquí le llaman Alejandra – susurró doña Jesusita al oído de su marido, y luego se encaminaron, ella y él al interior, tomados de la mano.

- Que gusto en verlos y que hayan aceptado mi invitación – el licenciado Salvador extendió la mano para saludar a los papás de Carlos.

- Al contrario, gracias por la invitación – don Carlos estrechó la mano del licenciado y luego continuó su andar al interior de la casa.

Carlos les hizo señas a Francisco y a Sofía para que pasaran delante de él. – Samanta y Carlos – los presentó.

- Mucho gusto, pasen. Están en su casa... - le dio la mano a cada uno de ellos y luego se dirigió a Carlos. – Se ve que son unos niños muy bien educados...

- Lo son – Carlos saludo de mano al licenciado.

- Aunque no lo creas, es muy importante que los hayas traído y te lo agradezco...

Carlos no entendió las palabras, pero supuso que en el transcurso del día lo descubriría.

La casa era enorme con un estilo campirano. Al frente un extenso jardín cubierto de pasto, iba desde el muro hasta las escaleras que subían a la casa. Sólo un par de caminos cortaban el jardín, uno pequeño que era por el que entraban todos los que pasaban por la puerta de la entrada, y uno más ancho que iba desde el portón hasta las cocheras ubicadas en el lado derecho de la casa.

- ¡Wow! – exclamó Francisco y recibió un codazo de Sofía para que no hiciera ninguna expresión adicional.

Entraron a la casa por la puerta principal, que era una puerta en madera pero con vitrales de vidrio en forma de rombos. En el interior se podía ver una escalera a la derecha que subía en escuadra hasta el segundo piso, con un barandal en caoba que se perdía en el techo. De frente a la puerta un corredor llevaba hasta el jardín, atravesando por la derecha, en desnivel, una gigantesca sala con muebles de los más finos que se podían conseguir en San Luis. A la izquierda estaba la cocina y casi cercana a la salida al jardín, el comedor, con una mesa para doce personas.

- ¡Mamá! – María levantó la cabeza hacia Alejandra. - ¡Tiene alberca!

- Sí pequeña – Alejandra sonrió, se imaginaba lo impresionada que podía estar una niña de seis años que había vivido en un orfanato.

- ¿Tienen huerta? – preguntó Carlos al ver que detrás de la alberca se abría un camino entre árboles.

- Digamos que un pequeño bosquecito... - se adelanto el licenciado Salvador a abrir el camino hacia el patio trasero.

De pequeño no tenía nada, ya que cruzando la alberca que no era muy grande ni muy profunda, el camino formado por los árboles parecía un laberinto de pinos, altos pero cortados en forma de muros que llevaban a una explanada. Conforme avanzaban se podían escuchar risas y música. Al dar vuelta a uno de los pinos, de pronto se abrió un jardín en donde había un toldo con una mesa grande al centro elegantemente adornada con un mantel rojo y en donde estaban sentados la mayoría de los invitados a su alrededor. Un poco más al fondo había otra mesa, con vasos y bebidas y un mesero atendiendo.

Fuera del toldo estaba una parrilla en donde se veía que en un poco más de tiempo se estarían preparando unas carnes asadas, cebolla, salchichas, tortillas y ollas con frijoles charros y consomé.

A unos cuantos metros había un juego inflable, de unos ocho metros de alto en uno de sus costados, y a metro y medio en el otro, de manera que se podía usar como resbaladilla.

Los ojos de los niños se emocionaron al ver a otros niños de distintas edades subiendo y bajando por aquel monstruo que parecía peligroso, pero que de alguna manera era atractivo para todos los chiquillos.

- Mi hermano Joaquín y su esposa Yuridia – presentó Salvador a dos de las personas que estaban sentadas en la mesa.

- ¡Mucho gusto! – inició Alejandra.

- Mi esposa, Carla – continuó.

- Que bueno que vinieron… ¡Y aquí están los niños! ¡Mira que preciosa!– llevó su mano derecha a la mejilla izquierda de María.

- Jessica – dijo Alejandra.

María sólo sonrió dejándose acariciar.

- Carlitos y Samanta – señaló hacia Francisco y Sofía que se acercaban a saludar junto a Carlos. - Los papás de Carlos, don Carlos y doña Jesusita…

Los saludos se extendieron ante la presencia de tanta gente.

Julia tenía en su regazo a su pequeña bebita de meses y Arturo se aproximó a saludar, dejando por un instante, en mano de una de las señoritas contratadas para ayudar con los niños, a su hijo de dos años que luchaba por mantenerse de pie sobre la base de plástico.

- Así que sí era cierto – Lizbeth se aproximó a la espalda de Alejandra y le susurró casi al oído.

- ¿Lo dudabas? – respondió Alejandra un poco molesta.

- Nunca se sabe – apareció Rosa por el otro costado, acompañada de su hija de once.

Aquí empezaba el verdadero peligro, sintió Alejandra. Un error y tratarían de quitarle el puesto que con tanto esfuerzo había ganado.

- ¿Quieres algo de tomar? – se acercó Carlos a Alejandra.

- Sí, por favor. Tráeme una cerveza – respondió Alejandra y sabiéndose vista por Lizbeth y Rosa continuó. - ¡Amor!

Carlos se sorprendió que Alejandra le llamara así, pero al girar su cabeza se dio cuenta de lo que sucedía y antes de que pudiera reaccionar, sintió los labios de Alejandra sobre los suyos.

- Te quiero mucho – dijo Alejandra y con sus manos acarició el rostro de Carlos.

Lizbeth y Rosa voltearon sus rostros con enfado.

Alejandra y Carlos se sonrieron sabiendo lo que habían provocado.

María que estaba cerca también sonrió con alegría y luego jalando la blusa de Alejandra le preguntó si podía ir a jugar al inflable.

- ¡Samuel! – gritó Salvador hacia uno de los muchachos de mayor edad que estaban cerca de los juegos.

El muchacho se acercó despreocupadamente hacía la mesa.

- Lleva a los niños para que jueguen... - ordenó amablemente el licenciado.

- ¿Mamá? – Francisco volteó impaciente hacia Alejandra.

Alejandra asintió con la cabeza y Francisco salió disparado hacia el inflable, pero para Sofía había algo más interesante, el muchacho le parecía todo un hombre.

- Mi hijo – explicó Salvador.

- Yo ya te había visto – saludó Alejandra de mano al chico, – pero hace tanto tiempo que no sabía que fueras tan grande.

El muchacho sonrió y con una mueca agradeció el cumplido. Luego extendió la mano hacia María y la invitó a acompañarlo. No tardó en acercarse Sofía que pronto trató de sacarle algo de conversación.

Carlos se aproximó a la mesa con las bebidas, justo a tiempo para ver partir a Sofía y a María junto a Samuel, y tuvo un extraño sentimiento que nunca había tenido. Vio al chico levantar a María y subirla al inflable y deseó estar él en aquel lugar; entonces decidió quitar la mirada de la escena y tratar de cortar aquel sentimiento que parecía crecer con el correr del tiempo. Se sentó a la mesa dándole la espalda al juego de plástico.

Alejandra se sentó junto a Carlos y colocando su mano sobre la pierna derecha de él, lo invitó a que la tomara entre las suyas. Estas muestras de aparente cariño comenzaron a crear molestia en Lizbeth y en Rosa que empezaron a idear una manera de volver aquella fiesta en un desastre; mientras que para don Carlos y doña Jesusita era lo que tanto habían esperado ver, y lo que al licenciado Salvador y a su esposa Carla les confirmaba que Alejandra era la persona balanceada e indicada para el puesto.

Mientras María y Carlitos se divertían de lo lindo subiendo y bajando por el inflable, Sofía se entablaba en una conversación de lo más entretenida con Samuel. Don Carlos y doña Jesusita se habían acomodado muy bien en la plática con el licenciado Salvador, su esposa Carla y algunos de los familiares de ellos.

Poco antes de la hora de la comida Rosa vino con una idea. - ¡Hagamos un partido de Voleibol!

Lizbeth se promulgó a favor de la moción y otros más se alistaron para el partido.

- ¿No vienen? – se acercó Lizbeth a Alejandra y a Carlos.

- No gracias – respondió Alejandra y recargó su cabeza en el pecho de Carlos.

- ¡Oh, vamos! Puedo entender que la futura jefa no quiera jugar, muchos suelen ponerse serios al llegar a ciertos puestos; pero ¿tú? – Lizbeth miró de forma retadora a Carlos. – Tienes buen cuerpo, se nota que haces ejercicio...

Carlos sonrió pero negó con la cabeza que quisiera jugar y frotó el hombro derecho de Alejandra con su mano.

- ¿Dijiste que al llegar a ciertos puestos nos volvemos aburridos? – la voz del licenciado Salvador sorprendió a Lizbeth por la espalda. - ¡Vamos a darles una lección a estos irreverentes! – hizo una seña de que le siguieran.

Carlos entendió que no debían seguirse negando y poniéndose de pie invitó a Alejandra a acompañarlo - ¡Vamos! Nos divertiremos un rato...

Alejandra respiró profundo pero finalmente accedió.

- ¿Samuel, Samanta, juegan con nosotros?

Samuel era deportista y la llamada a participar en cualquier deporte era una seducción casi irresistible, y Sofía, que buscaba impresionar al chico no dudo en acompañarlos. Así quedó formado el primer equipo: licenciado Salvador y su hijo Samuel, Carlos, Alejandra, Sofía y una de las primas de la señora Carla, que se unió en el último momento para completar los seis jugadores. Del otro lado Arturo Jiménez, Lizbeth Morales, Rosa Segura y Felipe Castañeda, acompañados de Sofía Miramontes la novia de Felipe y Jesús Zaragoza el esposo de Lizbeth. De un lado había tres generaciones jugando, mientras que del otro lado parecía estar más uniforme la cosa.

El campo de voleibol estaba del lado izquierdo de la casa, por un costado y preparado sobre el jardín de manera que todos se quitaron los zapatos y los hombres echaron fuera las camisas.

El inicio del juego fue lento, se notaba el nerviosismo de cada uno de los lados. Alejandra se veía tiesa, como si le costara subir los brazos, por lo que se limitaba a bolear la pelota hacia alguien más para que se encargara de enviarla al otro lado. Carlos por el contrario estaba suelto y se notaba que verdaderamente hacía ejercicio, sus brincos no alcanzaban a realizar ningún tipo de remate, pero tenía buena colocación en el campo y se desplazaba con ligereza, y que decir de Samuel y de su papá, se veía que conocían bien la cancha al igual que su parienta. Finalmente Sofía se notaba distraída y era lógico puesto que no se cansaba de ver a Samuel.

Por el otro lado, se notaba un poco de falta de ejercicio en las mujeres, pero se podía ver que de chicas seguramente habían sido buenas jugadoras, y los hombres eran todos unos deportistas que les gustaba alardear de sus cualidades deportivas.

Desde afuera el resto de los invitados disfrutaban del partido que poco a poco se empezaba a ir del lado de los compañeros de trabajo de Alejandra.

Rosa recibió la bola y la levantó hacía Sofía Miramontes quien la colocó al frente al costado derecho para que Felipe se levantara y la rematara al centro, justo a donde estaba colocada Alejandra, que no pudo más que meter las manos de frente y evitar que la bola le diera de lleno en la cara. El marcador era de 6 a 10 y parecía que pronto terminaría todo, puesto que el dominio se hacía más y más abrumante. Un nuevo remate, esta vez por parte de Jesús sobre el cuerpo de Sofía puso el marcador 6-11, luego un buen servicio de Lizbeth colocó el 6-12. El público pareció empezarse a decepcionar por lo que había sido un inicio más parejo hasta el 6-6, pero ahora toda la balanza iba de un solo lado.

Lizbeth sirvió, Salvador recibió la pelota y la boleo hacía Sofía al frente, quien la puso para que Samuel rematara al centro de la red; pero cuando todo parecía que el punto iba a ser ganado Rosa pegó un grito al verse de frente al remate. Samuel se dio cuenta de que tenía la posibilidad de lastimarla y golpeó la pelota fuera de posición, la cual salió al fondo de la cancha.

6-13 parecía prácticamente inalcanzable. Sofía trató de animar a Samuel que había perdido el remate y el licenciado Salvador trató de organizar a su equipo.

Lizbeth volvió a servir de forma muy complicada, pero Salvador logró rescatarla sólo para que Carlos la pasara por arriba de la red, permitiendo al equipo de Lizbeth iniciar un nuevo ataque. Esta vez, y una vez más, quien quedó en la mira fue Alejandra. Rosa, se la puso a Felipe quien la mandó a un costado pegada a la red para que Lizbeth, viniendo desde atrás, asestara el remate. Alejandra recibió la bola de lleno en la cara la cual le abrió el labio.

- Lo siento – se disculpó Lizbeth, pero volteando a ver a sus compañeros se felicitó por el remate logrado. 6-14 era el marcador y sólo faltaba uno más para ganar el partido.

Carlos hizo señas a su papá quien le trajo un poco de hielo para aplicarlo en la mejilla y en parte del labio que se había inflamado por el golpe.

- Lo hizo a propósito – le dijo Samuel a Sofía.

- Yo también así lo creo – respondió Sofía. - ¿Estás bien, mamá? – abrazó por la espalda a Alejandra y se percató de que también había sangre, ya que le había cortado el labio.

- Será mejor que le paremos – sugirió Carlos volteando a ver al licenciado Salvador quien parecía apoyar la propuesta.

Era tan sólo un juego, no había nada que probar.

- ¡No! Estoy bien – Alejandra se limpió la sangre y al ver que su blusa estaba manchada ante el asombro de todos se la quitó dejando ver el sostén. - ¡Vamos a terminar esto!

Sofía se mostró atónita ante la reacción de Alejandra, y Carlos no podía dejar de verla al igual que los demás.

- ¿Qué les pasa? Es como si estuviéramos en la playa jugando con traje de baño, ¿o no? – las palabras de Alejandra hicieron que todos soltaran la risa y que se relajara el equipo del licenciado Salvador, que parecieron motivarse con esa llamada. – Cuando tengas la bola ponla de mi lado, le dijo en voz baja a Sofía.

Sirvió una vez más Lizbeth, la recibió Salvador quien la colocó al frente a Sofía, y ésta, siguiendo los consejos de Alejandra se la puso en el centro para que la rematara. Felipe no supo que le golpeó pero se levantó un poco mareado del piso. 7-14 con cambio del servicio.

- ¿Qué fue eso? – Carlos se acercó a Alejandra y la besó en la mejilla.

- Sólo un poco de suerte – respondió ella de forma coqueta.

- Envíasela a Rosa – Alejandra le sugirió a Carlos a quien le tocaba servir.

Rosa tuvo problemas en la devolución y la bola pasó suave hacia el lado contrario en donde Samuel envió la bola a Sofía y una vez más Sofía se la acomodó a Alejandra, quien en lugar de rematar simplemente la tocó para que cayera del otro lado, ante el susto que se había llevado una vez más Felipe, pensando que el remate iba sobre él.

8-14 y el servicio fue en la misma dirección de Rosa quien tuvo los mismos problemas para devolver y el marcador empezó a moverse en la otra dirección. 9-14, 10-14, 11-14, 12-14, 13-14 y hasta empatar 14-14. Todos estaban locos por el partido tan emocionante en que se había convertido, hasta los niños se habían aproximado a ver lo que pasaba con los gritos de los adultos, y los mismos meseros estaban atentos al partido, sin dejar de cumplir sus labores de llevar bebidas y botana.

- ¡Bien señores! ¡Este es el último punto! ¡Quien gane éste, gana todo!

Carlos sirvió pero aconsejado por Alejandra, esta vez no lo hizo a la posición de Rosa sino de Lizbeth, quien se había movido para proteger a Rosa. Un movimiento salvador de Felipe rescató la pelota y la puso en juego de ofensiva hacia Arturo que la colocó al centro para que Rosa la rematara. La mano de Alejandra desvió la pelota obligando a Sofía a arrojarse al suelo en un intento por salvar la bola. Samuel entró en acción y levantó la bola casi del suelo para que Salvador la pasara de forma defensiva al otro lado. Una vez más se inició el ataque. Lizbeth la pasó a Arturo y éste se la puso a Felipe quien se levantó en el aire y la remató con fuerza en dirección de Carlos quien en defensa propia metió la mano y la bola salió elevada hacia la parte de atrás del campo. Samuel y Sofía salieron a toda prisa por la pelota pero Samuel resbaló, así que ya todo quedaba en manos de Sofía que pegó un clavado arriesgando su físico para regresar la pelota al campo; la parienta del licenciado recibió la pelota y la colocó de nuevo cerca de la red. Alejandra brincó y en un movimiento un tanto extraño, en lugar de rematar la bola, la cuchareó con la mano y la colocó fuera del alcance de todos los del otro equipo que esperaban un remate. La algarabía no se dejó escuchar, el partido había sido excelente y las intenciones de Lizbeth de hacer quedar mal a Alejandra habían dado el resultado opuesto. El licenciado Salvador levantó las manos de Alejandra y de Sofía en señal de victoria y todos se dispusieron a festejar.

- ¿Dónde aprendieron a jugar así? – Carlos atrapó por la espalda a Sofía y a Alejandra.

- En el orfanato es lo único que podemos jugar... - respondió Sofía. – Y me gusta mucho... - la alegría la invadía por completo que no se dio cuenta de que Lizbeth caminaba detrás de ella y al escuchar la respuesta se quedó paralizada.

Carlos volteó la mirada hacia Alejandra.

- Bueno, fui capitana del equipo de voleibol de la preparatoria... - sonrió Alejandra. – Me ayudó a formar mi figura.

- ¡Papá! – un jalón en el pantalón de Carlos le hizo detenerse y liberar a Alejandra de su abrazo.

- ¿Juegas conmigo? – Francisco traía en la mano una pelota de fútbol.

Carlos iba a decirle lo cansado que estaba, pero se dio cuenta de que el niño le necesitaba y asintió con la cabeza. - ¡Las alcanzo en un rato!

Alejandra y Sofía se abrazaron y continuaron caminando hasta donde estaban los papás de Carlos, quienes los felicitaron con mucha alegría y les ofrecieron bebidas. Alejandra se sentó y se quedó mirando a Carlos y a Francisco. El niño estaba parado frente a una portería a un lado del campo de voleibol y Carlos le tiraba balones con el pie.

- ¡Mamá! ¡Jugaste excelente! – María extendió los brazos para sujetarse del cuello de Alejandra y sentarse en sus piernas.

Alejandra se sumergió en sus pensamientos y se preguntó si era posible tanta alegría. Observó a Carlos, luego a Francisco, giró su cabeza y mantuvo su mirada en Sofía que platicaba con Samuel, y finalmente puso sus ojos en María, mientras le acariciaba el cabello. - ¿Quieres comer algo?

- ¡Me muero de hambre! – respondió la niña.

- ¡Vamos! - Alejandra bajó a María y las dos caminaron en dirección de la mesa y de la parrilla.

La tarde había comenzado a caer en el horizonte y se podía ver el cielo azul de los atardeceres de San Luis. La temperatura era excelente, ya que la brisa fresca comenzaba a soplar y el calor seco sólo se sentía al sol. Todos estaban sentados a la mesa y el licenciado Salvador había golpeado su vaso de cristal para llamar la atención de todos los presentes menos las de los más jóvenes, que estaban en la sala, dentro de la casa, observando la televisión.

- Bueno, ya no quiero retrasar más lo que ya todos saben, y hago oficial que Alex estará tomando mi lugar en la oficina a partir del día de mañana.

Los aplausos rompieron el silencio, aunque hubo algunos que no lo hicieron de muy buena gana como Lizbeth y Rosa, pero el resto parecía estar satisfecho con la decisión.

- Quise invitarlos a esta casa porque es donde hemos vivido hasta ahora Samuel, Carla y yo, y queríamos hacer nuestra despedida con todos ustedes en agradecimiento al apoyo que he recibido de cada uno, y debido a que dentro de quince días estaremos mudándonos a la ciudad de México.

Carlos hizo un gesto de fuchi al pensar lo que sería irse a vivir a la ciudad de México, valorando lo que tenía en San Luis, pero un leve golpecito de Alejandra en la boca le hizo quitarla.

- Espero que así como me han ido ayudando a mi a lo largo de todos estos años, de igual manera continúen su labor apoyándola a ella. Alex es una excelente mujer, sumamente capaz, de una gran honestidad y confiabilidad...

Las palabras del licenciado Salvador quitaron un poco la alegría que Alejandra sentía, ya que esas últimas dos palabras para nada se aplicaban a ella, sobre todo después de lo que había hecho en los últimos días y estuvo a punto de ponerse de pie y soltar todo, pero Carlos la detuvo, la abrazó por el cuello y le dio un beso en la mejilla...

- Todo estará bien – le susurró.

Alejandra se relajó en los brazos de Carlos.

- ¡Ahora le pedimos unas palabras a nuestra nueva gerente de sucursal! – extendió la mano hacia Alejandra.

Carlos la liberó y Alejandra se puso de pie aún un poco incómoda por las palabras de su jefe. – No sé que decir, que no sea agradecer el apoyo y la confianza, y esperar que podamos seguir los pasos del licenciado para que la empresa siga creciendo como lo ha hecho hasta ahora. Quiero que sepan que para mi todos son amigos más que compañeros, y que espero que podamos seguir trabajando como lo hemos venido haciendo estos últimos años, las puertas de mi oficina están abiertas para todos...

Los aplausos se escucharon de nuevo.

- ¡Brindemos por la nueva gerente de sucursal! – el licenciado Salvador levantó su vaso.

El resto de los presentes hizo lo mismo, y el que no tenía vaso con alguna bebida rápidamente fue provisto de uno por parte de alguno de los meseros.

- ¡Por Alex! – gritó Arturo.

- ¡Por Alex! – dijo otro y pronto se hizo el coro.

Carlos se acercó a Alejandra y como si ambos estuvieran sintonizados se dieron un rápido beso en los labios, todos observaron el detalle algunos con alegría pero otros no tanto.

Todos brindaron y la fiesta continuó.

La puerta del cuarto de Samuel se abrió y Sofía y Samuel caminaron al interior.

- ¿De quien son tantos posters? – preguntó Sofía al ver las fotos de varias bellas chicas posando con distinta ropa, decorando la habitación.

- Son las modelos latinas más cotizadas... - respondió Samuel.

- ¿Y te gustan? – Sofía paseó su vista sobre cada uno de los posters.

- ¡Por supuesto! Si no, no tendría los posters en mi habitación.

- ¿No son muy grandes para ti?

- Bueno, algunas de ellas sí; pero ésta... - mostró a una chica cuya juventud se veía claramente en su rostro, - tiene catorce. Muchas de las modelos comienzan a los ocho años, he leído mucho sobre eso – Samuel se sentó en su escritorio y prendió su computadora.

- ¿Te gustaría casarte con una modelo? – Sofía se sentó junto a la cama a la espalda de Samuel.

- Por supuesto, ¿quién no? – Samuel giró la silla y observó a Sofía.

- Yo puedo ser modelo – Sofía se llevó la mano a la cabeza recogiendo su cabello hacia un lado e imitando a una de las modelos en uno de los posters.

- Eres linda, pero aún eres joven – Samuel le restó importancia.
- ¿Tienes correo electrónico?

Sofía negó con la cabeza.

- ¡Ven! ¡Vamos a abrir uno! – la invitó acercarse a su computadora. – Así escoges la música que quieras y te las envío por correo.

- De acuerdo – sonrió Sofía y sin pensarlo escribió: sofia_2000@hotmail.com. -¡Listo!

- ¿Sofía?

- Sí… ¡He..! Me gusta el nombre, y así puedo evitar a muchachos curiosos… - Sofía se dio cuenta de que había cometido un error, pero no se preocupó mucho ya que Samuel pareció tragarse la respuesta.

- Bien, tú sabes lo que haces. Ahora nos vamos para acá – y comenzó a navegar en su computadora hasta localizar un listado de canciones. – Selecciona las que gustes y yo te las envío…

- De acuerdo – despreocupadamente Sofía comenzó a navegar sobre la lista de canciones.

- Voy al baño, no me tardo – Samuel salió de la habitación y caminó hacia el fondo del corredor cuando se topó con Lizbeth que venía subiendo.

- Hola Samuel, ¿no has visto a Samanta?

- Está en mi habitación, ¿quiere que le hable?

- No, déjalo. En realidad quería hablar primero contigo, luego entro a verla a ella.

- ¿En qué puedo ayudarla?

- Conozco a Samanta y la he visto un poco extraña el día de hoy. ¿Está bien? ¿No has notado nada extraño?

- No, para nada. Es una niña muy agradable… Lo único extraño es que haya abierto un correo electrónico con el nombre de Sofía, pero hay gente que hace eso para cubrir su identidad…

- Entonces iré a hablar con ella, quizás necesite con quien platicar. No vayas a entrar hasta que me veas salir, ¿de acuerdo? No quiero que escuches cosas de mujeres...

Samuel alzó los brazos en señal de restarle importancia. – De acuerdo – y siguió su camino hacia el baño.

Lizbeth sonrió pensando que ya tenía algo. Su mente estaba trabajando rápido y las ideas de cómo sacar información comenzaban a fluir en chubascos. Caminó hacia la puerta de la habitación de Samuel y observó el interior. – Hola Samanta... –

- Hola – respondió Sofía levantando la mirada hacia Lizbeth para luego regresarla a la pantalla, - ¿buscaba a Samuel?

- No, en realidad quería hablar contigo.

Una vez más quitó la vista del monitor un tanto sorprendida, puesto que no esperaba que nadie de los adultos quisiera hablar con ella.

- ¿Puedo llamarte Sam? – Lizbeth cerró la puerta detrás de ella y se aproximó a la cama con pasos lentos y calculadores.

- Por supuesto – respondió Sofía y acompañó a Lizbeth con la mirada.

- ¿O prefieres que te llame Sofi, o Sofía?

Esta última pregunta hizo que Sofía se congelara. No sabía de donde podría haberse ella enterado de su verdadero nombre.

- Sé todo, hasta lo del orfanato...

La mente de Sofía trabajaba rápido tratando de encontrar una explicación y una salida, pero Lizbeth la había atrapado tan desprevenida que el susto la bloqueaba.

- Si me explicas todo, prometo que no diré nada, de hecho trataré de ayudarte.

- ¿Yo? – Sofía sentía que se iba a desmayar, como le habría gustado que Alejandra o Carlos estuvieran cerca de ella en ese momento, así le sería más fácil tomar la decisión. *"¿Pero cómo sabía su nombre verdadero? ¿Y cómo sabía que ella provenía de un orfanato?"*. Si ella no decía la verdad y Lizbeth lo sabía, se podría echar a perder todo, entonces decidió contarle hasta el último detalle, tal y como se habían dado las cosas con la promesa de que nada saldría de aquella habitación.

Una música suave y romántica sonaba cerca de la alberca. La noche ya había caído y era casi hora de despedirse, de hecho, la mayor parte de los invitados ya se habían retirado, únicamente quedaban los familiares del licenciado Salvador y de su esposa, y Carlos, Alejandra, los niños y los papás de Carlos.

Carlos estaba cansado y estaba impaciente por abandonar aquella casa, pero el licenciado Salvador lo había acaparado después del anuncio del puesto de Alejandra, y no lo había dejado ir. Quería saber que sentía, cuales eran sus impresiones, cuales eran los planes para la familia, y muchas otras cosas más. Podía haberlo tratado con Alejandra, pero por alguna razón, quizás por hablar con alguien del mismo sexo, había preferido hacerlo con Carlos; o quizás porque ahora Carlos se enfrentaría a la situación de tener a una esposa más exitosa que él, y esto podía afectar la relación. Carlos había halagado a Alejandra de todas las maneras posibles, aunque ésta le parecía una excelente alternativa para terminar la relación, una vez que Alejandra hubiese ocupado el puesto. Lo tendría en mente para cuando llegara el momento.

En la sala, Alejandra observaba la televisión junto a María y a Francisco, aunque en realidad lo que hacía era observar a Carlos y a su jefe. Le intrigaba un poco el porque tanta conversación, y a veces hasta sentía celos, pero pronto trataba de calmarse al pensar que cerca de él estaban sus padres, y que seguramente todo iba por el camino trazado. Pudo percatarse del cansancio de Carlos y agachando la cabeza se dirigió a María - ¡Ve y saca a bailar a papá!

- Yo no sé bailar – respondió María mostrando ya un poco de cansancio en sus ojos, al momento que se paraba frente a Alejandra.

- Entonces, dile que te enseñe…

- La niña alzó los hombros, dibujó una sonrisa y caminó hacia la alberca.

- ¿Cómo estás? – Alejandra se arrastró sobre el sofá y se acercó a Francisco, casi sin dejar de observar lo que pasaba en el exterior.

María se había acercado a Carlos, y ambos, el licenciado Salvador y Carlos, habían volteado a verla. Pudo ver que Carlos hizo algún gesto indicando que estaba ocupado, pero tras una mirada y algunas palabras del licenciado, Carlos le sonrió a María y levantándola en sus brazos comenzó a bailar con ella.

- Bien, ¿por qué? – respondió Francisco sin dejar de mirar la TV.

- Por nada, sólo quería saber – Alejandra se recargó en una almohada y se le quedó viendo al niño que sonreía con las escenas que veía en las caricaturas de la televisión. Luego regresó su mirada a la alberca y disfrutó viendo a Carlos con María. Sentía muchos deseos de salir y bailar con Carlos, pero se sentía tan bien observando que prefirió quedarse en el sofá y disfrutar del momento como espectadora; únicamente le faltaba ver a Sofía para completar el cuadro que pasaba por su mente.

- Yo me hago cargo de los niños – dijo Alejandra al entrar a la casa con María profundamente dormida en sus brazos.

- ¿Segura? – Carlos se había encargado de ello todos los días por lo que se sorprendió.

Alejandra asintió con la cabeza y se encaminó hacia la habitación de los niños seguida de Francisco y de Sofía.

- ¡Estoy muy cansado! – estiró Carlos los brazos.

- Fue un día maravilloso – dijo doña Jesusita y se encaminó a la sala a preparar el sofá cama.

- Yo también estoy cansado – don Carlos caminó hacia la sala detrás de su esposa. – Creo que esta noche no voy a leer…

Carlos sonrió. – Bien, los dejo. Que descansen y nos vemos mañana…

- ¿Mañana trabajas, hijo? – don Carlos volteó a ver a Carlos quien se detuvo de golpe al escuchar la pregunta.

Carlos y Alejandra habían quedado de hablar al respecto, pero ninguno de los dos había pensado que regresarían tan tarde y tan cansados, y seguramente Alejandra no se acordaba del tema. - ¡Trabajamos, papá! Con tantas cosas en la cabeza no hemos planeado nada para los niños y…

- No te preocupes, nosotros nos hacemos cargo de ellos – intervino doña Jesusita.

- ¿Seguro que no habrá problemas? – Carlos se regresó hasta pararse frente a su madre.

- No. Los dejaremos levantarse hasta que descansen bien y luego veremos que hacer… No te preocupes.

- ¡Gracias, mamá! – Carlos abrazó y dio un beso a su madre, luego fue a su padre e hizo lo mismo y luego se encaminó hacia su habitación más tranquilo. Un día menos en que pensar y entraban en la recta final de la mentira más grande de su vida.

Alejandra acabó de acostar a María, la cobijó y le dio un beso en la frente. Luego se acercó a Francisco. - ¡Buenas noches! – pasó su mano por el rostro del niño y le dio un beso en la frente.
- ¿No vas a rezar con nosotros? – Francisco se enderezó sobre su cama. – Papá siempre lo hace…
- Entonces recemos…

Carlos escuchó la perilla de la puerta y sintió la corriente de aire fresco que siguió a este ruido, pero mantuvo sus ojos cerrados. Tenía los brazos arriba con las manos bajo la cabeza, y estaba acostado boca arriba de su lado de dormir. Sólo traía puesta la camiseta y un short para dormir, pero no estaba cobijado.
- ¡Gracias por todo! – Alejandra le susurró al oído recostándose junto a Carlos.
- No fue nada, la pasé de maravilla – Carlos entre abrió los ojos y girando en la cama quedó frente a frente con Alejandra. - ¡Lástima que el día haya terminado!
- No ha terminado aún – respondió Alejandra con una sonrisa.

Antes de que Carlos reaccionara los labios de ella besaron sus labios y sus brazos le abrazaron. Carlos levantó sus manos y delicadamente tomó sus mejillas.

De pronto Alejandra se retiró con un tono preocupado – No hemos hablado de mañana…
- No te preocupes, mis papás se harán cargo…
Alejandra sonrió y volvió a unir sus labios a los de Carlos.

CAPITULO VII

Carlos apareció por la recepción de su trabajo y despreocupadamente saludó a la recepcionista.

- ¡Buenos días, licenciado... Carlos! – contestó ella con una entonación muy rara.

Carlos frunció el ceño confundido pero decidió no hacer preguntas y siguió su camino hacia su oficina.

- ¡Buenos días! – saludó Alejandra a Mayra que ya estaba en su escritorio sumida en su trabajo.

Mayra levantó la mano a señal de saludo, pero a la vez con impaciencia como de querer levantarse y seguir a Alejandra hasta su oficina para que le platicara todo lo sucedido el día anterior, pero con la inquietud de tener que hacer algo antes.

- ¿Te platico? – Alejandra se acercó a Mayra y trató de preguntarle en voz baja, mientras con sus ojos recorría todos los posibles puntos por donde podía aparecer alguien.

- En un segundo te alcanzo, porque tengo un mensaje para ti... del licenciado Salvador...

- ¿No me querrá en su oficina tan temprano...? – Alex se mostró despreocupada sabiendo que lo más seguro es que la quería para empezar a entregarle el puesto.

- ¡No! – Mayra se levantó de su asiento con una libreta en la mano y casi empujó a Alejandra hasta la oficina.

- ¿Qué sucede? – Alejandra mostró una ligera preocupación, aunque más le parecía que su amiga estaba jugando.

- El licenciado me ha pedido que te presentes a su oficina hasta la tarde – explicó Mayra.

- ¡Excelente! Así tengo tiempo de platicarte todo lo que pasó ayer y podemos terminar los pendientes – Alejandra se fue hacia la cafetera y comenzó a servirse un café. - ¿Quieres? – volteó a ver a Mayra.

- ¡Creo que sí! – se aproximó a Alejandra y quitándole la tasa de la mano se sirvió el café. – Alex, algo no está bien. Lizbeth llegó más temprano que de costumbre, se sentó a esperar al licenciado Salvador, y cuando éste llego, ambos entraron a su oficina...

- ¿Qué tiene eso de raro? – Alex dio un trago a su café y se sentó en su silla con total despreocupación.

- Lizbeth nunca llega temprano – la mirada de Mayra era muy seria. – Estaba contenta y pidió permiso de ausentarse el día de hoy… ¡No es normal!

- Vamos May, puede ser que algo bueno le sucedió en su casa, ¿por qué piensas que algo malo está tramando?

- Porque la conozco…

- ¡Olvídate de eso! Cuando te platique todo lo que me pasó ayer, verás lo poco que importa lo que le suceda a Lizbeth… - el rostro de Alejandra tenía un brillo inusual, se le veía contenta como hacía mucho tiempo que Mayra no le había visto, así que la dejó hablar sin interrupciones.

- Buenos días, abuela. ¿Y mis papás? – Sofía entró en la cocina donde doña Jesusita terminaba de preparar de desayuno unos huevos estrellados. Estaba bien vestida y arreglada, lo que indicaba que ya hacía un largo rato que se había levantado.

- Fueron a trabajar…

- ¡Ah, sí! Lo olvidé. Me sentía de vacaciones ayer, que se me olvidó que tenían que trabajar…

- Yo también me sentía tan bien ayer, que esperaba que estuviéramos todos juntos el día de hoy. Ayúdame con el plato… - doña Jesusita señaló el plato en la mesa.

Sofía tomó el plato y lo acercó para que doña Jesusita pusiera el huevo.

- ¿Y tus hermanos? ¿Ya se despertaron?

- Ma… Jessica está lista. Entró al baño y en cualquier minuto estará con nosotros..

- ¿Y Carlitos?

- Terminando de tender su cama.

- Muy bien, porque no quiero que se enfríe el desayuno. Llévate el plato a la mesa, por favor… - doña Jesusita puso la sartén en la estufa y luego fue al refrigerador.

Sofía salió de la cocina con el plato y lo puso en el lugar vacío de la mesa, ya que todos los demás platos estaban listos. - ¡Buenos días, abuelo! – saludó al ver a don Carlos sentado a la mesa con un libro y se acercó a darle un beso de buenos días.

- Buenos días, hija. ¿Cómo dormiste?

- No muy bien, pero estoy bien.

- Pensaba salir a comprar el periódico y algunas cosas de mandado que me encargó tu mamá, ¿no sé si quieras acompañarme?

Sofía iba a contestar cuando Francisco y María aparecieron en el comedor.

- ¡Yo voy abuelo! – exclamó Francisco.

- Y yo, ¿Puedo ir? – María tomó su lugar en la mesa.

- ¿La abuela va a ir? – preguntó Sofía un poco incómoda por la interrupción de sus hermanos.

- No, yo prefiero quedarme aquí – doña Jesusita hizo su aparición con una jarra de leche en una mano, y la cafetera en la otra.

- Entonces yo me quedo con la abuela – Sofía añadió segura de lo que quería.

- ¿Puedes ir, si gustas? – insistió don Carlos.

- Está bien, ya será mañana u otro día – agradeció Sofía.

- Bueno, vamos a bendecir la mesa y luego a desayunar – doña Jesusita tomó su lugar y recogiendo las manos las junto frente a su rostro, apoyando su mentón en ellas.

Todos se recogieron e hicieron lo mismo.

- He querido hablarte, pero me imaginé que estarías tan ocupado que preferí no hacerlo; aunque temía que hoy no te presentaras a trabajar – Bart jaló una silla y se sentó a lado de Carlos.

- La verdad es que efectivamente no he tenido tiempo de nada. Por un lado mis papás, por otro los niños, y por otro Alex… - al final bajó la voz temiendo que alguien estuviera detrás de la puerta de la oficina escuchando.

- ¿Siguen durmiendo en la misma habitación? – Bart se animó a preguntar con cierta malicia.

- ¿Qué otra cosa podíamos hacer? – Carlos se sonrió. – Ayer, después del día de campo con su jefe y antes de dormir, tuvimos unos momentos… - dudó en continuar la conversación, pero dejó escapar un suspiro apenas perceptible; que para lo despierto que era Bart, no se le iba a escapar.

- ¿Candentes? – susurró Bart acercándose a Carlos.

- No, yo no diría así…

- ¿Íntimos? – sonrió Bart.

- ¿Íntimos? Sí…

Bart hizo unos movimientos con sus brazos y con la cara dibujó una nueva sonrisa libidinosa, a manera de pregunta, alzando una ceja y bajando la otra.

- ¡No! ¡No! ¡No! – Carlos meneó la cabeza. - Me conoces, no tuvimos ese tipo de acercamiento…

- ¡Oh! ¿Entonces que clase de acercamiento te refieres? Unos besitos… - el rostro de Bart demostró fastidio y decepción.

- Pues sí… ¿Qué esperabas? Apenas nos conocemos.

- Charly, tú ya no estás para hacer las cosas con calma. Si los jóvenes que tienen todo el tiempo del mundo se apresuran, tú deberías haber hecho todo, primero abrazarla… Recuerda que tú ya no eres joven… - Bart se acercó a Carlos y le puso las manos en los hombros. – después debías haberla besado… - hizo un amague de besar a Carlos..

- ¡Chicos!

La voz de Jeanett hizo que los dos se voltearan a verla al momento que se alejaban el uno del otro.

- Si no supiera lo que está pasando… Que impresión me habría llevado – Jeanett estaba parada justo en el marco de la puerta.

- ¿No tocas la puerta? - Carlos volteó a ver a Bart.

- No para estas cosas – respondió Jeanett.

- Ella sabe… - explicó Bart.

- ¿Y quién más? – Carlos se veía preocupado.

- Sólo yo, no te preocupes.

- Bien, ¿en que puedo servirte? – Carlos quería que Jeanett se fuera lo más pronto posible de allí.

- En realidad en nada, únicamente quería verte, y por cierto, tienes cara de estar enamorado – Jeanett se quedó viendo a Carlos.

- Pues, te equivocas – se defendió Carlos.

- Tú dirás lo que quieras, pero si alguien más te ve así sabrá que algo te pasa… - se dio la vuelta y dio unos pasos alejándose del marco y entre cerrando la puerta. – Por cierto Bart, Carlos no es como los jóvenes de ahora, está hecho a la antigua – asomó la cabeza al interior, - ¡Es todo un caballero! Lástima que los chicos de ahora no sean como él - y luego cerró la puerta detrás de ella.

- ¿Por qué le dijiste? – Carlos regresó su mirada hacia Bart con cara de molestia.

- Bueno, oyó un poco y decidí que lo mejor era...

- ¡Olvídalo! – Carlos ya no quiso escuchar más.

- Pero, ya no me acabaste de contar. ¿Qué pasó entre ustedes?

- Bueno, sí nos besamos y nos acariciamos; pero ambos decidimos que no íbamos a ir más allá de eso...

Bart observó a Carlos y se dio cuenta de que efectivamente Jeanett tenía razón; al recordar lo pasado la noche anterior, parecía iluminarse su rostro con una alegría poco común en él. - ¿Sientes algo por ella?

- No creo estar enamorado, pero sin duda me atrae, es una chica muy atractiva...

"¿Atractiva?" pensó Bart, *"¡Pero si esa chica es bellísima!"*.

- Tiene un no sé que... Un encanto... - la mirada de Carlos estaba perdida en su interior, como si tuviera el retrato vivo de ella y a su gusto la movieran en un sentido y otro, tratando de encontrar que era lo que más le llamaba la atención. – Es inteligente, y muestra unas cualidades...

"¡Cualidades tiene un montón!"

- ¡La hubieras visto ayer jugando voleibol!

- Me hubieras invitado, y la habría visto – Bart interrumpió mientras pensaba que definitivamente Jeanett tenía razón. Su mejor amigo estaba por fin enamorado, pero como hacerle para que se diera cuenta de ello.

Carlos sonrió, pero su sonrisa no duró mucho, porque alguien llamó a la puerta.

- ¡Adelante!

Bart y Carlos mostraron seriedad como si estuviesen hablando de cuestiones de trabajo cuando fueron interrumpidos.

- ¡En hora buena! – apareció Gabriel, el jefe de Carlos y de Bart detrás de la puerta. - ¿Por qué no me dijiste de que se trataba? Me da mucho gusto por ti – se acercó a Carlos y prácticamente lo levantó de la silla para abrazarlo. – Si me hubieras explicado bien te habría dicho que te tomaras esta semana también...

Carlos no sabía que decir, la sorpresa era tal que no se le ocurría nada.

- ¡Te ves bien! – Gabriel meneó la cabeza satisfecho. – Estoy seguro que el matrimonio era lo que te hacía falta – le dio unos golpecitos en los hombros y se dirigió a la puerta. - ¿A ver que día la traes para conocerla? – salió de la oficina cerrando la puerta con gran energía.

- ¿Sólo Jeanett sabía? – el rostro de Carlos era de una gran preocupación.

Bart alzó los hombros alegando inocencia.

- Ahora sé que todos saben – se dejó caer en la silla. - ¿También saben de los niños? – Carlos parecía suplicar una respuesta negativa.

- De ellos no he mencionado nada… - Bart hizo una seña como si cerrara una cremallera en su boca. - ¿Vas a seguir la relación con Alex, cuando todo esto termine?

- Creo que sí – la alegría volvió a la cara de Carlos.

- ¿Y los niños? – Bart temió preguntar porque no quería poner tierra de por medio entre Carlos y Alejandra, ahora que por fin, después de tantos años, parecía estar dispuesto a llevar una relación, y ya no digamos formal, con una chica.

- ¿Qué con ellos? – Carlos se enderezó en la silla.

- ¿Piensan adoptarlos? – la mirada de Bart era tímida.

- ¡No! ¿Cómo se te ocurre eso? – Carlos se levantó y caminó alrededor del escritorio con una sonrisa nerviosa.

- Son buenos chicos, ¿no?

- Sí lo son, no lo puedo negar; pero de allí a adoptarlos… Tengo cuarenta años, estoy muy viejo para tener familia – se puso la mano en el pecho mientras miraba de frente a Bart. - Confórmate con que Alex y yo sigamos viéndonos… ¿Adoptar? – Carlos salió de la oficina menando la cabeza.

Doña Jesusita estaba sentada en el sofá de la sala con su tejido en las piernas y con sus manos sostenía un librito, y dentro de éste tenía una imagen de la Virgen de María.

Sofía se sentó a un lado de ella con su tejido en las manos y se quedó mirando la estampilla. - ¿De quien es? – extendió la mano para evitar que doña Jesusita cerrara el libro y la estampilla se perdiera en su interior.

- Ésta es la Virgen de la Paz – doña Jesusita tomó la estampilla y se la puso en las manos a Sofía que no quitó la vista de ella, impactada por la belleza de la imagen.

La estampilla únicamente presentaba la cabeza, una joven de unos veinte años, cabello café castaño, cubierto con un velo blanco con un cintillo dorado en la orilla, que bajaba hasta los hombros de donde colgaba un manto azul cielo. Los ojos de la Virgen eran de color azul con cejas poco pobladas, una nariz recta y una boca apenas rosada de tamaño mediano.

- Es la Virgen María, la Madre de Dios, que aún se aparece en un pueblito de Bosnia-Herzegovina, que se llama Medugorje… - explicó doña Jesusita.

- ¡Es muy bonita…! ¿Aún se aparece? – levantó la imagen, la observó por unos instantes y la regresó al libro de doña Jesusita.

- Sí, así es. Desde 1981 se ha estado apareciendo constantemente a unos niños, que ahora ya son adultos… - doña Jesusita tomó la estampilla y le dio un beso. - ¡Ten! – puso la estampilla en las manos de Sofía pensando que sería un excelente regalo. – Rézale cuando tengas una preocupación, cuando haya algo que te inquiete el corazón, cuando la necesites Ella te estará escuchando y te ayudará a estar tranquila… No por algo le dicen la Reina de la Paz.

- ¿Y tú, abuela? – Sofía se llevó la estampilla al pecho.

- Ya conseguiré otra. No te preocupes.

- ¡Gracias, abuela! – Sofía le dio un beso a doña Jesusita, colocó su tejido en el sofá y poniéndose de pie corrió a su recámara con el fin de guardar su tesoro.

- Y bien, ¿ahora para donde caminamos? – don Carlos observó las calles pero no pudo reconocer el camino de vuelta a casa.

- No lo sé – Francisco levantó los hombros mostrando que verdaderamente no tenía ni idea de donde estaban.

- ¿Nunca habías venido a aquí? – don Carlos se extrañó puesto que Francisco ya no era un niño tan pequeño, podía entender que

María se perdiera, pues únicamente tenía seis años, pero Francisco tenía diez y no debían estar lejos de casa.

- Yo no había venido – jaló María la mano de don Carlos.

- ¿Se saben el teléfono de la casa? – don Carlos se extrañó al ver la cara de los niños contestando de forma negativa a su pregunta.

- ¿De su papá? – la respuesta fue igual de negativa, - ¿Y de su mamá? – el resultado no fue diferente. Don Carlos pensó en que esto era inaudito y tendría que hablar seriamente con Carlos y Samanta, no era posible que a esa edad los niños no supieran como regresar a la casa. Era una falta de atención muy grave por parte de sus padres.

Francisco se daba cuenta de que ese podía ser un error muy grave que podía llevar a que se descubriera la mentira, pero no tenía ideas, era un niño inteligente, pero nadie le había enseñado moverse en una ciudad que no conocía.

María de igual manera buscaba el momento para preguntarle a Francisco que era lo que debían hacer, pero sabía que tenía que ser cuidadosa o el abuelo los descubriría.

De pronto Francisco vio un Oxxo a unos metros y recordó que al llegar habían visto uno… - ¡Abuelo! Vamos a tener que trabajar en esa memoria… - Francisco respiró profundo y sacó lo mejor que había aprendido de Sofía, Carlos y Alejandra, su repertorio teatral lleno de mentiras.

- ¿A qué te refieres? – don Carlos se agachó extrañado.

- ¿No recuerdas ese Oxxo cuando llegamos? – y Francisco señaló hacia la tienda a unos cincuenta metros.

- ¿Me estabas probando? – don Carlos sonrió reconociendo la tienda.

- ¡Pues claro! ¿Qué tal si para la próxima sales solo?

Don Carlos sonrió, quizás no muy convencido, pero decidió que no indagaría más y le resto importancia. – Bueno, ¡Vámonos!

María abrió la boca hacia Francisco haciéndole una seña de que por poco y eran descubiertos, y luego graciosamente levantó el pulgar de su mano derecha felicitando el ingenio de Francisco.

Francisco tomó la mano libre de María y caminó junto a ella y junto a don Carlos. Esa tarde le pediría a Carlos que le diera una hoja con la dirección de la casa y los teléfonos que debía conocer para en caso de una emergencia.

- He estado meditando todo lo que me dijiste esta mañana y veo que estás realmente muy enamorada… - Mayra cerró la puerta detrás de ella y se acercó a Alejandra con un montón de carpetas en sus manos.

- No sólo de Carlos. Me he enamorado de los niños también… - Alejandra retiró la vista de la pantalla de su computadora cambiando sus pensamientos del trabajo a su "familia".

- ¿Crees que Carlos también tenga el mismo interés que tú?

- No lo sé. Sé que tiene interés en mi, y veo que es un formidable padre con los niños. Inclusive se lleva mejor con ellos que yo… A mí me cuesta mucho trabajo acercarme a Sofía.

- ¿Por qué? – Mayra depositó las carpetas en el escritorio junto a la computadora de Alejandra.

- No lo sé… - dudó en responder.

Mayra sintió que Alejandra estaba a punto de revelarle algo, pero por algún motivo había decidido no hacerlo; pero no insistió.

- Hoy por la noche trataré de ver cuales son sus intenciones con ellos…

Mayra cruzó los dedos de la mano a manera de confianza de que todo saldría bien.

- En estos días he pensado mucho sobre mis sueños y quizás esta sea la última oportunidad que tenga para formar mi familia. Por raro que parezca, si tuviera que elegir entre el nuevo puesto y conservar lo que tengo ahora, creo que no dudaría en quedarme con lo que tengo – de los ojos de Alejandra brotaron unas lágrimas.

Mayra apretó los labios y con su mano derecha limpió las lágrimas de su amiga.

- Dejé a mi familia por dedicarme al modelaje cuando era una niña… Ahora que veo a esos niños, tan necesitados de un padre y una madre, y los veo platicar y jugar con los padres de Carlos, no puedo menos que pensar lo mucho que a mis padres les gustaría estar cerca de ellos, y quizás a ellos estar cerca de mis padres. Anoche que los acosté, me pareció como si siempre lo hubiera hecho… - la voz de Alejandra se cortó. – Ya no puedo imaginarme una vida sin ellos, cada momento que pasa quiero acercarme más y conocerlos más… De hecho no puedo esperar la hora de salida para verlos de nuevo. Sé que es una locura, no tengo más de tres días de conocerlos, pero me duele saber que tengan que regresar al orfanato... ¡No quiero que regresen!

- Todo saldrá bien – fue todo lo que Mayra pudo decir y colocándose a la espalda de Alejandra trató de consolarla masajeándole los hombros.

En la casa de Carlos sonó el teléfono.
- ¡Yo voy! – gritó Sofía y corrió hasta el teléfono. - ¿Bueno?
- ¿Sofía? – se escuchó por el auricular.
- Samanta – respondió Sofía incrédula.
- Sofi, no te preocupes soy Lizbeth. Que bueno que contestaste tú, porque contigo quería hablar.

Sofía no dijo nada pero un gran presentimiento se le vino encima y su corazón empezó a palpitar con gran fuerza.

- Quería agradecerte por la información. He verificado todo lo que me contaste y felicidades por ser tan sincera conmigo...

Sofía empezó a temblar, y en ese mismo instante se reprochó el no haberle mentido a aquella mujer. Si había ido a verificar la historia era porque algo quería sacar de aquello.

- No te preocupes, Samanta o Alejandra, o como quiera que se llame tu madre no va a saber que tú me lo dijiste.

- ¿Qué va a hacer? – la voz de Sofía era temblorosa.

- No te preocupes por nada, tú has sido una buena chica... Te mando un beso – dicho esto la voz de Lizbeth se cortó.

Sofía se llevó las manos a la cara.

- ¿Qué pasa, hija? ¿Estás bien? – doña Jesusita se acercó a Sofía.

- Sí, todo bien. Sólo algo con una amiga de la escuela – Sofía cambió el semblante, colgó el teléfono y se dirigió a su cuarto con las manos en la cabeza.

Alejandra caminó en dirección del escritorio de Nayla, la secretaria del licenciado Salvador. – Nayla, ¿está el licenciado? Tengo cita con él desde la mañana, pero la cambió para esta tarde...

- Está en una llamada, si gustas sentarte en cuanto se desocupe le informo que estás aquí – Nayla apretó un botón en su conmutador y dejó encendido el led que le indicaba al licenciado que le hablara en cuanto se desocupara.

Alejandra se retiró unos metros y tomó su lugar en un sillón en la sala de espera.

- ¡Felicidades! – Nayla sonrió hacia Alejandra. – Y bienvenida. Me han dicho que te han ascendido y pronto serás mi jefa…

- Gracias. ¿Tú no vas al corporativo? – Alejandra se vio sorprendida porque siempre había pensado que el licenciado se la llevaría con él, puesto que ella siempre había sido su secretaria; y no podía ocultar que ella pensaba traer a Mayra con ella.

- No, la verdad sí fui invitada, pero irme a la ciudad de México no ha sido nunca un sueño mío. Me ofrecieron un buen aumento, pero sería alejarme de mi familia, y no quiero hacerlo. O por otro lado Pedro, mi esposo, tendría que dejar su trabajo y pues… - hizo un gesto de inconformidad cuando su teléfono sonó. Levantó la mano pidiendo a Alejandra que la disculpara y contestó – aquí está Alejandra Durán… Sí licenciado – Nayla asintió con la cabeza como si el licenciado pudiera verla, y anotó algo en su diario. – Bien. En seguida… - colgó el teléfono y terminó de anotar. Para cuando levantó la mirada ya Alejandra iba camino a la puerta de la oficina. – Alex, me pidió que te dijera que te recibe hasta mañana temprano, tiene aún muchos pendientes que resolver… Que lo disculparas.

Alejandra detuvo su andar y regresó hacia Nayla. - ¿Está todo bien?

- Yo creo que sí. Mucho trabajo, pienso yo.

- Está bien, entonces nos vemos mañana – Alejandra levantó la mano en señal de despedida y se encaminó al corredor. Algo en su interior le decía que algo no andaba bien, quizás Mayra tenía razón y Lizbeth estaba tramando algo. Respiró profundo y se dijo que no pensaría más en el tema, al día siguiente sabría si todo era su imaginación o no.

- ¡Time to go! – Carlos salió de su oficina y golpeó el escritorio de Bart para llamar su atención, eran las seis en punto de la tarde.

- ¿Tú tan temprano? – Bart observó a Carlos extrañado.

- Tengo que llevar a Francisco a Sears…

- ¿Le vas a comprar algo?

- No. Robó… Bueno, tomó un IPod prestado y vamos a devolverlo.

Bart resopló imaginando lo que vendría. - ¿No será muy duro para él?

- No lo sé, pero de alguna manera tiene que aprender y él me espera para cumplir con lo acordado.

- Bien, ¡suerte! Nos vemos mañana – Bart levantó la mano en señal de despedida.

- ¡Hasta mañana!

- ¡Suerte! – apareció Jeanett por el corredor. - ¡Saludos a tu esposa!

Carlos sonrió y con un gesto agradeció el saludo, dio media vuelta y se dirigió a la salida. Ese había sido su primer día de trabajo bajo el yugo del matrimonio.

- ¡Hola a todos! – Alejandra entró a la casa y se encontró con don Carlos y María sentados en uno de los sofás.

Don Carlos le leía una cuento a María.

- ¡Hola, mamá! – dijo María.

- ¡Hola! – respondió don Carlos.

- ¡Hola, hija! – continuó doña Jesusita que continuaba tejiendo a lado de Sofía, en otro de los sofás.

Sofía por su lado no contestó ya que estaba perdida en su tejido y la música de su IPod, aunque nadie pareció darse cuenta de ello con excepción de Alejandra, que trató de no darle importancia y se puso a pensar de que manera podría acercarse a ella.

Alejandra dejó su bolsa sobre la mesa del comedor y colocó su saco en el respaldo de una de las sillas, luego, con unas revistas en la mano se aproximó a don Carlos y a María. - ¿Cómo te has portado, mi amor? – poniendo su mano en el mentón de la pequeña le alzó la cabeza delicadamente para besarla en la frente.

- ¡Muy bien! – respondió María contenta y volteando a ver a don Carlos quien podía confirmar la respuesta.

- Se ha portado de maravilla – don Carlos abrazó a María y luego recibió el beso en la mejilla de Alejandra.

Alejandra siguió su camino en dirección de doña Jesusita a quien también la saludó de beso.

- ¿Cómo estuvo tu trabajo? – preguntó doña Jesusita.

Alejandra dejó escapar un suspiro – digamos que normal – volteó a ver a Sofía que se veía más seria que de costumbre, con ella. - ¿Cómo estuvo tu día? – bajó la mirada y observó la prenda que Sofía había tejido. - ¿Lo hiciste tú?

Sofía se quitó los audífonos. – Perdón, ¿preguntaste algo?

- Sí, ¿qué si lo hiciste tú?

Sofía asintió aunque su mirada denotaba tristeza y preocupación.

- Es precioso… ¿Un suéter? – con las manos Alejandra observó el tejido y se preguntó si ella sería capaz de hacer algo igual.

Sofía asintió de nuevo.

- ¡Te felicito! – Alejandra abrazó a Sofía por la cabeza y la besó en el cabello, haciendo una muestra de cariño, y se sentó junto a ella. - ¿Y Fr… Carlitos? – respiró profundo al darse cuenta de que por poco se equivocaba de nombre.

- Carlos vino por él, dijo que tenían algo que hacer en Sears y se fueron – respondió doña Jesusita, - dijo que no tardarían…

Alejandra pensó en Francisco y lo difícil que sería para él decir la verdad de lo que había hecho, y se preguntó si era necesario enfrentarlo al gerente… Entonces pensó en su trabajo y las mentiras que había estado diciendo, y se preguntó si ella tendría el valor de decir la verdad arriesgando su futuro.

Carlos y Francisco entraron en la oficina del gerente acompañados por una señorita que era quien les había abierto la puerta. Una oficina no muy grande, de unos treinta metros cuadrados. Se veía un poco vieja pero no por ello no dejaba de verse elegante. Con un librero hecho en caoba, al igual que el escritorio y los muebles en la habitación, y una alfombra verde con figuras debajo del escritorio y de los sillones. El hombre estaba atrás de su escritorio y al verlos entrar se puso de pie.

- Pasen por favor. Tomen asiento. – extendió la mano frente a él señalando los sillones.

Carlos volteó a ver a Francisco y pudo darse cuenta del terror que sentía ante aquella situación, y pensó que quizás hubiese sido mejor haber dejado las cosas como estaban o simplemente pagar el radio sin necesidad de exponer al niño; pero ya estaban adentro, no había nada más que hacer como no fuera cambiar el tema y proteger al niño; pero ¿protegerlo de qué? Él robo debía ser expuesto y aquella enseñanza le quedaría a Francisco para siempre en su memoria. – Mucho gusto, mi nombre es Carlos Martínez y él es… - dudó por un instante, - mi hijo Carlitos – se reprochó, estaba enseñando al niño a ser honesto, y se la pasaba diciendo mentiras…

- Mucho gusto. Mi nombre es Jacobo Miramontes – estrechó la mano de Carlos y de Francisco. - ¿En qué puedo servirles?

- Bueno, mi hijo quería decirle algo… - Carlos volteó a ver a Francisco cuyos ojos se habían empezado a poner de color rojo tratando de contener las lágrimas.

Francisco volteó la mirada hacia Carlos como suplicándole que no le hiciera hacer aquello; pero luego, tomando aire regresó la mirada hacia el gerente – hace dos días tomé del mostrador este radio – extendió una bolsa de plástico negra y la puso sobre el escritorio. – Lo robé – con estas palabras el niño ya no pudo contener las lágrimas y comenzó a sollozar.

Carlos se quedó impresionado del valor de Francisco, sabía lo que sentía el niño y quería abrazarlo para consolarlo, pero aún no era tiempo.

El gerente abrió la bolsa y vio el radio, luego levantó la mirada hacia Francisco al cual observó por unos instantes sin decir nada. - ¿Sabes que robar es un delito?

Francisco asintió con la cabeza tratando de contener el llanto.

- Te podrían llevar a la cárcel…

Carlos iba a intervenir, no pensaba que el gerente debiera ser tan rudo con el niño.

Francisco asintió con miedo.

- Pero me da gusto que hayas venido a hablar conmigo. Decir la verdad y aceptar las consecuencias de los actos es de hombres – el gerente se puso de pie y dando la vuelta a su escritorio se paró frente a él. – Gracias por venir. Sabíamos que alguien había tomado este radio y se había responsabilizado al jefe de electrónica. Hoy, antes de cerrar la tienda, le íbamos a dar las gracias… Tu sinceridad le ha salvado su trabajo – se dio la vuelta hacia Carlos. – Si yo fuera usted estaría orgulloso de tener un hijo tan valiente. Yo no veo en esto un robo sino un juego de niños, que ha servido para que su hijo aprenda esta lección, que estoy seguro que nunca olvidará – y extendió la mano hacia Carlos.

- Gracias – Carlos estrechó la mano del gerente al momento que se ponía de pie.

- La próxima vez que pasen por aquí, vengan a visitarme – extendió la mano hacia Francisco.

- Gracias – respondió Francisco y entonces sintió el brazo de Carlos confortándolo, y dando vuelta caminaron hacia la puerta.

- ¿Ya te empezaron a entregar el puesto? – don Carlos interrumpió los pensamientos de Alejandra.

- No, hoy ha estado muy raro el jefe. Me canceló dos veces y me pidió disculpas. Él no es así, pero sólo Dios sabe que trae entre manos…

- ¿Son revistas de modas? – Sofía tomó las revistas de la mano de Alejandra y trató de desviar la conversación.

Alejandra asintió con la cabeza.

Sofía comenzó a hojearlas con nerviosismo. – Yo quiero ser modelo… -quería cambiar la conversación, pero nunca pensó que se estaba equivocando de tema.

- No hija, modelo no – Alejandra recorrió con su mano el cabello de Sofía y lo acomodó alrededor de su oreja izquierda.

- ¿Por qué no? – Sofía se enderezó en el sofá y observó de forma retadora a Alejandra, lo que llamó la atención de todos.

- No es una buena profesión – explicó Alejandra tratando de calmar la tensión que sin saber porque iba en aumento.

- Soy bonita y tengo bonito cuerpo…

- Eres bonita y tienes muy bonito cuerpo, pero no es por eso que no debes ser modelo.

- ¡Tengo doce años y quiero ser modelo!

Alejandra sintió que aquella escena se repetía en su vida, pero esta vez no era ella la niña.

- ¡Tú no eres mi madre para decirme que es lo que debo hacer! – se puso de pie y dejando caer su tejido al suelo salió corriendo hacia su habitación.

Alejandra se había quedado petrificada por lo que acababa de escuchar.

- ¿Estás bien?

La mano de doña Jesusita sobre su hombro hizo a Alejandra reaccionar y con un gesto indicó que estaba bien.

- ¿Por qué dijo eso? – don Carlos se animó a preguntar imaginando lo que Alejandra podría estar sintiendo en aquel momento.

- Últimamente no nos llevamos muy bien – Alejandra tenía los ojos tristes y llenos de lágrimas. No eran las palabras de Sofía las que la habían lastimado de esa manera, puesto que la niña había dicho la verdad, sino el recuerdo que aquella escena le traía a la memoria. - Quizás sea la adolescencia, no lo sé…

- ¡Mamá! No llores – María se había separado de don Carlos para recostarse en las piernas de Alejandra.

Alejandra le sonrió a María y sentándola en las piernas la abrazó.

- ¿Quieres que hable con ella, Sam? – don Carlos se ofreció de buena manera.

- No se preocupe don Carlos, yo voy a hablar con ella, todo va a estar bien, no se preocupe. Quédate con tu abuelita… - sentó a María en el sofá junto a doña Jesusita y luego se dirigió hacia el cuarto de los niños.

Sofía estaba de rodillas rezando con la estampilla que le había regalado doña Jesusita en las manos, cuando Alejandra entró. De un brinco se puso de pie y llevándose las manos a la espalda trató de ocultar la imagen.

- ¿Qué fue eso de que no soy tu madre?

Sofía miró aterrada a Alejandra pero no dijo nada.

- Ambos sabemos que no lo soy, pero sabes lo importante que es para Carlos que sus padres piensen que lo soy…

- Te metiste en mi vida – Sofía retrocedió hasta el buró de su cama y dejó allí la estampilla, su nariz estaba roja y sus ojos también.

- Siento haberlo hecho, pero tenía una buena razón – Alejandra bajó su voz y dándole la espalda a Sofía se sentó al pie de la cama. – Un poco más grande que tú, yo también discutí con mis padres por ser una modelo…

Sofía se recargó en la cabecera de su cama y mantuvo su mirada fija en la espalda de Alejandra.

- Me fui de la casa cuando tenía quince años con el sueño de ser una gran modelo. Nunca más volví a ver a mis padres – Alejandra se llevó las manos al rostro y se limpió las lágrimas que comenzaron a brotar. – Me prometieron la gloria, pero la vida de una modelo no es fácil, hay que sacrificar mucho para mantener una bella figura… Dejas de ser tú para convertirte en objeto para otros. Nadie te valora por lo que eres sino por lo que tienes, y el físico no dura mucho. Cuando tenía dieciocho años quedé embarazada, mi carrera se vino abajo y yo no pude quedarme con mi hija y tuve que darla en adopción…

- ¿Por eso no te acercabas a mi? – la voz de Sofía era conciliadora.

Alejandra asintió con la cabeza y no pudiendo contenerse más agachó la cabeza cubriendo con sus manos su rostro.

- Y no quieres que eso me pase a mí… - Sofía parecía haber crecido años en tan sólo unos segundos. Se hincó sobre la cama detrás Alejandra y con sus manos le sujetó la cabeza con mucho cariño. – Me siento muy honrada, nadie se había preocupado así por mi antes, siento mucho lo de tu hija. Habrías sido una gran madre para ella.

Las palabras de Sofía terminaron por doblar a Alejandra que ya no tenía manera de detener todos los sentimientos que se desbordaban sin freno.

- Quiero que sepas que no me molesté por que no quisieras que fuera modelo… - Sofía se sentó a un lado de Alejandra y con sus manos le levantó el rostro de manera que la viera a los ojos. – Simplemente no sabía como decirte que les fallé… - su respiración se aceleró de pronto y ahora el llanto salió de los ojos de Sofía. – Tenía que decir algo o iba a explotar…

- ¿De qué estás hablando? – el nudo en la garganta de Sofía preocupó a Alejandra que agarrando nueva fuerza controló sus emociones.

- Yo sé lo que pasó hoy en tu trabajo…

La mirada de Alejandra era de incredulidad, no podía imaginarse a que se refería Sofía.

- No sé como lo supo… - Sofía quería decir todo pero la garganta se le cerraba constantemente dificultándole la respiración.

- ¿Quién?
- La señorita Lizbeth… - se aceleró dramáticamente su corazón.
- ¡Tranquila! ¡Cálmate! - Alejandra se mostró muy preocupada, pero no por lo que pudiese saber Lizbeth, ni por su trabajo, de alguna manera siempre supo que la verdad saldría a la luz; le preocupaba más la salud de Sofía. La abrazó con mucho cariño y trató de confortarla…
- Todo va a estar bien, tranquila… - y unió su cabeza con la de ella mientras acariciaba sus mejillas.
- Sabía todo de mi, mi nombre y sobre el orfanato… - se enderezó Sofía levantando su cabeza, una vez que pudo tranquilizarse un poco. – Y me engañó para que le explicara todo…
- No te preocupes. De una o de otra manera la verdad iba a salir… - Alejandra estaba muy molesta con Lizbeth. De alguna forma había conseguido algo de información, pero sin duda se había valido de utilizar a una niña de doce años para lograr sus objetivos. Entonces se detuvo en sus pensamientos y se recriminó su proceder, puesto que ella no había sido diferente a Lizbeth, ella también había utilizado, y no a uno, sino a tres niños.
- Por mi culpa, vas a perder tu trabajo… - Sofía se desplomó en un llanto sin control.
- No, no es tu culpa – Alejandra buscó desesperadamente tranquilizar a Sofía. - ¡Escúchame! ¡Esto no es tu culpa! – la obligó a observarla. - Yo tengo la culpa por no haber sido sincera desde el principio. Yo sabía que esto podía pasar, y sabía que podía lastimarte a ti, a Francisco, a María y a muchas personas más. No quería hacerlo, pero lo hice… - acercó sus labios al rostro de Sofía y la beso una y otra vez, tratando de calmarla.

En un movimiento suave, las dos se recostaron en la cama y Alejandra mantuvo su abrazo sobre Sofía.

- No quiero regresar al orfanato, me gusta estar aquí… - Sofía dejó escapar estas palabras entre sollozos.
- No pienses en eso ahora – Alejandra cerró los ojos y recordó lo que había platicado con Mayra ese día. Ella tampoco quería que los niños regresaran, pero tendría que tratar el tema con Carlos y no sabía que pasaría al respecto, así es que no podía prometer nada.

- Hola, perdón por la tardanza… - Carlos entró en su habitación procurando no hacer mucho ruido.

Alejandra estaba recostada ya con su camisón de dormir, y junto a ella, sobre su pecho dormía placidamente María. – No quería irse a dormir sin darte las buenas noches, y se quedó dormida esperándote…

- Lo siento. Después de que fuimos a Sears sentía que necesitaba hablar con Francisco, y nos fuimos a caminar. Platicamos sobre muchas cosas, se me ocurrió que comiéramos algo y no me di cuenta de la hora – caminó de un lado a otro de la cama como león enjaulado.

- No tienes que darme explicaciones, no estamos casados…

Carlos se detuvo y observó a Alejandra. Aunque no le estaba recriminando si había algo de molestia, y en cierta forma tenía razón. ¿Qué explicaciones habría dado ella a sus padres para evitar que se dieran cuenta de su falta de atención hacia Alejandra? Había que platicar y quizás era el momento. - ¿La llevo a su cama? – se aproximó con la intención de cargarla.

- No, déjala aquí. Creo que ya me estoy acostumbrando a su presencia entre nosotros…

- ¿Qué quieres decir?

- Sólo eso, me gusta tenerla aquí en vez de dormir con almohadas entre nosotros.

- ¿Estás molesta porque no te haya hablado? – Carlos se paró frente a Alejandra y con su mano derecha se peinó el cabello.

- No – Alejandra levantó a María y la acomodó de manera que siguiera dormida, pero ya no sobre su pecho. Se sentó en la cama y miró a Carlos. - ¿Tú quieres que nuestra relación continúe después de que se hayan ido tus padres?

- Ya habíamos hablado de esto anoche, y yo te había dicho que sí – se hincó frente a ella y la tomó de las manos.

- ¿Y los niños? – Alejandra desvió su mirada hacia María por unos instantes y luego la regresó hacia Carlos.

- No – Carlos meneó la cabeza.

- ¿Por qué? – Alejandra miró a Carlos sin perder un detalle a sus movimientos y expresiones.

- Soy muy viejo para esto…

- He visto como los tratas y eres muy bueno con ellos, te han tomado cariño y...

- Esto es sólo un juego. Hemos estado jugando a la familia y nada más – Carlos interrumpió a Alejandra poniendo la palma de su mano derecha frente a él y en dirección de Alejandra. Luego se puso de pie y dándole la espalda caminó hasta el fondo del cuarto. – Soy bueno con ellos, porque siempre he pensado que todo esto va a terminar en menos de una semana; pero no sabría que hacer si esto se prolongara por tiempo indefinido...

- Pero, ¿no es así como se forma una familia? ¿No es una aventura, o un juego, en la que se une una pareja ante un futuro incierto, lleno de ilusiones, pero al fin y al cabo inseguro?

- Tú lo has dicho, una pareja...

- ¿Has dicho que eres viejo para formar una familia, eso implica que tu relación conmigo no involucra tener hijos?

La mirada de Alejandra era profunda, tanto que Carlos no podía verla y prefería hablar dándole la espalda. – No puedo levantarme a las tres, cuatro o cinco de la mañana para cambiar pañales o darles de comer... Tengo amigos, más jóvenes que yo, que llegan casi durmiéndose al trabajo y yo no quiero estar así.

- Sofía, Francisco y María ya no son bebés... Ni un solo día nos han levantado en la madrugada...

- Ese es la mayor parte del problema. Son niños ya grandes, Sofía está entrando en la pubertad, ¿qué se yo de ser padre? – volteó a ver a Alejandra y no pudiéndole sostener la mirada le volvió una vez más la espalda.

- ¿Quién sabe lo que es ser padres? Que yo sepa no hay recetas... ¿Y tus amigos? ¿Se han quejado alguna vez diciendo que preferirían no tener a sus hijos? Yo creo que no... - se puso de pie y se abrazó de Carlos por la espalda. – Estoy segura de que Dios nos enseñará el camino...

- ¡No! – Carlos se sacudió las manos de Alejandra y caminó lo más lejos posible de ella en el cuarto.

- Si yo quiero una familia y tú no, entonces no somos el uno para el otro – Alejandra sintió que se le rompía el corazón porque en verdad se había enamorado perdidamente de Carlos. – Cada quien busca un camino distinto y el seguir con nuestra relación implicaría que uno de los dos sacrificará lo que quiere por el otro, espero que encuentres a alguien que te haga compañía, porque eres un buen hombre.

- ¡Me voy a dormir a la cama de María! – Carlos se acercó a la cama, sacó su short de debajo de la almohada y salió del cuarto ante la mirada triste de Alejandra.

Alejandra se sentó en la cama y se quedó mirando a María que dormía plácidamente y deseó ser aquella niña de papá que no tenía que preocuparse por otra cosa más que jugar, hacer sus tareas y dormir; y sin embargo, pensó, aquella niña no tenía padre ni madre. Que injusta era la vida, porque muchos niños que tienen padres corren por crecer para liberarse de su tutela, mientras que tantos niños huérfanos añoran la tutela de unos padres que quizás nunca tengan. Se hincó junto a la cama como desde hacía muchos años no lo hacía, y mientras con sus manos acariciaba cariñosamente el cuerpo de la niña, se sumió en una oración a Dios que le iluminara el camino que tenía que seguir, y fuera cual fuere éste, que le diera las fuerzas para permanecerse firme en él.

Carlos se detuvo para ver a Francisco que dormía en la parte alta de la litera. Se dio cuenta de que comenzaba a hacer frío y el niño estaba descobijado, así es que cuidando de no despertarlo le acomodó la cobija, luego se cambió de ropa y se metió en las cobijas de la cama de María. Al recostar su cabeza en la almohada su mirada quedó dirigida a la cabeza de Sofía que estaba ligeramente iluminada por un rayo de la luna que entraba por un hueco en la ventana. Se llevó la mano a la cabeza y tapando sus ojos se quedó dormido mientras se decía así mismo que todo terminaría en unos días.

CAPITULO VIII

- Buenos días – saludó Alejandra a Mayra. Su rostro era de preocupación pero a la vez de decisión.

- Hola, buenos días – respondió Mayra levantando su mirada. – El licenciado te espera en su oficina… - hizo un gesto de miedo, pero más que nada tratando de aligerar el momento.

- Lo sé – Alejandra se detuvo frente a su amiga y le dio una sonrisa. - ¿Puedes venir un instante?

- ¡Por supuesto! – Mayra se puso de pie y caminó detrás de Alejandra como lo hacía casi todos los días cuando tenía que tomar alguna nota.

Al entrar en la oficina de Alejandra, Mayra cerró la puerta y se sorprendió de que en cuanto volteó hacia el escritorio, Alejandra la abrazó calidamente.

- Amiga – empezó Alejandra una vez que hizo un espacio entre las dos. – Necesito que me hagas dos favores…

Mayra asintió sorprendida.

- Busca a esta familia en el directorio, o con quien se te ocurra. Necesito su dirección y el teléfono…

Mayra tomó la nota entre sus manos y la observó con duda.

- Y por favor junta todas mis cosas en una o dos cajas…

- ¿Te mudas hoy? – Mayra mostraba una alegría y una tristeza a la vez. Alegría por que su gran amiga ascendía de puesto como tantas veces lo había soñado; pero una tristeza porque su relación ya no iba a ser la misma. Seguramente se seguirían viendo, pero ya no como antes.

Alejandra asintió.

- ¿Te mando a alguien a que las lleve a tu nueva oficina?

- No – respondió Alejandra dándole la espalda a su amiga por unos instantes. – A mi carro – devolvió la mirada a su amiga con los ojos cristalinos.

- ¿Te van a enviar a otro lado? – Mayra temió preguntar porque al ver la mirada de su jefa y amiga no parecía ser el sueño dorado lo que se avecinaba.

- Voy a renunciar – respondió Alejandra después de negar con la cabeza la pregunta. Tomó aire, se limpió los ojos y salió de la oficina, no pudiendo permanecer más tiempo en ella.

Mayra tardó en reaccionar y tratando de tomar aire ante la sorpresa se dejó caer en el asiento de su jefa preguntándose que se había perdido. Podría haberse descubierto todo; pero *"¿era esto suficiente para que la corrieran? Pero no la estaban corriendo, sino que ella había dicho que iba a renunciar. ¿Por qué? ¿Qué la había motivado a ello? En todo caso, ella tenía parte de la culpa puesto que la había alentado a llevar a cabo el plan... "*.

- Hola Nayla, buenos días – saludó Alejandra con una sonrisa. Antes de llegar a la oficina del licenciado Salvador había pasado al tocador a retomar fuerzas, a limpiar las lágrimas y a preparar una cara de tranquilidad. Si bien una vez que estuviera afuera de la empresa se desmoronaría en llanto, no pensaba hacer un drama delante de otras personas. Lo que había pasado con Mayra era porque no había calculado el potencial de la amistad que las unía, y se había sentido sumamente fuerte, pero una vez en la situación, los sentimiento se habían desbordado sin que ella hubiese podido poner freno.

- Hola Alex. El licenciado te espera... - Nayla se puso de pie, caminó hasta la oficina y abriéndole la puerta la dejó entrar.

El licenciado Salvador estaba en su computadora, seguramente revisando sus correos y planeando el día. Al escuchar que la puerta se abría volteó la mirada hacia la entrada y se puso de pie. – Buenos días, Alex. ¿Cómo amaneciste hoy?

- Bien, licenciado. Gracias. ¿Y usted? – estrechó la mano del licenciado.

- ¡Siéntate, por favor! Y una disculpa por el día de ayer...

Alejandra tomó asiento y con un gesto indicó al licenciado que no había nada porque disculparse.

- ¿Te traigo algo de tomar? – preguntó Nayla amablemente a Alejandra.

- Gracias – Alejandra movió su cabeza de forma negativa.

- ¿Se le ofrece algo, licenciado? – Nayla volteó la mirada hacia su jefe.

- ¡No por el momento! – se encaminó detrás de Nayla hacia la puerta. – No pases ninguna llamada a menos que sea urgente... - le pidió y cerró la puerta detrás de ella. – Alex, antes de entregarte el puesto, hay un asunto que me preocupa y que quisiera ver contigo...

- caminó por la oficina rodeando a Alejandra por la espalda, como si no supiera como iniciar la conversación.

Alejandra pensó entonces que quizás Lizbeth no había mencionado nada aún de lo que había averiguado, puesto que parecía que la posibilidad de retener el puesto aún estaba allí... Hizo una mueca con la boca, y se dio fuerzas. Lo que iba a hacer no tenía nada que ver con lo que hubiese o no dicho Lizbeth, era su convicción. – Licenciado... - se animó a hablar girando su cabeza para ver al hombre a su espalda. - ¿Podemos hablar de algo que me inquieta y que es de suma importancia para mi, antes de tocar los temas concernientes al trabajo?

El licenciado observó a Alejandra de una manera muy peculiar, pareció meditar un poco y luego extendiendo las manos hacia ella y la invitó a hablar - ¡Adelante! ¡Hoy sólo estoy para ti!

- ¡Diablos Carlos! ¿Dónde te has metido el día de hoy? – Bart entró a la oficina de Carlos con una excitación inusual.

- Trabajando – respondió Carlos. – Hoy en especial necesito mantener mi mente ocupada... - continuó sin quitar la vista de la pantalla de su Lap-Top.

- Si quieres tener tu mente ocupada, te tengo un problema que tenemos que resolver... ¡Ya! – sin dar un tiempo a Carlos, Bart le giró la silla obligándolo a mirarlo.

- ¿Es del trabajo?

- ¡No! Es de tú familia – Bart se arrimó una silla.

- ¿Qué sucede con mis papás?

- No conozco a tus papás... Sólo a tu esposa y a tus hijos.

Carlos asintió con la cabeza. - ¿Qué con ellos? – giró su silla y volteó su mirada hacia la pantalla restando importancia a lo que pudiera estar sucediendo.

- Me habló mi amiga Reina, del orfanato... Alguien fue a hablar con la directora y estuvo haciendo preguntas sobre los niños, y le ha contado la situación en la que nos los hemos traído. La directora quiere hablar con nosotros y ver que es lo que realmente está pasando...

Carlos se quedó pensativo por unos momentos, con la mirada totalmente fija en la pantalla sin siquiera parpadear. – Tenemos que hablarle a Sam... a Alejandra, o a tu amiga Mayra, para prevenirla; seguramente fue alguna de las compañeras de trabajo... Porque de mi lado no importaría que alguien lo hiciera – retiró su mirada de la pantalla y miró seriamente a Bart.

- Trataré de hablar con Mayra.

- Bien, yo haré lo propio con Alex – esperó Carlos a que Bart se levantara de su lugar. - Estoy pensando que todo esto fue un error...

- Lo hecho, hecho está... - se detuvo Bart junto a la puerta. - ¿Estarías dispuesto a decirles todo a tus padres?

Carlos meneó la cabeza en forma negativa.

- Alex, ¿te puedo preguntar porqué me dices esto ahora? – el licenciado se recargó en su escritorio, frente a Alejandra.

- Porque he recapacitado muchas cosas en estos días, y no estoy orgullosa de mi proceder... – Alejandra miró directamente a los ojos de su jefe.

- ¿O será por qué Lizbeth descubrió todo, te enteraste y quisiste adelantarte? – se cruzó de brazos.

- Es posible que el hecho de saber que Lizbeth se había enterado de todo haya acelerado el proceso, no lo puedo negar; pero yo no soy así y ya no podía llevar más lejos esta mentira – Alejandra tomó aire y trató de relajarse, aunque aún faltaba una última noticia.

- Me gustan tus agallas, tu ambición y tu disposición para llegar más lejos. Sin importar lo que haya pasado te quiero en el puesto...

Una sonrisa se dibujó en el rostro de Alejandra, quizás esa era una buena solución, dejar todo allí; pero su corazón le decía que había decidido algo más antes y tenía que seguir sin titubear. – Agradezco la oferta, pero vine aquí a renunciar a la compañía porque ya no me gusta como son las cosas...

El licenciado alzó la ceja sorprendido.

- Antes, cuando éramos pocos todos nos esforzábamos por crecer la compañía sin importar el puesto, había lealtad entre nosotros y una disposición de ayuda... Hoy la cosa es distinta, muchos buscan que alguien se tropiece para echarle tierra, hay celos laborales e intrigas... No es lo que yo quiero.

- Pero tú no eres así, tú viste por ti, pero no trataste de hacer menos a los demás ni...

- Ese es exactamente el punto, vi por mi y mentí, lo cual me dice que mis ambiciones rebasaron mis principios. Antes no veía la importancia de esto, pero ahora que he lastimado a unos niños por mis sueños, me doy cuenta de que no vale la pena. El trabajo va y viene como el dinero, pero la experiencia que he vivido a lado de estos niños y de Carlos es invaluable y me ha hecho reevaluar mis objetivos en la vida... Y de hecho me ha hecho reflexionar sobre muchas cosas de mi pasado...

- ¿Y qué piensas hacer?

- Aún no lo sé bien, pero voy a trabajar en ello.

- Me duele perderte. Todos cometemos errores y no tienes porque ser tan dura contigo...

- No lo soy. Simplemente en algún momento de mi vida equivoqué el camino y quiero retomarlo si aún tengo tiempo – Alejandra se puso de pie y tomó una gran bocanada de aire.

- Dime, ¿al menos Carlos te quiere? – el licenciado Salvador se mostró triste, había pensado en llamar la atención a Alejandra por los hechos ocurridos, pero en aquel momento sólo sentía una fuerte admiración por ella.

- Pensé que me quería, pero su amor no era tan fuerte... - extendió la mano hacia el licenciado. – Gracias por todo, fue un placer haber trabajado para usted...

- El placer es mío. Carlos no sabe lo que está dejando ir...

Alejandra sonrió y se encaminó hacia la puerta.

- ¡Alex!

Alejandra se detuvo junto a la puerta y volteó la mirada.

- Sé que siempre pensaste que entraste a la compañía por tu belleza exterior; pero te puedo asegurar que también vimos tu belleza interior, tus habilidades y cualidades, y quiero que sepas que las puertas estarán siempre abiertas, por si algún día cambias de opinión y decides regresar.

Alejandra agradeció con un gesto, y las lágrimas brillaron en sus ojos. No esperaba esas palabras de su jefe, siempre lo había visto como una persona fría que mostraba poco sus sentimientos y que tomaba decisiones en base a resultados y parámetros previamente establecidos por él, evitando que las cuestiones sentimentales afectaran sus decisiones; pero ese día se había dado cuenta de que se había equivocado. – Gracias... - fue lo único que pudo decir en una palabra que se ahogó en su garganta.

- Gracias a ti – el rostro del licenciado demostraba tristeza, quizás porque él reconocía que ella no se merecía lo que seguramente estaba viviendo.

Alejandra salió de la oficina cerrando la puerta detrás de ella.

- ¿Conseguiste la dirección que te pedí? – Alejandra apareció junto al escritorio de Mayra.

- Aquí está – tomó la nota que Alejandra le había dado más temprano y se la mostró.

- Siguen viviendo donde mismo... - exclamó en voz baja, el rostro de Alejandra pareció iluminarse.

Mayra vio a Alejandra, pero no quiso entrometerse, sintió que era algo de ella y que si ella quería compartirlo lo haría. - ¿Por qué renunciaste? – siguió por última vez a su amiga al interior de la oficina.

- Porque ya no soy la misma... - se detuvo Alejandra y miró a Mayra con tristeza. – Ahora veo que he dejado atrás la oportunidad de formar mi propia familia. Si aceptaba el puesto o me quedaba en éste, el trabajo no tardaría en abrumarme y volvería a ser la misma. Ya no es mi prioridad el trabajo, sino encontrar mi vida... Quizás aún tenga oportunidad de tener una familia, pero necesito cambiar el rumbo que llevo...

- ¿Carlos?

Alejandra movió negativamente su cabeza mostrando una gran tristeza en su rostro.

Mayra respiró profundo.

- ¿Mis cosas están en el carro? – Alejandra observó que su oficina había sido desmantelada de sus pertenencias.

Mayra asintió.

- Bien, pues entonces es hora de despedirme... - Alejandra tomó aire y dejó escapar un suspiro.

- Antes de despedirte, Carlos te ha estado buscando. Dice que le urge hablar contigo...

- ¿Sabes para qué?

- Bart me habló y me dijo que alguien de aquí... Estuvo haciendo indagaciones sobre Carlos, los niños y tú...

- Lizbeth.

Mayra asintió nuevamente.

- No hay nada de que preocuparse. Sea lo que haya encontrado y le haya dicho al licenciado Salvador, ya no tiene relevancia – Alejandra alzó los hombros restando importancia al hecho.

- Quizás sea por eso que Carlos te llamó, pero Bart me dijo que la gente del orfanato quiere hablar con ustedes, ya que se han quedado muy incómodos con la explicación que Lizbeth les dio...

Alejandra suspiró. – Comunícame con Carlos, lo voy a tranquilizar, y dile Bart que me consiga una cita en el orfanato para mañana por la tarde. Yo voy a arreglarlo personalmente.

- ¿Vas a ir a Guadalajara?

- Tengo mucho que hacer allá – Alejandra levantó la nota con la dirección en donde claramente se podía leer el nombre de la ciudad.

- Bien.

En la casa estaban a la mesa don Carlos y María de un lado, doña Jesusita y Francisco del otro lado, y en la cabecera Sofía. Tenían al centro un juego de Monopolio. La cara de Sofía era larga, mostraba una tristeza que parecía ir contagiando poco a poco a Francisco y a María.

- ¿Qué te pasa, Sam? – preguntó don Carlos.

- No es nada – Sofía trató de reír.

- ¿Y a ti, Carlitos? Los veo muy tristes hoy.

Francisco hizo un gesto con la cara tratando de indicar que nada pasaba, pero era tan evidente que no podían engañar ni a don Carlos ni a doña Jesusita.

- Yo sé porque están tristes...

La ojos de Sofía y de Francisco se abrieron a su máximo en dirección de la niña.

- ¿Y bien? – preguntó don Carlos.

- Es que pronto ya no los vamos a ver más... - la niña explicó quitando la mirada de los otros dos niños para ver a doña Jesusita.

- ¡Pero niños! – doña Jesusita abrazó a Francisco. – Es cierto que pronto regresamos a nuestra casa, pero estoy segura de que un día de estos irán a visitarnos…

Sofía y Francisco respiraron profundamente.

- ¿De verdad nos recibirán en su casa? – María continúo con una sonrisa y con gran energía y nerviosismo, volteando a ver a Sofía y a Francisco como diciéndoles que las puertas estaban abiertas para ellos.

- ¡Pero claro, hija! – don Carlos la abrazó.

- Es tu turno – Sofía le entregó los dados a María para que los arrojara, con la intención de terminar con aquel tema que se estaba poniendo peligroso.

La puerta de la entrada se abrió y Alejandra apareció detrás de ella cargando un par de cajas de Pizza Hut. - ¿Llego temprano?

- Ayuda a tu mamá – le susurró don Carlos al oído a Francisco que sin pensarlo dos veces se levantó de la mesa y corrió a poner sus manos debajo de las de Alejandra.

- ¡Pizza! – gritó Francisco feliz y emocionado.

- Pues sí, ¿Te corrieron del trabajo? – don Carlos volteó la mirada después de haber revisado su reloj.

Alejandra sonrió sabiendo que don Carlos no se había dado cuenta de lo cerca de su situación con su comentario - Mañana tengo un viaje y voy a estar fuera todo el día hasta el jueves, por lo que decidí que quería pasar la tarde con mi familia – dejó su bolsa sobre el sillón y le dio la llave de su carro a Sofía. – Baja los refrescos por favor, hija.

Sofía salió de la casa siguiendo la indicación de Alejandra.

- Su hijo no va a venir a comer porque tenía mucho trabajo y entonces pensé que hoy podíamos hacer algo diferente. No quiero meterme a la cocina, ni que estemos después lavando los trastes - se dirigió a la cocina. – Jess, ayúdame con los vasos por favor…

María se levantó de su silla y corrió hacia la cocina.

Francisco la siguió.

Sofía entró con un par de refrescos de dos litros y con la espalda cerró la puerta, luego los puso sobre la mesa.

- Únicamente voy a salir de la casa por unos minutos en la tarde, pero será como una hora, máximo dos y ya cerca de las seis… - apareció Alejandra con unos platos y cubiertos en la mano.

Don Carlos y doña Jesusita acomodaron el juego a manera de que pudieran repartir los platos y vasos sin necesidad de tener que levantarlo de la mesa, así podían seguir jugando y comiendo.

- ¿Puedo acompañarte? – Sofía ayudó a Francisco y a María a distribuir los vasos sobre la mesa.

- Veremos… - respondió Alejandra con una mirada cariñosa. - ¿Quién quiere de peperoni?

María y Francisco levantaron sus manos con energía y emoción, don Carlos también levantó la mano y pasó su plato y el de María hacia Alejandra.

Por unos momentos, mientras Alejandra servía, doña Jesusita la observó y se dio cuenta de que algo había cambiado en ella. Era la misma que habían conocido desde el primer día, pero ahora parecía estar disfrutando más aquellos instantes, ya no se veía tan distante, sobre todo con Sofía, y eso le hizo dejar escapar una sonrisa de aprobación.

Alejandra no sabía que pasaría después de esa tarde, pero su mente no estaba en otra cosa que no fuera disfrutar ese momento. Se sentía atraída por la alegría que mostraban María y Francisco, y por la disposición de Sofía, y además se sentía muy bien con la presencia de don Carlos y doña Jesusita que ya no le eran desconocidos. Si pudiera escoger a una familia para compartir su vida, sin duda escogería a la que tenía en frente, era una lástima que quien podía cerrar ese eslabón parecía no estar interesado en hacerlo.

Alejandra conducía su carro con la vista fija en la calle, y junto a ella, en el sillón del copiloto iba Sofía que la miraba fijamente.

- ¡Mamá! – Sofía se animó a hablar después de casi cinco minutos sin ningún tipo de conversación.

- ¿Qué pasa? – Alejandra volteó a ver a Sofía despertando de su trance.

- Me gusta decirte mamá…

Alejandra sintió un nudo en la garganta. – Y a mi me gusta que me digas mamá… - una lágrima escurrió por su mejilla por lo que tuvo que limpiarse con la mano izquierda, volteó hacia Sofía y le ofreció una mirada de agradecimiento. Extendió la mano derecha y le acarició el cabello.

- ¿Hablaste con papá? ¿Nos van a adoptar?

- Sofi, los adultos somos muy complicados. Tenemos tantas cosas en la cabeza que confundimos lo que es realmente importante con lo que no lo es. Vivimos pensando que la vida nunca se nos va a acabar y ponemos todo nuestro empeño en cosas que no valen la pena... Carlos los quiere mucho, pero no se da cuenta de ello. Estoy seguro que su mente y sus sentimientos tienen una lucha constante. Pero él es el único que puede decidir que es lo que realmente quiere...

- ¿Eso significa que vamos a regresar al orfanato?

- Sofi, ¿si yo te preguntara si estarías dispuesta a quedarte conmigo que dirías?

- ¡Que estaría encantada! – el rostro de la niña se iluminó.

- A eso me refiero. A ti te emociona la idea de estar conmigo, como a mi me emociona la idea de tenerte a mi lado, y a María y a Francisco; pero los adultos no funcionamos así. Pensamos. Si Sofía se viene a vivir conmigo, ¿podré sacarla adelante? Puesto que yo nunca he sido madre. ¿Podré pagar su escuela? Ya no tengo trabajo. ¿Cómo se sentirá Sofía después de unos meses? ¿Extrañará el orfanato? ¿Cómo me sentiré yo? ¿Qué pasará entre nosotros cuando empiecen los problemas? Y ponemos un sin número de peros a las cosas... Dudamos de que nuestros deseos y sentimientos sean lo que debemos hacer y entonces tomamos decisiones, a veces correctas otras veces incorrectas, pero no quiere decir que nuestros sentimientos no sean honestos. ¿Entiendes lo que quiero decir?

Sofía se entristeció, se sumió en el asiento y observó hacia la ventana con la mirada perdida.

Alejandra se detuvo en el semáforo en rojo que estaba delante de ella, y observando a Sofía se dio cuenta de que no podía dejar las cosas así. – Las decisiones no han sido tomadas aún, y aunque se hubieran tomado, pueden cambiar... - extendió la mano y peinó el cabello de Sofía sobre su oreja izquierda. – Hay muchas otras cosas que están fuera de nuestras manos. En este momento no sabemos que vaya a pasar. No puedo decirte que las cosas van a cambiar y que pronto vamos a ser una familia, pero tampoco te puedo decir que esto no va a ser así. Lo único que puedo decirte es que disfrutes del momento, que es lo único que tenemos seguro…

Los ojos de Sofía se rasgaron y su nariz y mejillas se tornaron de color rojo. Volteó a ver a Alejandra y se abrazó de ella.

Alejandra puso su cabeza en la de ella y disfrutó de ese instante como nunca. Fueron tan sólo unos segundos antes de que cambiara el semáforo a verde, pero estaban llenos de energía y de calor humano. Ese instante quedaría para siempre en la memoria de las dos, como uno de los momentos más importantes en la vida de ambas, y ambas lo guardarían en su corazón como fuente de energía para el futuro. Habrían permanecido así por siempre, si no es que un claxón las despertó de su trance. Alejandra arrancó y siguió conduciendo, por momentos volteaba a ver a Sofía que no le quitaba la vista y le sonría y ella correspondía a la sonrisa y le ponía la mano derecha en la pierna izquierda a manera de confortarla. Dio una vuelta a la izquierda y se detuvo frente a su cochera.

- ¿Esta es tu casa? – Sofía se levantó en el asiento quitándose el cinturón de seguridad, mientras con su mirada la recorría de arriba abajo y de izquierda a derecha.

- Y tuya también – respondió Alejandra. – ¿Me ayudas con las cosas?

Sofía se apresuró a ayudar a Alejandra con las cajas que traía en la cajuela, estaba ansiosa por conocer el interior.

Era ya muy tarde, cerca de la media noche, cuando Carlos entró a la casa. Don Carlos leía su libro a la luz de la lámpara de la cabecera, y doña Jesusita veía un programa en la televisión.

- Disculpen la hora… - dijo Carlos en voz baja y trató de cerrar la puerta evitando hacer ruido. – Había mucho que hacer…

- No hay problema, ya sabes que nosotros nos dormimos tarde – doña Jesusita volteó la mirada hacia su hijo al momento que apagaba la televisión.

- ¿Sam y los niños? – Carlos caminó unos pasos hacia la cocina y luego se detuvo.

- Ya están dormidos – respondió don Carlos.

- Bien, Sam sale fueras mañana. ¿Si les comentó?

- Sí, nos dijo – doña Jesusita se adelantó a don Carlos.

- Yo también tengo mucho trabajo, mañana. ¿Pueden hacerse cargo de los niños?

- Claro, ve a descansar – doña Jesusita le envió un beso y se dispuso a dormir.

- Bueno, que pasen buenas noches. Voy a comer algo en la cocina y me voy a dormir…

- Que descanses, hijo – los papás de Carlos respondieron a coro.

Carlos entró a la cocina y sacó una cerveza y viendo que había unas rebanadas de pizza decidió calentar un par en el microondas.

- Hijo – don Carlos atravesó la puerta de la cocina.

Carlos volteó sorprendido, pero se repuso rápido.

- ¿Puedo hacerte una pregunta?

- Por supuesto. ¿Quieres una? – le mostró la cerveza que tenía en la mano.

Don Carlos asintió y recibió la cerveza que tenía Carlos en la mano y jalando una de las sillas del desayunador tomó asiento.

- ¿De que se trata? – Carlos abrió el refrigerador y sacó otra cerveza.

- ¿Pasa algo entre tú y Sam?

- No, ¿por qué? – Carlos tomó una silla junto a su padre.

- Cuando llegamos Sam parecía estar nerviosa, distante, le costaba trabajo acercarse a los niños, especialmente a Samanta… El domingo parecieron nivelarse las cosas, pero ahora resulta totalmente al revés. Tú eres el ausente, como si guardaras la distancia con Sam y con los niños…

- Es normal, Sam no los conocía a ustedes, y ahora que se ha familiarizado más se siente más libre para actuar como es…

- No estoy preocupado por ella, me preocupas tú. Tú eres el que ahora guarda la distancia y se ve nervioso.

- Es el trabajo, papá. No te preocupes, todo va a estar bien – se levantó de la mesa y sacó del microondas la pizza. Puso el plato sobre la mesa con las dos rebanadas. - ¿Quieres una?

- No, gracias – don Carlos observó a su hijo y a pesar de los años que había dejado de verlo podía darse cuenta de que le estaba mintiendo. Dio un trago grande a su cerveza. – Quiero que sepas que aún podemos ayudar, si nos necesitas…

- Lo sé. Gracias - Carlos probó apenas su cerveza.

Don Carlos se puso de pie, colocó su mano izquierda en el hombro izquierdo de su hijo, – Que descanses – dio media vuelta y salió de la cocina.

Carlos se dejó caer sobre el respaldo de su silla y se pregunto cuantas mentiras más le faltaban por decir en los tres días que le restaban como jefe de familia. Tardó unos minutos en darse cuenta de que el hambre se le había ido, terminó su cerveza y colocó las rebanadas de pizza en el refrigerador. Luego caminó hacia la habitación de los niños pensando que la cama de María estaría disponible para él, pero al llegar se dio cuenta de que todas las camas estaban ocupadas. Entonces se dirigió a su recámara. Alejandra dormía placenteramente, no había almohadas entre su lado y el de ella, y la luz de su lado estaba prendida. Respiró profundamente y procurando no hacer ruido se desvistió y se puso sus shorts para dormir. Se sentó en la cama con mucha delicadeza y entonces se recostó.

Alejandra pareció sentir el peso de Carlos y se reacomodo a manera de que su rostro quedó en dirección a él.

Carlos se vio invitado a besarla, pero tuvo miedo; luego pensó acariciarla, pero estaba tan plácidamente dormida que decidió no hacerlo, no quería despertarla. Apagó la luz y se acomodó mirándola de frente y poco a poco sus párpados se cerraron.

CAPITULO IX

Ya era miércoles y pasaban de las siete de la mañana. En el cuarto de los niños, estos permanecían recostados aunque despiertos, y la luz del sol empezaba a aclarar el interior.

- Sofi, se nos acaban los días… ¿Crees que nos adopten? – preguntó Francisco que originalmente tenía la mirada puesta en el techo, pero que antes de hacer la pregunta se giró a un costado para poder ver a Sofía.

Sofía observó a los dos niños y se sentó en su cama sin dejar de verlos. – Hay algo que tengo que decirles…

Francisco y María se sentaron en sus camas dispuestos a escuchar.

- Les mentí con respecto a que Alejandra nos confundía con sus tres hijos que murieron… Samanta, Carlos y María nunca existieron…

Francisco y María forzaron la mirada y se mostraron confusos.

- ¿Entonces que hacemos aquí? ¿Por qué hemos actuado todo este tiempo? – preguntó Francisco.

- La verdad es que papá, Carlos, él había dicho a los abuelos de que estaba casado y tenía tres hijos, y necesitaba de nosotros para convencerlos de que su matrimonio era real; y mamá, Alejandra, nos necesitaba para obtener su trabajo…

- ¿Papá y mamá no están casados? – Francisco se animó a preguntar.

Sofía negó con la cabeza.

- Entonces, ¿no piensan adoptarnos? – el rostro de María se descompuso y las lágrimas comenzaron a brotar.

- Yo pensé que con nuestro comportamiento podríamos hacer que pensaran en adoptarnos… - Sofía se acercó a María y la abrazó. - Quise darnos la oportunidad de que nos conocieran…

Francisco comenzó a sollozar.

- No lloren, por favor – Sofía se puso de pie y trató de confortar a Francisco.

- Sofi, yo me he portado mal… Quizás por mi culpa…

- No, no digas eso…

- ¿Crees que aún haya alguna oportunidad? – María intervino abrazándose de la cintura de Sofía

- No lo sé – Sofía bajó la mirada hacia María y se le quedó viendo por algunos instantes.

- Yo creo que sí – María se limpió las lágrimas con la mano y se mostró positiva. – Nos hemos equivocado, pero aún así nos quieren...

Sofía no sabía que decir, no podía apoyar el positivismo de María puesto que sabía que Carlos no estaba dispuesto a buscar la adopción; pero tampoco podía dar un rotundo no, porque no quería ponerlos tristes antes de tiempo. – No pensemos en eso, mejor disfrutemos del momento... Estamos aquí y ahora con los abuelos, mamá estará con nosotros mañana por la tarde y me prometió que haríamos algo especial, y papá... - hizo una pausa, ya tenían un día completo que no lo veían. – Bueno, algo bueno pasará con papá.

- Yo siempre le digo mamá a mamá, y papá a papá, como me dijiste y siempre se ven contentos – María se sentó en su cama pero mostraba una cierta incertidumbre, ella pensaba que con eso era suficiente para convencerlos de que eran buenos niños para ser adoptados.

- Sé que lo has hecho, pero los adultos son muy complicados – Sofía se sentó a un lado de María. – Por ejemplo... - hizo una pausa. – Nosotros sabemos que Alex y Carlos no están casados, y si por nosotros fuera ya los hubiéramos casado ¿o no?

Francisco y María asintieron con una sonrisa pícara.

- Bueno, cada uno tiene su casa y si se casaran una de las casas saldría sobrando...

- ¿No podemos vivir en las dos casas? – María abrió los ojos y frunció la frente con duda.

- ¡No seas tonta! – se asomó Francisco para ver a María desde su lugar. – ¿Te imaginas cuanto trabajo sería estar cambiando los muebles de una casa a otra?

- Bueno, no es lo que quise decir, pero en cierta forma es así... Muchas cosas se moverían con nuestra adopción. Mamá podría perder su trabajo... y nosotros no queremos eso ¿o sí?

Los niños negaron con la cabeza y elaborando algún tipo de mueca con la boca.

- La cosa no es que no nos quieran, es que hay muchas cosas que nosotros no conocemos que influyen en su decisión...

- Pero algo podremos influir nosotros – Francisco abrió las manos como desesperado.

- ¿Influir? – preguntó María.

- Lo único que podemos hacer es seguir haciendo lo que hemos hecho hasta ahora y hacerlo mejor – sugirió Sofía.

- ¿Servirá si rezamos juntos por que sigamos todos unidos? – Francisco se sintió inspirado con esa pregunta.

Sofía observó por unos momentos a Francisco. – Podemos intentarlo – se extendió sobre la cama y sacó del cajón de su buró la imagen que le había dado doña Jesusita,

Francisco brincó desde la escalera de la litera y María corrió hasta la cama de Sofía.

Sofía colocó la imagen en el buró y los tres niños se hincaron frente a ella y se dispusieron a orar.

Carlos se llevó las manos a la cabeza sin poder entender porque las ideas no fluían como otros días. Tenía que entregar ese proyecto y la imagen de Alejandra le venía constantemente a la cabeza y cuando lograba quitarla de su cabeza, alguno de los niños la ocupaba en su lugar. Vio su reloj y se dio cuenta que apenas eran las nueve de la mañana.

Alejandra iba manejando rumbo a la ciudad de Guadalajara y si había salido a las ocho, como lo había previsto, debería de estar llegando a Aguascalientes. No sabía si había tomado la ruta vieja por las cuestas, o había tomado el libramiento.

Siguiendo un impulso de preocupación tomó su celular y marcó su número. El teléfono sonó, pero no hubo respuesta. Recargó preocupadamente su espalda en el respaldo de su sillón y lo intentó de nuevo, pero no hubo respuesta. Su corazón comenzó a latir con fuerza cuando su teléfono empezó a sonar, vio la pantalla y se dio cuenta de que Alejandra era quien le llamaba; entonces respiró tranquilo. – Hola… Sí, sólo quería saber que ibas bien… Entiendo. Llámame cuando llegues. ¡Cuídate! ¡Buen viaje! – y colgó. Se preguntó si alguien le había preocupado tanto antes, observó la pantalla de su monitor y haciendo un nuevo esfuerzo regresó a sus labores.

Los papás de Carlos y los niños caminaban en el centro de la ciudad de San Luis. Don Carlos había comprado una cámara digital en la Plaza de la Tecnología, por la calle de Carranza, entre la Plaza de Armas y la de Fundadores.

- A ver, pónganse allí – don Carlos les pidió que se pararan junto a doña Jesusita en las escaleras de Kiosco al centro de la Plaza de Armas.

Doña Jesusita se puso en el centro cargando a María, a su lado derecho se colocó Sofía y a la izquierda Francisco.

- Digan ¡Cheese!

Los cuatro siguieron las indicaciones de don Carlos y un clic indicó que la foto había sido tomada.

- ¡Ahora tú, abuelo! – Sofía corrió a un lado de don Carlos y extendió la mano para recibir la cámara.

- ¿Gustan que se las tomé yo? – un señor de mediana edad, robusto, moreno y con un lunar en una de las mejillas y que traía una mochila en la espalda se aproximó a don Carlos y a Sofía.

- ¡Claro! ¡ Muchas gracias! – don Carlos desvió sus manos de las de Sofía y extendió la cámara hacia el hombre. – ¿Sabe…?

- Sí, no se preocupe…

Don Carlos pasó su brazo por el hombro de Sofía y los dos se acomodaron junto a doña Jesusita.

Se escuchó un clic y cuando todos se empezaron a mover para acercarse a la cámara con el fin de ver como había quedado la foto. El hombre levantó el dedo indicando que iba a tomar una segunda foto. Se escuchó un nuevo clic, y entonces fue el hombre quien se movió hacia ellos, llevando la pantalla en dirección de don Carlos, con el fin de que aprobara la toma. - ¡Es una muy bonita familia!

- Gracias – don Carlos iba a tomar la cámara cuando Sofía se le adelantó. Luego Francisco hizo su esfuerzo por mirar, y finalmente María, que se había bajado de los brazos de doña Jesusita.

- ¿Abuelo? ¿Podemos sacar una copia para mí? – preguntó Sofía.

Don Carlos tomó la cámara y observó la foto.

El hombre había hecho un acercamiento a manera de que aparecieran los cinco rostros, era una excelente foto.

- Claro, sacaremos una copia – dijo don Carlos.

- Una no… - pidió Francisco.

- ¿Cuántas quieren, entonces?

- Cinco – respondió María.

- ¿Para qué quieren tantas? – cuestionó doña Jesusita.

- Una para cada uno de nosotros y otra para papá y una más para mamá…

- De acuerdo – respondido don Carlos un tanto extrañado, pero conforme.

- ¿Quién quiere una nieve? – preguntó don Carlos.

- ¡Yo! – gritaron los tres niños a coro y con mucha energía.

- ¿No les hará daño? – doña Jesusita se acercó a don Carlos procurando que los niños no le escucharan.

- No te preocupes, está haciendo mucho calor… Les hará bien – y se encaminaron todos en dirección de la heladería en la esquina de 5 de Mayo con Francisco y Madero.

- ¡Mira, allí podemos sacar las copias! – Francisco señaló la Kodak frente a la heladería.

Sofía sonrió, al menos les quedaría un recuerdo de los abuelos, y si era posible trataría de tener uno más de la familia completa.

Alejandra había tenido algunos problemas para manejar en Guadalajara, puesto que hacía ya algo de tiempo que había salido y no se imaginaba lo cambiada que estaba; puentes nuevos, edificios más altos, calles desconocidas, colonias nuevas y un tráfico mucho más pesado a pesar de las vías rápidas.

En algunos momentos tuvo que pararse a preguntar, y hubo personas que no conocían la calle que ella buscaba, pero finalmente alguien le había orientado correctamente y estaba allí. Podía reconocer algunas fachadas y hasta algunas personas le parecían conocidas. Conforme se acercaba a la dirección su corazón se aceleraba y por su mente pasaba la idea de pasar de largo, pero no lo haría. Era una mujer de decisión y no se iba a echar para atrás.

Finalmente reconoció la casa. Aunque parecía remodelada y recién pintada, era tal y como la recordaba. Un carro estaba estacionado en la cochera, lo que quizás indicaba que alguien estaba allí. Estacionó su carro cerca de la banqueta y observó su reloj, era la una de la tarde.

Tomó su celular y le envió un mensaje a Carlos para avisarle que ya había llegado, luego lo guardo en su bolso y regresó al mundo frente a ella. Tomó aire y soltándolo con fuerza abrió la puerta del carro. Pensó en quitarse los lentes oscuros, pero decidió no hacerlo, puesto que no quería que ninguno de los vecinos la reconociera en ese momento. Observó hacia los lados y viendo que nadie se aproximaba cerró la puerta del carro y se acercó a la casa.

Al llegar a la puerta tuvo que hacer una nueva inspiración profunda y una exhalación tratando de relajarse. Entonces apretó el botón del timbre y quiso correr, pero sus piernas pesaban como plomo. Se escuchó el cerrojo y el corazón de Alejandra se aceleró más, al grado que ella sintió que pronto se pararía de golpe.

- ¿Alex? – la mujer detrás de la puerta rebasaba los cincuenta años y tenía un gran parecido a ella, su rostro mostraba la extrañeza de la situación.

- ¡Mamá! – Alex se quedó paralizada por unos instantes sin saber que hacer, y luego no pudo más que arrojarse en los brazos de la señora como una niña chiquita, y las lágrimas se desbordaron en ambos rostros.

- ¡Qué gusto me da verte! – la señora se separó de Alejandra y tomó su cabeza entre sus manos. - ¡Pero que grande estás! ¡Eres toda una mujer!

- Tú te ves reluciente… No han pasado los años en ti – Alejandra hizo lo propio con sus manos.

- Ha pasado tanto tiempo…

- La mitad de mi vida – completó Alejandra.

- ¡Dios! No sabes cuanto deseaba este momento – la mamá de Alejandra guardó un instante para observar con detalle a su hija. - Pero, pasa hija, pasa por favor…

Alejandra caminó al interior y observó la sala, el comedor, el corredor hacia las habitaciones. – No han cambiado nada…

- Queríamos conservar todo tal cual tú lo dejaste… Bueno, no tal cual – quiso quitar un poco de tensión al momento, la señora; - pero tu cuarto está intacto y colgamos esta foto, que fue la última que te tomamos antes de que te fueras – jaló a su hija hacia la sala y le mostró un cuadro donde ella vestía el uniforme del equipo de voleibol. Su rostro juvenil y fresco que había acaparado al grupo de personas que la habían contratado como modelo.

El rostro de Alejandra se entristeció al recordar que aquella época representaba el cambio de su vida, que sin duda había tenido grandes momentos, pero que en ese instante le dolía porque había sido la última vez, en quince años, que había visto a sus padres.

- ¿Quién es cielo? – un señor de cerca de los sesenta años, alto, calvo en la mollera, pero con su cabello blanco sobre las orejas, de lentes y con un bigote ya blanquecino salió de una de las puertas del corredor, en dirección de la entrada, pero con la mirada distraída, puesta sobre un papel que portaba en su mano.

- ¡Hola, papá!

El señor se detuvo de golpe y lentamente quitó la vista del documento para observar a la joven frente a ella. Sus labios dibujaron una sonrisa pero todo su cuerpo estaba paralizado de la sorpresa.

- Lo siento mucho… - Alex se arrojó a los brazos de su padre quien no dudo ni un instante en responder.

La mamá de Alejandra se recargó en la pared y se llevó las manos a la cara para limpiarse las lágrimas que escurrían sin control, debido a la emoción.

- ¡Mi pequeña! – el papá de Alejandra abrazó con su brazo izquierdo la espalda de Alejandra y con la mano derecha le acurrucó la cabeza en su pecho.

- Pensé que estarías enojada conmigo – Alejandra se separó un poco y levantó la mirada para ver el rostro de su padre.

- No te puedo negar que me enojé muchísimo cuando te fuiste, inclusive tenía la idea de buscarte y traerte a la fuerza…

- ¡Lo hubieras hecho! – sonrió Alejandra.

- Ganas no me faltaron, pero era tanto lo que soñabas con ser modelo que estoy seguro que te habrías escapado de nuevo.

- Era una tonta – Alejandra se separó de su padre y volteó a ver a su madre, y extendiéndole la mano izquierda la invitó a acercarse.

Los tres caminaron juntos hasta el sofá de la sala. La madre de Alejandra que se llamaba Rosa María se sentó a la izquierda de Alejandra, Alejandra al centro y su padre Santiago a la derecha.

- ¿Por qué los hijos no escuchamos los consejos de los padres?

- Bueno, pues porque son eso, consejos. Los padres decimos lo que pensamos que es lo mejor, pero podemos equivocarnos... - contestó don Santiago.

- Pero no a los quince años. Nos urge crecer que desperdiciamos nuestra juventud. Me duele decirles cuanta razón tenían...

- Pero tuviste éxito hija... Conseguiste lo que tanto deseabas...

- Tenemos fotos tuyas cuando saliste en el periódico o en algunas revistas – don Santiago se iba a levantar cuando la mano de Alejandra sobre sus piernas lo detuvo.

- Pero pagué un precio muy alto – la felicidad de Alejandra por estar con sus padres se detuvo y su rostro se tornó triste y temeroso. – El régimen de trabajo era muy pesado, y para lograr ciertas cosas tuve que ceder a otras... - la voz se le cortó. – A los dieciocho quedé embarazada y la revista para la que posaba me despidió. Quería volver a casa, pero tenía miedo y me daba vergüenza, así que entregué a mi hija en adopción... - con estas palabras Alejandra no pudo sostener la mirada y se agachó aferrándose a las manos de sus padres.

Doña Rosa y don Santiago trataron de consolarla abrazándose de ella. Estaban sorprendidos y pudieron percibir todo el dolor que representaba para su hija el no haberse podido quedar con su nieta.

- ¿Sabes donde está la niña? – se animó a preguntar doña Rosa.

- No. Yo nunca la vi. Quien arregló todo fue mi representante, yo sólo firme los documentos que él me dio. En ese momento pensé que era lo mejor para ella y traté de bloquear todo intento de recuperarla. Hace un par de años traté de saber su paradero, pero un amigo mío me dijo que no lo hiciera, que quizás estaría mejor así. Si ella tenía una buena familia, para que iba yo a destruírsela. Lo pensé mucho y decidí que no me entrometería en su vida. No sé si fue lo correcto o no, pero fue lo que decidí en el momento... – levantó la cabeza un poco más tranquila aunque se le podía ver la tristeza.

- No te preocupes, Dios sabe que de haberla podido recuperar lo habrías hecho – doña Rosa se abrazó de su hija.

- Lo sé, mamá; y ese es mi consuelo. Y si algún día ella me busca yo estaré lista para darle respuestas, pedirle perdón y darle todo mi cariño.

Don Santiago asintió tratando de confortarla haciéndole sentir que estaba de acuerdo con ella aunque le habría gustado conocer a su nieta.

– Después de perder a mi hija, quise regresar al modelaje, pero ya no me querían, mi figura ya no era la misma y no se les hacía atractiva a los fotógrafos. Me dieron un puesto administrativo como auxiliar en una empresa de modelos italiana que estaba poniendo una oficina en San Luis Potosí, en donde se formaban nuevas modelos y edecanes, y mientras trabajaba me puse a estudiar administración de empresas… - Alejandra tosió un par de veces sintiendo un poco reseca la garganta.

- ¿Quieres tomar algo? – don Santiago se percató de que necesitaba refrescar su garganta.

- ¡Ah! Sí papá, por favor…

- ¿Un tequila? – don Santiago ya había abierto un gaveta en donde tenía varios licores.

- ¿Por qué no? – dijo doña Rosa. – Brindemos por nuestra hija que ha regresado…

Alejandra sonrió y asintió con un moviendo de su cabeza.

- Serán tres tequilas – sacó tres vasos, los sirvió y le pasó uno a su esposa y otro a su hija, luego se metió en la cocina y regresó con un plato con un par de limones cortados a la mitad y un salero.

- ¿Entonces te convertiste en administradora? – don Santiago retomó su lugar en el sofá.

- Sí y gracias a ello obtuve una gerencia.

- Me da mucho gusto por ti – doña Rosa le dio un nuevo abrazo a su hija y le besó en la mejilla.

- ¿En San Luis Potosí? – don Santiago continuó preguntando.

Alejandra asintió con la cabeza. - Y todo iba bien, entre comillas… Me hice ilusiones de alcanzar un puesto en el corporativo que primero me llevaría a México y si lograba seguir ascendiendo, podría ir hasta Italia a las oficinas centrales…

- ¿Por qué entre comillas? – interrumpió don Santiago dándose cuenta de que una vez más cambiaba el semblante de su hija.

- Porque acababa de conseguir el puesto un paso antes de mis sueños cuando me enamoré…

- ¡Pero eso está bien! ¡Qué bueno! – doña Rosa abrazó a su hija que se había vuelto a doblar en llanto.

- ¿No puedes compaginar tu puesto con el noviazgo? – don Santiago sintió comprender el estado de ánimo de su hija y quiso ayudarla.

- Me enamoré de un hombre... - Alejandra tomó aire enderezando la cabeza, - pero me enamoré también de tres niños – no pudiendo contenerse tuvo que bajar de nuevo la cabeza.

- ¿El hombre está casado? – se preocupó doña Rosa.

Alejandra lo negó sin levantar la cabeza.

- ¿Es viudo? – continuó doña Rosa tratando de ayudar a su hija a decir lo que ella quería expresar, pero por la emoción no podía.

Don Santiago extendió la mano hacia su esposa indicándole que le diera tiempo y que la dejara a ella explicarse.

En un rápido movimiento Alejandra se puso de pie, caminó unos pasos fuera del sofá entre agachada y tomando aire volteó a ver a sus padres. – Carlos...

Ambos entendieron que se refería al hombre del que ella estaba enamorada.

- ... y yo necesitábamos aparentar formar pareja. Él por cuestiones personales y yo para obtener el puesto que quería; y un amigo de Carlos consiguió que tres niños salieran de un orfanato de aquí de Guadalajara para completar nuestra familia.

Doña Rosa y don Santiago guardaron silencio puesto que querían entender toda la situación en la que estaba envuelta su hija, ninguno de los dos tenía intenciones de interrumpirla.

- Durante más de una semana he estado aparentando ser su esposa y la madre de esos tres niños para su familia; y la novia y futura madre para sus tres hijos, para mi trabajo... - Alejandra hizo una pausa y dio un fuerte trago a su tequila, casi acabándoselo de golpe.

Doña Rosa y don Santiago veían a su hija caerse a pedazos por sostenerse en pie, pero entendían que necesitaban dejarla continuar, que ella llegaría al final aunque al termino de la explicación se desplomara exhausta por las emociones.

- La relación con ellos me hizo darme cuenta de lo que perdí al irme de casa. Me hizo pensar en lo tonta que fui. Mientras hay niños que añoran un hogar, los que lo tenemos corremos a salirnos de él sin entender que tarde que temprano ese es nuestro destino; puesto que los hijos tenemos que salir del hogar para formar nuestros propios hogares, pero lo único que nos hace falta es tener paciencia. Entender que primero es nuestra formación en la casa, para después salir al mundo mejor preparados, para aportar orden y valores a la sociedad... Pero corremos al mundo sin las herramientas necesarias, y entonces cometemos los errores que yo cometí... Regalé a mi hija a, solo Dios sabe quien, que quizás la quieran pero quizás no – las piernas de Alejandra parecieron perder fuerza y entonces los brazos de su padre la sostuvieron.

- ¡Ven! – don Santiago la regresó al sillón y los tres se abrazaron.

- Ya no soy la niña que fui... No puedo volver el tiempo atrás – tomó aire. – Veo la importancia que tiene en mi la familia ahora y siento que es algo primordial en mi vida... Más que mis sueños de llegar a Italia, más que mis sueños de formar parte del corporativo, más que tantas cosas que pensé que eran importantes... Quisiera ser la madre de esos tres niños, quisiera poder evitar que cometieran los errores que yo cometí; pero él no quiere ser su padre...

Don Santiago recargó a su hija en el hombro y reclinó su cabeza sobre la cabeza de ella, mientras doña Rosa le frotaba las manos buscando tranquilizarla.

- ¿Él también te quiere? – doña Rosa frotó delicadamente el cabello de su hija.

- Creo que sí – Alejandra se liberó de su padre e inclinándose sobre sus rodillas tomó aire para contestar a su madre.

- Hacerse cargo de niños adoptivos no es fácil, y mucho menos si ya están grandecitos... - don Santiago sintió comprender el porque de la negativa de Carlos. – Su carácter puede estar formado y...

- Papá – interrumpió Alejandra. – Yo soy su hija biológica, y no les hice fácil la vida. Sé que lleva un proceso de conocernos, un tiempo para ajustarnos al cambio, pero creo que puedo con ello...

- Pero quizás el muchacho del que te has enamorado piensa que él no puede... - don Santiago buscaba hacer que su hija entendiera la posición de Carlos.

- Lo he visto tratar a los niños, sé que él puede porque los niños le tienen confianza y lo escuchan...

- No le puedes obligar a quererlos… - doña Rosa interrumpió.

- Él los quiere, pero tiene miedo, el mismo miedo que tengo yo a ser una mala madre; pero a parte se siente viejo para iniciar una familia; así que ve en mi una compañera y nada más.

- ¿Qué edad tiene? – doña Rosa insistió.

- Cuarenta.

- Bueno, ya está algo grande… - don Santiago se llevó la mano a la cabeza.

- Papá, yo tengo treinta. Diez años en una pareja no es mucho, a menos que yo también ya esté vieja.

- Tienes razón – concedió don Santiago.

- El problema no es su edad, son que él piensa que está viejo para intentarlo…

Don Santiago se limpió los ojos y asintió, concediendo que su hija tenía razón.

- Dime hija, ¿cómo son esos niños? – doña Rosa mostró su ilusión por conocer un poco más de esos niños que le habían robado el corazón a su hija.

- Bueno, Sofía es la más grande y tiene doce años, la edad que debe tener mi hija – una muestra de sentimientos encontrados apareció en el rostro de Alejandra, - es una chica brillante, es inteligente y muy fuerte, tuve problemas al principio para acercarme a ella, pero ahora siento que podemos entendernos; Francisco, es el de en medio, tiene diez años, y es un niño muy vivo y extremadamente noble, tuvimos un problema con él, pero entendió muy bien la situación y se comportó como todo un hombrecito; y María, la chiquita, tiene seis años y es un amor, le gusta estar cerca de mi y busca siempre agradarme…

- Suena como que son unos niños adorables – sonrió doña Rosa.

- Lo son, créeme que lo son…

- ¿Y donde están en este momento? – intervino don Sergio.

- Bueno, ahora están en San Luis con los papás de Carlos.

- ¿Y? – un signo de interrogación apareció en la frente de don Sergio.

- ¿Por qué estoy aquí y ellos no?

Don Sergio asintió con la cabeza mostrando que su hija había adivinado bien.

- Bueno, yo no pude sostener mi mentira y renuncié a mi trabajo; pero antes de eso, alguien de mi trabajo se enteró de todo e informó al orfanato, y nos han pedido que devolvamos a los niños; pero si hacemos esto antes de tiempo, los papás de Carlos podrían enterarse y entonces... Por eso he venido a Guadalajara, a parte de que quería verlos a ustedes y pedirles perdón, voy a explicar todo a la directora del orfanato y pedir que nos permita tenerlos unos días más, para que todo termine bien.

- ¿Tienes cita? – pregunto don Sergio.

Alejandra asintió con la cabeza. – Esta tarde.

- ¿Y porqué ha inventado, ese Carlos tuyo, la mentira de tener hijos a su padres?

Alejandra respiró profundamente y se dispuso a explicar.

Bart paso por la oficina de Carlos y se detuvo de golpe al ver que la puerta estaba abierta y Carlos se mantenía enfrascado en su trabajo.

- ¿No vas a ir a comer a tu casa?

- ¡Nop! – Carlos volteó a ver a Bart por un instante y luego regresó su vista a la pantalla de su computadora.

- ¿Por qué?

- Tengo mucho trabajo.

- Yo creo que es otra cosa – Bart se aproximó a la computadora por detrás del monitor, y de golpe cerró la lap-top.

- ¿Por qué haces eso? – la mirada de Carlos era de molestia y de sorpresa a la vez, y con las manos extendidas hacia los lados cuestionó el proceder de Bart.

- Tendrás mucho trabajo, pero también tienes que comer... Si no quieres ir a comer a tu casa, al menos lo harás conmigo – la mirada de Bart era seria.

Quizás la mirada más seria de Bart que Carlos jamás hubiese visto en su amigo, en todo el tiempo de conocerse. Frunció la frente y apretó los dientes, pero con un gesto finalmente accedió.

- Bien, ¿qué sucede? – Bart dio un trago a su cerveza y con su mirada presionó a Carlos.

- No sé, simplemente entre más lejos de la casa esté mejor…
- Carlos dejó caer su espalda en el respaldo de su silla, mostrando una falta de energías para discutir.
- Yo sí sé – dijo Bart apoyándose en la mesa. – Esos chicos te están entrando en el corazón – y con su mano derecha apuntó al pecho de Carlos.

Carlos hizo un gesto negativo.

- ¿No qué? – Bart se extrañó.
- El corazón está acá – Carlos movió el dedo de su amigo del pecho derecho al lado izquierdo.

Bart guardó la pausa por unos segundos. – Sabes a lo que me refiero.

Carlos sonrió. – Tienes razón, no puedo engañarte. Los niños se me han metido muy adentro, es por eso que necesito estar lejos de ellos, o la separación podría ser muy dolorosa.

- ¿Piensas en ellos o en ti? – Bart se acomodó en su lugar.

En ese instante el mesero llegó con un par de platos chicos y uno grande con una variedad de gorditas y los dos callaron.

- Ambos.
- Te entiendo, pero los niños han hecho un buen trabajo… De hecho, han hecho un excelente trabajo. Han hecho creer a todos que en verdad son hijos de ustedes. Se merecen un poco más de atención, de respeto – tomó una gordita de huevo rojo y le dio una mordida, mientras con la mirada trataba de hacer presión en Carlos.

- No puedo hacer eso – Carlos extendió la mano y después de revisar el contenido de varias tomó una de chicharrón y la colocó en su plato, luego movió su cabeza de forma negativa, confirmando lo que había dicho.

- Carlos, tus padres han venido desde muy lejos; una vez en mil años, y también los has dejado solos. Eso no es correcto, tú sabes los sacrificios que han hecho para venir… Los niños tendrían que estar regresando mañana al orfanato si Alejandra no arregla nada… Entiendo tu negativa de no querer adoptarlos, pero creo que deberías dar un poco más de ti para que esto que tú mismo empezaste, termine bien – Bart apuntó con el dedo índice de su mano izquierda a Carlos y en cuanto terminó se echó a la boca lo que quedaba de su gordita.

Carlos observó a Bart sin decir nada. Luego tomó su cerveza y se echó un gran trago, como si quisiera beberla toda de un jalón. - ¡Nunca debimos empezar esto! – puso la botella de golpe, casi vacía, en la mesa.

- Ya se hizo, ahora únicamente tienes dos opciones: O dices la verdad, o terminas lo que empezaste …

- Tengo que terminar – Carlos concedió. – Haré lo que dices, hoy llegaré temprano del trabajo y llevaré a todos a algún lado. Les compensaré lo que han hecho por mi, pero el sábado, una vez que se hayan ido mis papás, los llevaré de regreso al orfanato.

- ¡Es lo correcto! – exclamó Bart satisfecho y tomó una nueva gordita, esta vez de frijoles con queso.

- No, lo correcto es decir la verdad. Digamos que es lo justo para los chicos – Carlos levantó la mano hacia el mesero y le hizo señas de que le trajera otra cerveza, luego, bajando la vista un poco más relajado, se fijo en la gordita en su plato, y se le ocurrió a donde llevaría a todos a cenar esa noche.

Eran pasadas de las cinco de la tarde cuando Alejandra tocó a la puerta de la casa de sus papás.

- ¿Cómo te fue? – preguntó doña Rosa al abrir la puerta.

- Bien, mamá – Alejandra entró a la casa y siguió a su madre hasta la cocina, en donde se sentó en una de las sillas del desayunador. - Gracias a Dios, la directora ha accedido a que los niños se queden con nosotros hasta el sábado. Estaba muy molesta con nosotros y especialmente con su ayudante, quien confió en el amigo de Carlos, que fue quien nos arregló todo; pero al final entendió y accedió. En la noche le hablaré a Carlos para que esté más tranquilo.

- ¿Te quedas con nosotros a dormir?

- Esperaba que me lo pidieras, me siento sumamente cansada. ¿Y papá?

- Fue a traer unas cosas para cenar. Quiero que hoy sea un día especial, así que te voy a preparar una sorpresa.

- Gracias, mamá – Alejandra sonrió, se sentía feliz de estar de nuevo en casa. Se había perdido quince años de la vida de sus padres, pero ahora sentía como si nunca se hubiese ido, y esa noche, mientras cenaban, trataría de recuperar una buena parte de ese tiempo.

- ¡Hola, familia! – Carlos abrió la puerta de la casa y observó a su papá que veía la televisión con Francisco, mientras que no muy lejos de ellos estaba doña Jesusita con una de las niñas de cada lado, y tenía en sus piernas la Biblia.

- ¡Papá! – gritó María y corrió a abrazarse a las piernas de Carlos, quien como por acto reflejo la atrapó en sus brazos y la levantó hacia él.

- Creí que vendrías noche – don Carlos giró la vista hacia su hijo.

- Tengo mucho trabajo, pero como hoy no está Sam, pensé que sería bueno que saliéramos a cenar algo por allí... Les debo eso a todos, después de que he estado ausente casi todos estos últimos días.

- ¡Sí! – gritaron los tres niños a coro.

Doña Jesusita colocó un separador en la Biblia y la cerró. Luego se puso de pie y se dirigió hacia su hijo. - ¿Te habló Sam? – cariñosamente le plantó un beso de bienvenida en una de las mejillas y luego se dirigió hacia el librero para colocar la Biblia en el lugar de donde la había sacado.

- En la mañana sí. Me dijo que había llegado y quedó de hablarme mas tarde.

- Bien, voy a cambiarme de ropa y nos vamos – Carlos bajó a María al piso. – Ustedes también, vayan por un suéter para irnos...

María, Francisco y Sofía corrieron a su cuarto.

- Que bueno que hayas venido temprano – dijo doña Jesusita, - pensamos que siendo estos nuestros últimos días, ya no te veríamos.

- ¡Aquí estoy! – Carlos extendió las manos mostrándose y luego dando una media vuelta se dirigió a su habitación.

Carlos manejaba por la avenida Himno Nacional y giró hacia la derecha para tomar Independencia.

- ¿Qué vamos a cenar? – preguntó María.

- Bueno, pues, los voy a llevar a cenar a un lugar donde nunca hemos ido –Carlos sabía que cualquier lado sería nuevo para todos, pero tenía que decir eso para evitar que sus papás sospecharan. – Me lo han recomendado porque es una de las taquerías más sabrosas de San Luis...

Pasaron la Comercial Mexicana del lado izquierdo y al llegar a la esquina con la Avenida de las Artes todos pudieron ver el local. Con varias sillas dando hacia las parrillas en donde varios hombres trabajaban cortando y preparando los tacos.

Carlos cruzo la avenida y encontró un lugar en la acerca del frente a pocos metros del local.

Todos se bajaron y rápidamente María corrió a tomar la mano de Carlos. - ¿Qué es eso? - señaló al trompo con carne de donde uno de los cocineros cortaba rebanadas.

- Esa es carne preparada al pastor... - respondió Carlos cruzando la calle y acercándose al trompo.

- ¿Cómo es? – Sofía se acercó a Carlos por un costado.

- Si no me equivoco es carne de puerco con chile, ajo y vinagre – continuó Carlos.

- ¿Y saben ricos los tacos de carne al pastor? – Francisco se unió a María y a Sofía.

Los tres niños habían visto los tacos en algunas calles cercanas al orfanato, pero no habían tenido la oportunidad de probarlos.

- Hijo, ¿los niños no conocen los tacos al pastor? – doña Jesusita susurró al oído de Carlos.

- A Sam no le gusta que coman tacos en la calle – Carlos se sintió cómodo con su respuesta; - pero hoy Sam no está y ustedes están aquí, así es que nos vamos a dar un lujo. Hizo una seña y todos entraron al local.

Se sentó don Carlos en una cabecera y doña Jesusita en un costado con María, del otro lado Francisco y Sofía, y Carlos en la otra cabecera, frente a su papá.

Pidieron tacos de surtidos en un plato al centro y así Carlos pudo evitar comida que no sabía si a los niños les iba a gustar o no. Había al pastor, chorizo, machitos, barbacoa y bistec. Les dio a probar a cada uno, con la intención de que si había alguno de lo que no les gustara, él terminaría comiéndoselo; pero no fue el caso, los niños, como sus papás disfrutaron la cena. Entre rizas y juegos el tiempo pasó muy rápido. Carlos pudo darse cuenta lo familiarizados que estaban los niños con sus padres y trató de no desentonar participando en los chistes y en los comentarios.

- ¿Qué le dijo una uva verde a una morada? – preguntó María.

- No lo sé – respondió don Carlos.

María volteó la mirada hacía doña Jesusita quien con la cabeza y un gesto dio a entender que tampoco lo sabía.

- ¡Respira! ¡Respira! – exclamó María.

Y todos soltaron la risa.

Carlos colocó el codo de su mano izquierda sobre la mesa y observó a cada uno de los niños casi sin pestañear, y en sus labios se dibujó una sonrisa.

- ¡Ahora es mi turno! – exclamó Francisco pidiendo la atención de todos. – Iba una hormiguita caminando cuando de pronto ve a un elefante que viene de frente y con su pata está a punto de pisarla. ¡Ahhhhh! Grita la hormiguita... - y Francisco colocó sus manos sobre su cabeza imitando lo que la hormiguita habría hecho en su chiste. - ¡Hormiguita! Grita el elefante. Lo siento, lo siento mucho, no te ví, perdóname. La hormiguita respirando agitadamente responde... - Francisco imitó una respiración agitada, - No te preocupes, a todos nos puede pasar...

Carlos se dejó llevar por el chiste y la risa de los niños, y sonrió...

Carlos terminó de cobijar a María y enderezándose se dispuso a salir.

- ¿Papá? – Francisco giró sobre su cama y miró a Carlos. - ¿Por qué no nos quieres adoptar?

Carlos miró a Francisco con sorpresa, después de tantas cosas que habían pasado aquella tarde noche, y estaba muy confundido. – Bueno... - dudó.

- Ya saben que tú y Alejandra no están casados, y que ella nunca tuvo tres hijos...

Carlos meditó las palabras de Sofía.

- ¿Es por lo que hice? – continuó Francisco.

- No, no es eso – Carlos se dio cuenta que el niño se sentía culpable.

- ¿No hemos sido buenos hijos? – María levantó su vista hacia Carlos.

- Tampoco es eso – respondió Carlos.

- ¿Fallamos en lo que nos pediste? – Sofía se unió a Francisco y a María en el intento de determinar el porque Carlos se negaba a formar una familia con ellos.

Carlos se quedó mirando a María no queriendo darle la cara a Sofía. – No, no es culpa suya. Ustedes han hecho un buen trabajo, inclusive mejor del que yo haya realizado. Mis motivos no tienen nada que ver con ustedes… Mis decisiones con respecto a este tema ya las había tomado mucho tiempo antes de conocerlos.

La mirada de María era incierta y desconcertante para Carlos, parecía no entender nada y a la vez entenderlo todo.

Carlos dio media vuelta y se dispuso a salir de la habitación.

Los niños se miraron entre sí. Carlos y María hicieron señas a Sofía que solo entre ellos podían entenderse.

- Papá… Carlos – Sofía se enderezó sobre la cama.

Carlos se detuvo junto a la puerta y observó a Sofía que prendía la lámpara de su cabecera.

- Gracias por la cena de esta tarde – Sofía se reclinó sobre su cama y abrió el cajón de su buró.

- No tienen que agradecer. Yo también la pasé muy bien…

- Nosotros te tenemos un obsequio – Sofía sacó del buró una copia de la foto que se habían tomado con los abuelos aquella mañana.

Carlos se acercó y tomó las fotos de las manos de Sofía y la observó por unos instantes.

- Queríamos entregarte una a ti y otra a Alejandra mañana, pero creemos que es mejor que tú tengas esta foto hoy – Sofía explicó.

Carlos puso su mano izquierda sobre la cabeza de Sofía y con un gesto de agradecimiento, palmeando su mejilla, decidió salir de la habitación.

- ¿Crees que funcione? – preguntó Francisco una vez que la puerta de la habitación estuvo completamente cerrada.

- No lo sé – respondió Sofía.

- ¡Recemos para que funcione! – María se descobijó y dando un salto salió de su cama en dirección de la cama de Sofía.

Carlos llegó a su habitación con la foto en sus manos, no sabía que pensar. Era una lucha interna intensa ya que sus convicciones de no convertirse en padre a su edad se tambaleaban; se lo había dicho a Bart y por eso no quería pasar tiempo con los niños. Sentía que su decisión debía permanecer en pie, pero sabía que cada momento que pasaba con esos niños haría que la separación fuera más difícil. La foto en sus manos le mostraba lo que no quería ver, a unos niños prácticamente desconocidos sumamente apegados a sus padres, como si formaran una familia perfecta. Se sentó en la cama con la foto en sus manos y en ese momento sonó el teléfono.

- ¿Bueno?

- Hola, soy Alex... - se escuchó del otro lado del auricular.

- Hola, ¿cómo estás?

- Bien, gracias a Dios.

- ¿Cómo salió todo? ¿Pudiste ver a la directora?

- Sí, no te preocupes. Hablé con ella y ha accedido a que los niños se queden hasta el fin de semana...

- ¿No tuviste problemas?

- Bueno, te diré que no estaba muy contenta... Sé que estuvieron a punto de correr a Reina, la amiga de Bart; pero comprendió la situación y no va a haber ninguna represalia para nadie.

- Me da gusto oír eso.

- Y a ti. ¿Cómo te fue?

- Bien, salí temprano del trabajo y me llevé a los niños y a mis padres a cenar tacos... - Carlos se recostó recargando su espalda en la cabecera, al momento que dejaba la foto sobre la cama.

- ¡Que bien! – la voz de Alejandra se escuchaba emocionada. – Me da gusto por los niños y tus papás...

- Pero tengo que decirte que te tuve que tomar como pretexto...

- ¿A qué te refieres?

- Los niños nunca habían comido tacos en una fonda, así que les dije a mis padres que a ti no te gusta que coman tacos en la calle.

- Entiendo. No te preocupes, aunque quizás cambie un poco a mi regreso. Por cierto, espero estar de regreso para mañana a medio día.

- Bien, vente con cuidado.

- Lo haré. Que pases buenas noches.

- Igualmente. Descansa.

- Hasta mañana.

- Hasta mañana – Carlos colgó el teléfono y se quedó pensativo. Se daba cuenta de que esa sería la primera noche que pasaría sólo en más de una semana. Estuvo a punto de levantarse de la cama e ir a buscar a María, pero decidió no hacerlo.

Alejandra estaba sentada en su cama con la espalda recargada en la cabecera, ya estaba lista para dormir vestida con su pijama, y al igual que Carlos sentía la soledad de dormir sola en su habitación. De haber estado María cerca de ella la habría traído a su lado, pero no había nadie más, únicamente un par de almohadas.

Se levantó de la cama y caminó al baño, por su mente pasaban todas las emociones vividas aquel día, desde la mañana en que dejó la casa de Carlos, hasta el encuentro con sus padres; luego la visita al orfanato para conocer a la directora y tratar de arreglar todo para que los niños pudieran terminar lo que habían empezado; luego una noche tan especial con sus padres acompañada de un vino rojo que la había puesto en un estado altamente relajado, a manera que la plática con Carlos le había hecho añorar su cama y su compañía; de haber estado con él lo habría besado sin importar las consecuencias. Se miró al espejo y se echó un poco de agua en la cara. Tomó una toalla y se secó. Luego regresó a su cama y antes de meterse a la cama recordó lo que últimamente había hecho junto a los niños y se hincó a rezar.

CAPITULO X

- Gracias, mamá – Alejandra dio un beso a su madre que metía su cabeza por la ventana del automóvil. – Haré como me han dicho…

Doña Rosa sacó la cabeza del automóvil y se refugió en el brazo de su esposo mientras veían a su hija despedirse.

- ¡Cuídate! – exclamó don Santiago.

- ¡Los quiero mucho! – respondió Alejandra y después de despedirse agitando su mano se alejó a velocidad moderada, siguiendo a sus padres por el retrovisor. Se veían bien, pero ya se notaba la diferencia de edad de cuando se fue, había perdido quince años de su vida.

- Buenos días – saludó Bart entrando a la oficina de Carlos.

- Buenos días – respondió Carlos un poco seco.

- Y ¿cómo te fue ayer? – Bart se sentó en la silla frente al escritorio de Carlos, de manera que Carlos únicamente tenía que desviar su vista un par de centímetros de su monitor para verlo.

- Bien.

- ¿Solo bien?

- De acuerdo, muy bien – Carlos quitó la vista de su monitor para observar a Bart, pero su mirada era de pocos amigos.

- ¿Te irás temprano hoy?

- No.

- ¿Pero si te fue muy bien…? Hoy regresa Alejandra y podrían pasar más tiempo juntos…

- Bart, eres mi amigo – Carlos se puso de pie y le dio la espalda a Bart, luego caminó hacia la puerta de su oficina y la cerró, - pero esto está yendo demasiado lejos. Entre más cerca estoy de Alejandra y de esos niños, más duro es el separarme de ellos… - se recargó en la puerta.

- Ese es el punto – Bart se puso de pie y no perdió un segundo los movimientos de Carlos. – Los dos estamos de acuerdo de que ya no eres un joven… Aunque tampoco eres un viejo…

Carlos concedió con la mirada.

- Quizás esta sea tu última oportunidad de conformar una familia…

186

- Es aquí donde te equivocas – Carlos levantó la mano hacia Bart y pasándole por un lado se fue al fondo de la oficina. – Yo no quiero una familia – volteó a ver a Bart. – Siempre he sido un solitario, estoy acostumbrado a ello... Hago mi vida sin pensar en nadie más...

- Entonces ¿por qué te interesaste en Alejandra?

- Admito que me ha llamado la atención, pero...

- ¿Te ha llamado la atención? ¿Para qué?

- No sé, se me hizo atractiva y me hizo pensar en mis épocas juveniles en las que esperaba tener una compañera...

- ¿Y formar una familia?

- ¡Y formar una familia! – Carlos levantó la mano pidiendo a Bart que no le interrumpiera. – Pero eso era cuando tenía veinte años, hoy tengo el doble de esa edad, y ya no busco lo mismo.

- Entonces ¿qué querías de ella?

- ¡Fue un error! – Carlos levantó la voz como si tratará de que Bart olvidara los hechos pasados.

- No, amigo. El error lo estás cometiendo ahora – Bart empujó a Carlos de tal manera que éste cayó sentado en el sofá pegado a la pared. – Tienes a una chica, que si bien ya no es una quinceañera como te hubiera gustado...

Carlos hizo una mueca de desaprobación.

- Porque tus años de enamorado juvenil o casanova se quedaron en el pasado, aún es joven y tiene todo el derecho de querer una familia contigo.

- ¡Estoy muy viejo para esto! – Carlos meneó la cabeza y trató de levantarse cuando la mano de Bart lo regresó al sofá.

- ¡En tu mente estás viejo! Porque Sofía que tiene doce años podría ser tu hija biológica y la habrías tenido a una edad de 28...

- Apenas conozco a esos niños...

- Pero, porque no quieres conocerlos.

Carlos dio un manotazo para evitar que Bart lo mantuviera en el sillón y se puso de pie. – Hasta ahora todo ha sido relativamente sencillo... Pero, ¿qué voy a hacer cuando Sofía, que ya tiene doce años, tenga su primer periodo? ¿Cuándo empiece a salir con chicos? ¿Cuándo Francisco entre a la escuela y tenga problemas porque tomó algo que no debía? ¿o se peleó con un compañero? ¿o cuando María se enferme? ¿o cuando tengamos discusiones? ¿Seré su padre entonces?

¿o me echarán en cara que yo no tengo porque corregirlos puesto que ellos no tienen padre?

- Piensas demasiado las cosas, y a veces hay que arriesgarse por algo…

- Me arriesgué muchas veces en mi juventud. Una chica me engañó con otro, cuando fui a buscarla el día de su cumpleaños la encontré besándose con alguien al que ella apenas conocía; otra me dijo que yo era muy bueno, pero no era lo que ella buscaba porque me faltaba malicia; y así sigue la historia. Me rompieron el corazón una y otra vez, no quiero que eso vuelva a suceder a mi edad – atravesó la habitación en dirección de la puerta.

- Nadie se casa o inicia una familia sabiendo ser padre. Todos aprenden conforme a la marcha. Cada hijo es diferente y no hay padre que no se enfrente a todos los cuestionamientos que tú has hecho; además, no hay hijo que no le haya roto el corazón a sus padres en algún momento, hasta Jesús, el Hijo perfecto, le rompió el corazón a su madre en varias ocasiones; pero al final, los momentos felices son más grandes que los sin sabores.

- ¡Bart, yo ya no quiero discutir el tema! – Carlos extendió sus manos frente a él en dirección de Bart. - No voy a ir temprano a casa hoy, ni voy a pedir el día de mañana para estar con mis padres, Alejandra y los niños. El sábado, a primera hora, voy a llevar a mis padres a la central de autobuses y en cuanto se hayan ido tomaré la carretera para Guadalajara; entregaré a los niños y cerraré este capítulo de mi vida.

- ¿Y cuando tus padres pregunten por ellos? ¿qué vas a hacer? ¿decirles la verdad…?

Carlos se quedó mirando a Bart, sabía que él tenía razón. Su mente estaba tan ofuscada por querer terminar con todo, que aunque había pensado en la excusa del pleito y la separación, había decidido dejar todo hasta que la situación se presentara, al fin y al cabo ya estaría sólo para entonces y cualquier invento podría ser bueno.

- ¿Les vas a decir la verdad? Porque si ese es el caso deberías decírselas ahora y evitarte más tiempo de mentiras…

- No puedo decirles la verdad – Carlos negó con la cabeza.

- Nunca he entendido esa parte. Viniste a mi porque años atrás habías iniciado una mentira y tenías que seguirla. ¿Por qué?

- Bart – Carlos tomó aire y con la mano indicó a Bart que se sentara.

- Esto es lo último que voy a decirte sobre este tema. Si quieres conservar mi amistad no harás más preguntas y saldrás por esa puerta sin volver a tocar el tema de Alejandra, ni de los niños, ni de mis padres…

Bart asintió.

- Cuando decidí irme de casa mi madre tenía problemas del corazón. Antes de irme definitivamente lo intenté un par de veces, pero cuando tocaba el tema ella siempre se ponía mal, y yo terminaba por cambiar mis planes y quedarme. Era comprensible puesto que ella vivió prácticamente sola hasta que conoció a mi padre. Sus padres murieron cuando ella era una niña y no tuvo hermanos, por lo que sufrió mucho en su soledad, y ella no quería eso para sus hijos; así que cuando me fui le hice saber que iba a estar acompañado por un amigo, lo cual era mentira. Me di cuenta que mientras ella pensaba que no estaba sólo, para ella era más fácil sobre llevar las cosas, que me inventé la historia de que salía con una chica. La cosa iba bien y mi madre parecía estar controlada mientras me sabía acompañado. Mis relaciones con las chicas se venían abajo una y otra vez, así que inventé a Alejandra como una relación estable y una cosa llevó a la otra. Un día me preguntó ¿qué cuando le propondría matrimonio? y con el miedo de pensar que se estuvieran preparando para visitarme, le dije que ya nos habíamos casado. Le dolió, pero mi felicidad era más importante para ella así que se repuso rápido. Mientras mi padre se mantenía al margen, aunque me preguntaba por la familia y de cuando iría a visitarlos, nunca me presionó. Vinieron los hijos y ellos les mandaban regalos y el resto de la historia ya la conoces… - Carlos se sentó en su sillón y observó a Bart por unos instantes.

Bart asintió con la cabeza y sin pronunciar una sola palabra se puso de pie y salió de la oficina de Carlos.

Alejandra tenía su carro estacionado afuera de las oficinas que por tantos años habían sido su casa. Sentada en el asiento recordó los muchos momentos que había pasado allí; aunque por extraño que pareciera no se sentía atraída a regresar; sabía en su corazón que su ciclo en aquel lugar ya había terminado. Estaba allí únicamente porque había una sola persona que le interesaba. Observó su reloj y devolvió la vista a la puerta principal en donde apareció Mayra.

- Perdón que te haya hecho esperar – Mayra se disculpó al momento que entraba en el auto, - pero has de entender que con tu salida y la del licenciado Salvador todo esto está hecho un caos.

- ¿Por qué? ¿Qué ha pasado desde que me fui? – Alejandra encendió el auto observó el retrovisor, echó una mirada a su espejo lateral y despreocupadamente se introdujo en el carril de baja.

- A Lizbeth la corrieron de la compañía…

- ¿Por qué? – Alejandra volteó la mirada hacia Mayra sorprendida.

- El licenciado mandó llamar a todos los candidatos a ocupar su puesto a una reunión. Al parecer les llamó la atención a todos por la forma en que se pelean los puestos en la compañía, y mencionó que había habido una guerra sucia en tú contra para que no quedaras en el puesto y pidió que se cambiaran las actitudes. Lizbeth dijo que tú habías engañado a todos por obtener el puesto y que ella lo único que había hecho era denunciarlo…

- Lizbeth tenía razón – interrumpió Alejandra.

- Sí y no, si bien tú habías mentido por obtener el puesto, nunca atacaste a los demás, algo que sí hizo Lizbeth, ella no se preocupó por alcanzar el puesto, más por desprestigiarte para que tú, que lo merecías antes que todos los demás, no lo obtuvieras. Hubo una discusión muy fuerte y el licenciado decidió que Lizbeth debía irse…

Alejandra se sintió mal por ella, pero no había nada que ella pudiera hacer.

- Entonces empezaron a sentirse con el puesto Arturo, Rosa y Felipe, pero el licenciado quiso darles una lección a todos y trajo a un gerente de otra planta y pues la cosa no ha estado muy bien desde entonces…

- Hay que darle tiempo al nuevo gerente.

- Lo sabes tú, lo sé yo, lo sabe el licenciado Salvador, pero el descontento es general.

- Pobre hombre, él ni culpa tiene.

- No, pero así son las envidias – Mayra observó a Alejandra. – Te fuiste muy a tiempo Alex, te habrían hecho la vida de cuadritos.

Alejandra hizo una mueca de tristeza.

- Dime, ¿cómo te fue en tu viaje?

- En mi viaje me fue bien, pero espera hasta que estemos en el restaurante para que te platique…

- De acuerdo.

- Abuela, ¿mamá no va a venir a comer? – María mostró algo de tristeza al instante que se sentaba a la mesa junto a Sofía y frente a Francisco y a don Carlos.

- Habló que va a llegar un poco tarde porque tenía que ver a una persona…

- Prometió que estaría temprano con nosotros – Sofía se mostró un poco molesta.

- Ella va a llegar temprano y vamos a salir a pasear, solo que tenía que ver a esta persona.

- ¿Y papá? – Francisco se unió a la conversación.

- Habló que tenía mucho trabajo y que llegaría noche – respondió doña Jesusita.

Los tres niños se vieron a los ojos y mostraron sus caras de tristeza, las cosas no iban funcionando y el tiempo se les estaba acabando.

- ¡Pero no estén tristes! – don Carlos trató de animar a los muchachos. – Aún nos queda un día más y podemos hacer muchas cosas. - ¿Qué tal si vamos esta tarde al cine?

- ¡Está bien! – respondió Francisco.

Sofía alzó los hombros demostrando que le daba igual si iban o no al cine.

- ¿Qué hay en el cine? – preguntó María. – Yo nunca he ido al cine…

- ¿Nunca? – doña Jesusita acabó de servir la sopa y se sentó extrañada.

- Sí, bueno, lo que pasa es que María aún está chica y mis papás creen que no aguanta las películas… - Sofía se enderezó en su lugar y trató de explicar para evitar sospechas.

- ¡Pues entonces iremos al cine! – don Carlos le echó una mirada de ánimo a María.

- ¿Entonces viste a tus padres? – Mayra dejó escapar una sonrisa de alegría.

- Sí, así es. Tenía tanto miedo… No los había visto en quince años – Alejandra se cruzó de brazos y los apretó contra su pecho.

Mayra dio un trago a su refresco y poniendo los codos sobre la mesa trató de adivinar las emociones que pasaban por la cabeza y el cuerpo de Alejandra.

- Han cambiado un poco, se ven mayores, un poco cansados; pero me acogieron de tal manera que desearía no haberme ido nunca…

- Lo hecho, hecho está y no hay marcha atrás.

- Lo sé, pero me habría gustado no haberme ido – Alejandra mostró cierta tristeza.

- Entonces no nos habríamos conocido.

- Todo tiene sus cosas buenas y malas, y por mucho tú eres mucho de lo bueno que ha pasado en mi vida, en el tiempo que dejé de ver a mis padres.

- ¿Te arrepientes?

- Ahora que lo dices, no; pero me habría gustado no haberlos alejado de mi vida como lo hice.

- Gracias.

Alejandra sonrió. – También fui al orfanato.

- ¿Arreglaste las cosas? – Mayra se echó hacia atrás en su asiento.

- Hice lo que pude, la directora entendió la situación y los niños se quedarán con nosotros hasta el sábado como Carlos lo había planeado.

Una mesera se acercó a la mesa y colocó un plato con frijoles, cecina y unos bocoles de queso, y frente a Alejandra, un plato similar con enchiladas potosinas en lugar de bocoles.

- ¡Si tan sólo Carlos entendiera! – Alejandra levantó su mirada al techo tratando de contener las lágrimas que estaban a punto de brotar.

- Alex, Carlos tiene un problema que solo él puede solucionar. Bart habló con él y le ha dicho que no va a estar contigo y con los niños estos dos días que quedan, está dispuesto a terminar con todo el sábado.

- Lo sé – Alejandra bajó la vista y observó a su amiga. – No se da cuenta de la capacidad que tiene para ser un buen padre. Habla con los niños, les enseña, los apoya… O al menos lo hacía hasta el lunes que empezó a alejarse. Tuve una platica con él y dice que está viejo; pero yo veo que más que nada tiene miedo.

- ¿Miedo a qué?

- No lo sé. A equivocarse, a no sentir que puede con el papel… - Alejandra dejó sus cubiertos sobre la mesa y miró fijamente a Mayra.

- Pero, ¿qué padre está seguro que hará bien su trabajo? Yo creo que todos los que somos padres, tenemos ese miedo, pero asumimos ese riesgo…

- No todos – negó Alejandra mientras meneaba la cabeza. – Nunca te dije que yo tuve una bebé… - mostró una gran tristeza y tomando una servilleta, se la llevó a los ojos para limpiarse las lágrimas.

- No lo sabía, nunca me lo dijiste. ¿Y donde está ella?

- La di en adopción - Alejandra se sonó la nariz. - Quizás cuando eres joven no te das cuenta de esa responsabilidad en un primer momento; te arriesgas a tener relaciones por intereses personales, por la emoción del momento, por curiosidad, o qué sé yo; pero no es hasta que tienes a tu bebé en tus brazos, cuando sientes de golpe la magnitud de esa responsabilidad. Te da miedo, dudas en saber que hacer, y si eres mal aconsejada o aconsejado puedes llegar a cometer un grave error, como yo lo hice. Entiendo la posición de Carlos. Me da tristeza porque yo puedo ver sus cualidades, y sé que puede ser el padre que esos niños necesitan, y el hombre que yo tanto he deseado; pero si él no las ve, si él no se siente capaz ahora, tendremos que esperar que en algún momento, algún día no muy lejano, para que no sea demasiado tarde, se de cuenta de ello.

- ¿No vas a seguir una relación con él? – Mayra se acercó Alejandra con una mirada fuerte.

- No – Alejandra bajó su mirada.

- ¿Y qué vas a hacer cuando todo esto termine? Has dejado tu trabajo…

- Voy a regresar con mis padres – Alejandra dejó escapar una leve sonrisa. – Quiero pasar un tiempo con ellos y pensar sobre el futuro… - la mirada era triste, pero se vislumbraba en ella una luz de tranquilidad, como si estuviera cien por ciento segura de que lo que estaba decidiendo era lo mejor.

- ¡Amiga! – Mayra movió su silla y jaló a Alejandra hacia ella. – Eres una gran mujer, Dios te ayudara…

- No lo sé – suspiró Alejandra. – Durante mucho tiempo me olvidé de Él, no sé si pueda esperar que me ayude ahora.

- Lo hará, lo hará…

La comida estaba ya fría y casi no la habían tocado ninguna de las dos, pero ninguna de las dos tenía hambre, sus pensamientos estaban muy lejos de la mesa.

- ¡Urraaa! – gritó María al darse cuenta de que se abría la puerta y Alejandra hacía su aparición. Dejó de un brinco la silla en donde sentada escuchaba la lectura que hacía don Carlos de un cuento, y corrió a los brazos de Alejandra.

Alejandra sonrió y agachándose recibió a María en sus brazos y la levantó mientras la abrazaba.

- Te esperábamos para comer – se acercó Sofía con cierta alegría en su rostro y no con el afán de recriminarle, al instante oprimió un botón y apagó la televisión de la sala; simplemente quería hacerle ver que les habría gustado que hubiese estado con ellos en ese momento.

- Lo sé – Alejandra rodeó con su brazo izquierdo la espalda de Sofía y dándole un beso en la frente la invitó a caminar con ella. – Pero tenía que ver a una amiga, era muy importante…

- ¿Pudiste arreglar algo? – Sofía bajó la voz sin quitar su mirada de los ojos de Alejandra.

Alejandra observó a Sofía y con una suave sonrisa asintió con un leve movimiento de la cabeza. – Y ¿cómo se portaron? – sus ojos se fijaron en don Carlos que se ponían de pie y caminaba con un poco de trabajo en dirección hacia ella.

- Como siempre – respondió don Carlos con una sonrisa. - ¡De maravilla! Son unos excelentes chicos – jaló a Sofía hacia él y la abrazo mientras con su mano le frotaba el brazo derecho.

- ¿Y Fran… Carlitos? – Alejandra miró hacia el corredor que daba a la cocina y a los cuartos.

- Está en la cocina ayudándole a lavar los trastes a su abuela – respondió don Carlos.

Alejandra caminó con María en brazos en dirección de la cocina y se sorprendió mucho al abrir la puerta. Todo estaba limpio y Francisco estaba parado en una silla del desayunador acomodando los platos que le pasaba doña Jesusita, en un lugar de la alacena.

- ¡Mamá! – exclamó Francisco con alegría y después de poner el último plato brincó al piso y se abrazó de Alejandra.

- Te extrañaron mucho – explicó doña Jesusita.

Alejandra ya no podía distinguir si los niños le decían mamá por seguir el juego, o porque realmente la querían y la sentían como su madre; el hecho era que esta muestra de cariño le hacía sentirse de maravilla, aunque a la vez le provocaba una gran tristeza. De maravilla porque le hacían sentir que ella era importante para ellos, y se preguntaba si todas las mamás se sentían igual, o con el tiempo y la rutina ya ni siquiera se daban cuenta; y la gran tristeza provenía del saber que le quedaba un día y medio más con ellos. – Yo también te extrañé – le dio un beso en la frente y bajó a María al piso.

- Mamá – María volteó a ver a Alejandra. – El abuelo y la abuela nos han dicho que vamos a ir al cine. ¿Vas a venir con nosotros?

Alejandra observó los ojos grandes y picarescos de María. - ¿Quién crees que los va a llevar?

- ¡Sí! – gritaron Francisco y María.

En la puerta apareció Sofía con una sonrisa.

- ¡Vayan por un suéter que ya nos vamos! – Alejandra dio la orden al momento que se enderezaba.

- ¿No estás muy cansada por el viaje? – doña Jesusita se sentó en una de las sillas.

- No, no puedo perderme por nada él tiempo que les queda aquí – Alejandra se sentó frente a doña Jesusita. Sin darse cuenta ella había externado su sentimiento por el tiempo que le quedaba con los niños y con ellos; pero para su fortuna doña Jesusita pensó que se refería al tiempo que les quedaba a ella y a su esposo, en San Luis.

Era ya de noche cuando Carlos entró a su habitación, había luz en el interior, pero sabía que Alejandra le dejaba prendida la lámpara de su lado, por lo que no se extrañó. Sus movimientos eran lentos y evitaba hacer el menor ruido.

- ¿Cómo te fue? – Alejandra quitó la vista de su libro que leía sentada en la cama y con la espalda recargada en la cabecera.

María dormía a su lado plácidamente.

- Bien, gracias. ¿Y a ti? ¿Qué tal tu viaje? – Carlos estaba sorprendido de que ella estuviera aún despierta, puesto que casi era la una de la mañana.

- Muy bien, gracias a Dios. Regresé temprano y vi a Mayra antes de llegar aquí, necesitaba platicar algunas cosas con ella.

- Entonces, ¿estuviste poco tiempo con los niños y mis padres? – Carlos dejó su maleta en el suelo y se acercó a la cama.

- Por el contrario, con Mayra solo pasé un tiempo a la hora de la comida y regresé temprano. Tus padres, los niños y yo nos fuimos al cine… Hubieras visto a los niños, nunca habían estado en una sala de cine, mucho menos en una mega pantalla; y por supuesto que jamás habían visto una película en 3D… La disfrutaron mucho, aunque nos hicieron saber a tus papás y a mi, lo mucho que les habría gustado que tú nos hubieras acompañado…

Carlos hizo un movimiento e iba a hacer algún tipo de reproche, pero Alejandra no se lo permitió.

- Luego estuvimos caminando un rato en el nuevo centro comercial y entonces decidí invitarlos a cenar. No podía llevarlos a los tacos, ya que tus papás saben que no me gusta que los niños coman en la calle, así que lleve a todos al Samborns. Nos divertimos mucho… Tú también te habrías divertido.

- Entiendo – Carlos recordó la noche anterior y sabía muy bien que él también se habría divertido y que Alejandra tenía razón, pero no podía ceder; además, ya era un hecho del pasado, ¿qué caso tenía discutir al respecto? Se agachó para quitarse los zapatos y levantando la mirada decidió que era mejor cambiar el tema. - ¿Qué hace aquí? – señaló a María.

- Se quedó dormida esperándote. Los ojos se le cerraban desde las once, pero se mantuvo despierta hasta hace unos quince minutos…

- ¿Y qué quería de mi? – Carlos se sentó en la cama y con su mano recorrió la espalda de la niña.

- Sabe que ya casi se termina el tiempo y que mañana no la verás. Quería darte el beso de las buenas noches.

Carlos observó a Alejandra sin decir una sola palabra más, luego respiró profundo - ¡No puedo! – exclamó casi como súplica.

- Todos lo sabemos y nadie te cuestiona, pero aunque trates de evitarlos los llevas dentro de ti. Desde el primer día que fuiste por ellos, y quizás antes, desde que Bart hizo el álbum de fotografías, sus rostros iban a quedar grabados en tu memoria para siempre… Hagas lo que hagas, digas lo que digas, tú nos trajiste a todos a tu vida y ya somos parte de ella.

Carlos quitó la mirada de Alejandra y pasándola sobre María la dirigió al baño. Se puso de pie y cerró la puerta detrás de él. Al cabo de unos minutos salió con su short de dormir puesto, y se dio cuenta de que Alejandra aún le esperaba despierta, aún tenía la luz de su lado prendida, pero ya no leía sino que recostada abrazaba a María. Se aproximó a la cama y se acostó lentamente mirándola al rostro. - ¿Qué haces? – preguntó una vez que quedaron frente a frente.

- Solo te miro… Y disfruto del momento.

- Podría haber muchos momentos más como éste si tan sólo…

La mano de Alejandra tapó la boca de Carlos.

Los dos se miraron pero no se dijeron nada más. Carlos sabía que no había nada que decir si él no había cambiado su postura de no tener una familia.

En un momento Alejandra retiró la vista de Carlos, giró sobre la cama y con la mano izquierda apagó la luz de la lámpara. – Que tengas un buen día mañana – cerró los ojos y se quedó dormida.

Carlos quiso contestar, pero las palabras correctas no venían a su mente, todo lo que quería decir iba en contra de sus sentimientos, así es que se quedó callado y ya no pudo dormir en toda la noche.

CAPITULO XI

Ese viernes por la mañana Alejandra se levantó muy temprano, antes de las siete de la mañana; pero a pesar de ello ya no encontró a Carlos. Miró por unos instantes la almohada y el lugar vacíos y suspiró tristemente, cerró los ojos y como se estaba haciendo costumbre esos últimos días pidió a Dios que le ayudara. Se enderezó sobre la cama y cobijó a María que seguía sumamente dormida, luego pasó su mano tiernamente sobre la frente acomodándole el cabello, y en un impulso la besó en la mejilla. Se puso de pie y salió de la habitación en dirección del cuarto de los niños, la luz de la sala estaba apagada lo que indicaba que los padres de Carlos aún estaban dormidos. Abrió la puerta con mucho cuidado y entró en la recámara. Primero se dirigió a la cama de Sofía que seguía dormida y con mucha delicadeza le tocó el hombro – Sofi, ya es hora. ¡Despierta!

Sofía se movió en la cama sin abrir los ojos, y después de estirarse un poco parpadeó en dirección de Alejandra.

- ¡Vamos cariño! Ya es hora…

Sofía asintió mientras se quejaba un poco ya que el sueño aún la dominaba.

Alejandra se puso de pie y se dirigió a la cama de Francisco y después de observarlo por unos segundos también le dio un beso en la mejilla mientras pasaba delicadamente su mano por la frente del niño. Luego se dirigió al ropero y sacó de ella una bata la cual le entregó a Sofía que ya se había puesto de pie.

Alejandra y Sofía salieron de la habitación y caminaron con sigilo hacia la cocina.

- ¿Y Carlos? ¿Quiero decir papá? ¿Aún duerme? – Sofía aún tenía los ojos entre cerrados y le costaba trabajo mantenerse de pie.

- Salió antes de que me despertara – contestó Alejandra casi susurrando mientras sacaba el jamón, la mayonesa, los jitomates, la lechuga y otras cosas más del refrigerador. Luego se detuvo y levantó la mirada hacia Sofía que parecía haber despertado de golpe, pero cuya rostro parecía alargado por la tristeza. - ¡Sofi! Ahora no pienses en mañana – le puso las manos sobre los hombros. – Hoy es todo lo que tenemos y vamos a divertirnos como nunca…

Los ojos de Sofía se cristalizaron y las lágrimas se acumularon en sus párpados inferiores.

- ¡Cariño! – Alejandra abrazó a Sofía estrechándola contra su cuerpo y con su mano derecha le acarició la cabeza. – Lo primero que tenemos que aprender de las relaciones y el amor, es que no debemos sentirnos decepcionados por que la otra persona no nos corresponda como nosotros quisiéramos, si eso sucede vendrán las decepciones y no podremos disfrutar lo que tenemos... Hoy están los padres de Carlos aquí, con nosotras, están Francisco y María, y nos tenemos la una a la otra. Si no aprovechamos el día de hoy quizás ya no haya otro día...

- Pero me habría gustado...

- Lo sé, a mi también – se retiró Alejandra de Sofía, y viéndola de frente le hizo una revelación – Tú no sabes cuanto lo amo, y yo sé que él me ama, como los ama a ustedes; pero él necesita darse cuenta de ello. ¿Tú piensas que él no está aquí porque no nos quiere? Pues yo sé que nos quiere tanto, que no está aquí porque le duele vernos y no sabe que hacer porque mañana los llevará de regreso al orfanato...

- Si nos quiere tanto ¿por qué no nos adopta?

- Porque tiene miedo.

- ¿Miedo?

- ¡Oh sí! Tiene miedo a fallar como padre y como esposo. Tiene miedo a defraudarnos a todos porque no se limita a aceptar las cosas como son, a dar todo lo que tiene y dejar los resultados a Dios. ¿Tú no has pensado que podrías fallarle como hija?

Sofía negó con la cabeza. Ni por la mente le había pasado esa idea, ella únicamente pensaba en lo maravilloso que sería tener una familia, un padre con el que siempre había soñado, una madre que le abrazara como en ese momento lo había hecho Sofía, y los hermanos que tenía en María y Francisco, y unos abuelos como eran los padres de Carlos, que durante todo ese tiempo los habían tratado como parte de la familia, y que eran cariñosos, atentos y sumamente amorosos con ellos.

- Ese es el problema de los adultos...

- Pero, tú no eres así.

- ¡Oh, querida! Sí lo soy, pero gracias a Dios yo me di cuenta a tiempo de lo mucho que ustedes significan para mi, y me di cuenta de que la vida hay que disfrutarla con intensidad porque quizás el mañana ya no exista. Tú sabes cuanto tardé en alcanzar el puesto que tanto añoré por años, y en un abrir y cerrar de ojos ya no tengo el puesto y me encuentro desempleada. La vida puede cambiar en … - tronó los dedos de su mano derecha. - ¿Quizás mañana él cambie de opinión?

- ¿Y si no?

- Quizás demore un poco más.

- ¿Y si no?

- Para cuando eso suceda, te habrás dado cuenta que los planes de Dios para ti eran otros. Por eso debes disfrutar el momento. Mañana tendrás casi cuatro horas con él; no pienses en que se estarán separando al llegar al orfanato, disfruta su presencia, cariño. Haz que esos momentos queden en tú memoria para siempre, y con suerte lograrás que se queden en su corazón y en su memoria, y quizás entonces él se de cuenta. ¿Entiendes?

Sofía asintió con la cabeza.

- ¡Esa es mi chica! – Alejandra sonrió y una vez más la abrazó.

- ¿Ya están despiertas? – la voz de doña Jesusita apareció detrás de Alejandra. - ¿Pasa algo?

- No, todo está bien – Alejandra liberó a Sofía que se limpió los ojos con la pijama al instante, y volteó la mirada hacia la madre de Carlos.

- Se levantaron temprano hoy – continuó doña Jesusita que se dio cuenta que todo estaba listo sobre la mesa para lo que parecía la preparación de unos sandwitches.

- ¡Abuela! – exclamó Sofía. - ¡Hoy nos vamos a divertir como nunca! – sus ojos se llenaron de lágrimas de emoción. – Iremos al Zoológico de día de campo y nos vamos a tomar muchas fotos… - no pudiendo contener las lágrimas salió a toda prisa de la cocina.

- ¿Por qué las lágrimas? – doña Jesusita volteó a ver a Alejandra.

- Sabe que es su último día con nosotros… - respondió Alejandra.

- Entiendo.

- ¡Lista para preparar sandwitches! – entró de nuevo Sofía a la cocina, sus ojos estaban limpios de lágrimas, pero aún se notaban rojos y cristalinos. Se sentó en una silla del desayunador y sacó el pan de caja. - ¿Les pongo mayonesa a todos? – su mirada se alzó para ver a Alejandra que con un movimiento de su cabeza asintió.

Alejandra estuvo a punto de seguir los pasos de Sofía para evitar que las lágrimas se salieran de control. Esa niña tenía una capacidad de sacarle los sentimientos más agradables y hacerla sentir verdaderamente bien; quizás porque le hacía pensar en su hija; o quizás por que le hacía recordar su juventud, en la que se reponía con una habilidad tan grande que cubría muy bien lo que pasaba en su interior; o quizás porque así era simplemente ella, así de sencilla. Así es que para evitar que las lágrimas se desbordaran se acercó y le dio un beso en la cabeza, luego se sentó a su lado y comenzó a cortar el jitomate.

- ¿Puedo ayudar en algo? – doña Jesusita tomó otro lugar junto a Sofía.

Carlos ya tenía más de una hora en su oficina cuando Bart apareció.

- Buenos días – saludó Bart asomándose por la puerta. – Llegaste muy temprano hoy…

- Mucho trabajo – respondió Carlos sin voltear a ver a su amigo.

Bart sabía muy bien que ese era tan solo un pretexto, así que únicamente negó con la cabeza. – Si me necesitas voy a estar en la sala de juntas.

- Gracias – Carlos siguió con la mirada fija en su pantalla.

Alejandra conducía en la carretera rumbo a Mexquitic, observó hacia su derecha y vio a don Carlos disfrutando del paisaje a través de la ventana de su lado. Levantó entonces la vista hacia el retrovisor y su mirada se cruzó con la de Sofía quien le devolvió una sonrisa. Entonces parpadeando dio una vista rápida al frente para luego volver a mirar el retrovisor y observar a María y a Francisco que sentados cada uno a lado de doña Jesusita jugueteaban con ella. Hizo una respiración profunda y luego quitó su mirada del retrovisor para dirigirla hacia su costado izquierdo. El día era maravilloso, la carretera estaba tranquila y el paisaje era inmejorable, se notaba que había llovido en la montañas porque había mucha vegetación. En un momento se sintió triste de que ese sería el último día con los niños, pero tan pronto este pensamiento cruzó por su mente, lo desechó recordando lo que le había dicho a Sofía esa mañana y sonriendo, llevó su mano a la mano de don Carlos. - ¡Gracias por haber venido! ¡Hacía tanto tiempo que no disfrutaba tanto!

Don Carlos volteó la mirada hacia Alejandra. – Gracias, Sam – tomó la mano de Alejandra entre sus manos. Podía sentir que algo no andaba bien, pero ese no era el momento para preguntar, quizás más adelante. Le devolvió una sonrisa y le liberó la mano.

Carlos se llevó las manos a la cabeza peinando su cabello hacia atrás. - ¡Maldita sea! – exclamó. Se puso de pie y comenzó a caminar de un lado a otro de la oficina como un gato enjaulado.

- ¿Pasa algo?

La voz de Jeanett lo hizo voltear rápidamente hacia la puerta.

- ¿Puedo ayudar en algo?

- ¡No, no! – respondió Carlos. – Es solo que no me salen los cálculos. Quizás necesito un café.

- Puedo traértelo.

- No, descuida – caminó hacia la puerta. – Lo haré yo – atravesó la puerta. – También necesito un poco de aire fresco – y desapareció por el corredor.

María estaba emocionada, nunca había estado en un zoológico. Con frecuencia corría y jalaba a don Carlos, a doña Jesusita, a la misma Alejandra, para que la acompañaran a acercarse a ver a los distintos animales. Parecía no pensar en el día siguiente, únicamente en lo que pasaba frente a sus ojos en ese momento. Un león rugió y María se llevó las manos a los oídos volteando a ver a Alejandra con un rostro de pavor; pero tan pronto como sintió los brazos de ella rodeando su cuerpo se sintió tan segura que volteó una vez más hacia la jaula en donde el león caminando en círculos de pronto se quedó mirando en dirección de María, aguardó unos segundos y se dejó caer recostándose sobre la tierra. María sonrió quitándose las manos de los oídos y susurró algo al oído de Alejandra quien le correspondió con un beso.

Francisco, por su parte, no dejaba de correr de un lado a otro. Totalmente independiente parecía disfrutar del aire libre más allá que de los animales.

Don Carlos y doña Jesusita caminaban tomados de la mano como lo habían hecho muchas veces en su juventud, y de vez en cuando jalaban a Francisco hacia ellos o a Sofía, con el fin de hacerles algunas preguntas, de jugar con ellos o de vacilar.

Sofía había tomado la cámara de fotografías de don Carlos y se había casi auto designado la camarógrafa oficial. Tomaba fotos de unos y de otros en cualquier tipo de ángulo o posición, y en un instante, cuando todos se habían sentado a almorzar en unas bancas cerca de la presa de Mexquitic de Carmona, les había pedido que se acomodaran para tomarles una foto a todos juntos. La posición en la que se habían acomodado de izquierda a derecha era de la siguiente manera: María en los brazos de Alejandra, doña Jesusita y don Carlos, y entre ellos dos, un poco más al frente Francisco. Sofía tomó una foto y cuando se disponía a tomar la segunda un joven del parque se acercó y se ofreció a tomarla, de manera que todos salieran juntos. Sofía se colocó a un lado de don Carlos y la imagen quedó guardada de por vida.

- Sam, ¿ puedo preguntarte qué sucede? – don Carlos se acercó a Alejandra por la espalda cuando ella se había separado y observaba el agua de la presa.

- ¿A qué se refiere, don Carlos? – Alejandra sonrió con una suave mueca.

- Puedes engañar a los demás, pero no a mi. Puedo verte disfrutar de este día, pero también puedo percibir que hay algo de tristeza que ocultas detrás de esa dulce sonrisa que tienes. Tengo una hija y no es muy distinta a ti.

Alejandra volteó a ver a los niños que se entretenían en la mesa con doña Jesusita y comenzó a caminar, alejándose de la mesa.

Don Carlos entendió la indirecta y caminó detrás de ella hasta emparejarse por uno de sus costados.

- Voy a dejar a Carlos – la mirada de Alejandra había perdido la sonrisa, pero sus ojos se fijaron en los de don Carlos. Era importante para ella saber su reacción.

Don Carlos no dijo nada, bajó la vista y continuó caminando.

- Los niños y yo nos vamos de su vida...

- Es un buen hombre – don Carlos pareció meditar sus palabras antes de soltarlas, y de reojo miró a Alejandra.

- Sí lo es; el problema es que él no se da cuenta.

- ¿A qué te refieres?

- Tiene miedo de estar con nosotros.

- ¿Puedes explicarte?

- Don Carlos – Alejandra se detuvo. – Hay cosas entre nosotros que yo podría decirle, pero no me toca a mi hacerlo.

Don Carlos observó con detalle a Alejandra.

- La relación con Carlos no está bien y es hora de separarnos, así lo habíamos acordado.

- ¿Quieres decir que todo esto ha sido una especie de teatro para hacernos sentir bien durante nuestra estancia?

Alejandra no podía encontrar mejores palabras para explicarlo, y asintió con la cabeza, sin quitarle la vista. Entendía muy bien que don Carlos no estaba suponiendo que Carlos y ella no estaban casados, y que los niños no eran sus hijos, sino que actuaban; pero que necesidad había de explicar bien las cosas.

- ¿Por qué no nos lo dijeron?

- Carlos me explicó que su esposa tiene problemas del corazón y...

- ¿Te refieres a aquellos mareos que ella tenía cada vez que quería irse de la casa?

Alejandra asintió.

Don Carlos dejó escapar una leve carcajada. – Esas eran tretas de mi señora para evitar que se fuera, pero ella jamás estuvo mal.

Alejandra se quedó mirando a don Carlos por unos instantes y su mirada era seria, no parecía encontrar aquella situación divertida.

- Ella está mas sana que yo. Si yo he podido recibir esta noticia, sin duda ella lo resistirá.

- Por favor, no le diga nada de esto a ella, por ahora; Carlos lo hará cuando lo considere necesario... - sus manos se fueron directo a los hombros de don Carlos.

- De acuerdo. Bajo una condición...

- Usted dirá – Alejandra respiró tranquila, sabía que no sería causa de un problema de salud seria de doña Jesusita.

- Tú y los niños nos visitarán de vez en cuando.

- Haré lo que sea posible, pero no puedo prometerlo – Alejandra meditó por unos segundos su respuesta, ya que no sabía que sería de ella y de los niños al día siguiente; pero supuso que Carlos les diría la verdad completa una vez que supiera que su madre no estaba enferma del corazón.

Don Carlos extendió sus brazos y jaló a Alejandra por la espalda, de manera que ella pudo recostar su cabeza sobre el hombro derecho de él. – Disfrutemos entonces el resto del día... - besó la mejilla de Alejandra.

Alejandra correspondió al beso de don Carlos con un beso en la mejilla, - Aún no les he dicho porque en la oficina me llamaban Alex... Si algún día nos vemos en San Cristóbal prometo explicarlo...

Don Carlos asintió comprendiendo que quizás esa explicación tenía que ver con las cosas que Carlos su hijo debía contarles. Luego ambos caminaron de regreso junto a los demás que apenas y se habían dado cuenta de su ausencia.

- ¡Me voy a casa! – Bart se asomó a la oficina de Carlos.

Carlos se veía deshecho, cansado, ojeroso, su aspecto era sumamente lamentable.

- ¿Se te ofrece algo?

Carlos pestañó con violencia y apretó los ojos antes de voltear a ver a su amigo. – Mis padres se van a las ocho de la mañana, ¿podrías quedarte un rato con los niños en la casa, mientras Alejandra y yo los llevamos a la central?

- Por supuesto. ¿A qué hora quieres que esté?

- ¿Qué tal siete y cuarto?

- De acuerdo – Bart movió su cabeza de forma afirmativa.

- Gracias amigo, que pases buenas noches.

Bart quería decirle muchas cosas, pero Carlos era muy testarudo y ya no se sentía con ánimos de tener nuevas discusiones. – Igualmente – levantó la mano y se esfumó de la puerta.

Eran cerca de las dos y media de la mañana cuando Carlos llegó a su casa. Al pasar por la sala se dio cuenta de que su padre se había quedado dormido sentado en el sillón. Le quitó el libro de las manos y con mucho cuidado le retiró las gafas para leer. Le puso una cobija en las piernas y apagó la lámpara de cabecera. Luego se dirigió al cuarto en donde la luz de su buró estaba aún prendida, Alejandra la había vuelto a dejar así con el fin de que Carlos no tuviera problemas para entrar; pero esta vez no estaba despierta, y en esta ocasión María no la acompañaba. Caminó lentamente sin hacer ruido. Se quitó la ropa y se puso su short para dormir y cuando se disponía a recostarse en la cama de pronto no pudo hacerlo. Se quedó mirando a Alejandra, esa sería la última noche juntos. La observó por unos minutos y luego decidió que era momento de dormir, el día siguiente sería un día muy complicado. Apagó la luz de su buró y esperó a que sus ojos se acostumbraran a la poca luz antes de meterse bajo las sábanas.

Alejandra giró sobre la cama y su rostro quedó de frente a Carlos.

Carlos la miró detalladamente y por primera vez en mucho tiempo, de sus ojos brotaron las lágrimas.

CAPITULO XII

La alarma del celular de Alejandra sonó con una música suave que iba en aumento conforme pasaban los segundos. Alejandra extendió su mano y sin mirar la apagó apretando uno de los botones.

- ¿Qué horas es? – Carlos preguntó sin abrir los ojos.
- Cuarto para las siete.
- Me siento tan cansado… ¿no es muy temprano?
- No te preocupes, descansa unos minutos más. Yo voy a despertar a los niños
- ¿Para qué los despiertas? ¡Déjalos descansar! – Carlos entre abrió los ojos y observó a Alejandra que le miraba.
- Tienen que preparase para ir a la central..
- ¡Oh, no! – interrumpió Carlos alzando su mano en dirección de Alejandra. - Bart va a venir a quedarse con ellos mientras llevamos a mis padres.
- Pienso que…
- No cabemos todos en un carro y no tiene caso que nos vayamos en dos vehículos.
- Entiendo, pero aún así querrán despedirse de tus padres – Alejandra bajó los pies de la cama y poniéndose de pie caminó fuera de la habitación. Observó la luz en la sala y se acercó cautelosamente.
- ¿Ya están de pie?
- Sí, hija. Mi esposo ya está en el baño terminando de bañarse porque luego sigo yo – contestó doña Jesusita mientras doblaba las sábanas.
- Siento que tengan que irse, me estaba acostumbrando a su presencia…
- Lo sé, a nosotros también nos duele irnos, pero todo tiempo se cumple, y bueno, es hora de regresar.
- Voy a despertar a los niños – asintió Alejandra.
- ¿Van a acompañarnos a la central?
- No, no cabemos en un solo carro. Ellos se despedirán aquí y un amigo de Carlos vendrá a quedarse con ellos. Pero estoy segura de que no me perdonarán si se van sin decirles adiós.
- Yo también no te perdonaría que nos dejaran ir sin darles un beso de despedida – doña Jesusita sonrió.

Alejandra asintió con la cabeza y con una suave sonrisa en sus labios dio vuelta en dirección de la recámara de los niños. Abrió la puerta con mucho cuidado para no asustar a los niños, pero le extrañó ver una luz tenue que había en su interior. Asomó la cabeza y encontró a los tres niños de rodillas, con sus codos apoyados en la cama de Sofía y unidas sus manos frente a ellos.

María pareció sentir la presencia de Alejandra y girando su cabeza en dirección de la puerta abrió los ojos. – Estamos rezando por los abuelos y por papá… trató de explicar.

Sofía y Francisco abrieron los ojos, miraron a Alejandra y se dispusieron a ponerse de pie.

- ¡No! – Alejandra levantó la mano derecha frente a ella y con un suave movimiento les pidió que permanecieran donde estaban. Caminó hasta el pie de la cama y obligando a María a recorrerse un poco a la izquierda, se hincó entre ella y Sofía. Luego los abrazó a los tres, les besó en la frente, y colocando sus codos en la cama se dispuso a orar con ellos.

El desayuno tenía un ambiente melancólico, aunque Sofía se había dado a la tarea de darle alegría, siguiendo los consejos de Alejandra.

Don Carlos había forzado su sonrisa tratando de ocultar la tristeza que le daba saber que él y su esposa eran lo que evitaban que aquella familia se partiera en pedazos. Tenía muy claro que en cuanto ellos subieran al autobús, Alejandra estaría poniendo las cosas en claro con Carlos, su hijo, y esto sería el fin de la maravillosa familia de la que él y su esposa se habían enorgullecido por las casi dos semanas que habían estado en su casa.

Mientras tanto, doña Jesusita podía sentir la perturbación en su esposo, pero no quería cuestionarlo delante de la familia; así que también trataba de aparentar que todo estaba bien.

Todos sabían que la alegría que tenían o demostraban era hacía afuera de sus corazones, por que el interior de todos estaba lleno de tristeza.

Carlos no se había aparecido para el desayuno y tan solo había salido de su cuarto unos minutos antes de la hora de partida, había saludado a sus papás y a los niños y les había anunciando que iba a prender el carro y que en cuanto estuvieran listas las maletas y llegara Bart tenían que salir para evitar perder el autobús. Había observado su reloj y hecho una mueca de preocupación al ver que Bart estaba retrasado.

- ¡Hijos! ¡Han sido las vacaciones más maravillosas que hemos tenido en años! – don Carlos se animó a decir viendo a los tres niños y a Alejandra delante de ellos, con las caras largas, entonces extendió los brazos en su dirección esperando acogerlos a todos.

- ¡Abuelo! – Sofía dio un par de pasos hacia don Carlos y luego se detuvo. Lo observó con detalle y entonces su rostro se tornó rojizo, sus ojos se cristalizaron y sintió que su corazón se detenía.

- Sam – don Carlos le sonrió.

La mano de Alejandra en la espalda hizo que Sofía reaccionara y se arrojó a los brazos de don Carlos sin poder contener el llanto.

- ¡Cariño! – don Carlos abrazó a Sofía y se enterneció tanto que sus ojos también se rasgaron.

María y Francisco no pudieron contener el llanto tampoco, y Alejandra tuvo que llevarse las manos al rostro para limpiarse los ojos.

- Nos volveremos a ver pronto –don Carlos trató de animarla, pero sin entender porque pudo percatarse que el llanto se intensificó.

Sofía se retiró un poco y le dio un beso en la mejilla, luego volteó a ver a doña Jesusita y se aproximó a ella y cerrando los ojos se refugió en su regazo.

María y Francisco corrieron juntos hasta don Carlos y lo abrazaron de tal manera que le hicieron sentir que no querían que se fuera, quizás de esa manera las cosas serían diferentes.

Don Carlos abrazó a los niños, uno con cada brazo y los besó en la mejilla, y quiso hacerles sentir que todo estaría bien. – Carlitos, Jessica, los quiero mucho…

Sofía dejó a doña Jesusita y se refugió en Alejandra, mientras Francisco y María se despidieron de doña Jesusita.

- ¡Buenos días! – Bart apareció en la puerta y se detuvo de golpe al ver la escena tan emotiva que estaba sucediendo. Y no es que no la esperara, de hecho la había anticipado en su mente, pero él había podido imaginar la tristeza y los llantos, pero no el ambiente de luto que envolvía toda la casa.

Don Carlos y doña Jesusita voltearon a ver al muchacho que no conocían.

- Él es Bartolomé, amigo de Carlos que se va a quedar con los niños... - Alejandra se apresuró acercándose a Bart.

- Mucho gusto – saludo Bart a don Carlos y a doña Jesusita. – Niños – a cada uno le extendió la mano tratando de ser lo más casual posible. – Carlos los está esperando... - se dirigió a Alejandra.

Don Carlos asintió y se dispuso a tomar su maleta cuando la mano de Francisco lo detuvo. - ¡Yo, abuelo!

Sofía se apresuró a tomar la maleta de doña Jesusita y María se aferró a la mano de Alejandra.

Todos salieron de la casa. Carlos recibió las maletas y las colocó en el carro, pero casi no les dirigió la mirada a los niños.

Don Carlos y doña Jesusita se subieron al asiento de atrás.

- ¡Cuida a los niños! – Alejandra le pidió a Bart y extendiendo la mano de María hacia él hizo que la tomara, luego caminó hacia el lado del copiloto y se subió.

Carlos hizo una seña a Bart y tomando su lugar de chofer cerró la puerta.

Los tres niños, con lágrimas en los ojos y ondeando la mano en alto en señal de despedida, y Bart, observaron al auto alejarse hasta perderse entre las calles. Bart se sentía triste y no había vivido prácticamente nada a lado de los niños, pero su estado de ánimo era contagioso.

- ¡Vamos adentro! – pidió Bart después de que los niños parecían haberse quedado paralizados con la mirada perdida en el horizonte.

En silencio caminaron todos al interior de la casa.

- ¿Hay algo que quieran hacer mientras esperamos? – Bart cerró la puerta detrás de él y al volver su mirada al interior vio a María sentada en el sillón, con los codos en sus rodillas y su mentón apoyado en sus manos. Su mirada era triste y sus ojos estaban llenos de lágrimas. Le conmovió en el alma, y entonces pudo entender porque Carlos se había distanciado, él tan solo tenía unos minutos y empezaba a entristecerse con su pronta partida.

- ¿Tú hiciste esto?

Bart quitó la mirada de María y giró su cara para ver a Sofía que traía en sus manos el álbum familiar que él había hecho, y asintió.

- ¿Puedes poner a papá en esta foto? – Francisco sacó una copia de la foto que se habían tomado todos en el zoológico.

Bart la observó por unos momentos mientras la sostenía en sus manos. – Creo que podemos hacer algo – con su mano izquierda sacudió delicadamente las cabezas de Sofía y de Francisco.

- ¿Sabes donde está la computadora de Carlos?

Sofía asintió y caminó hacia el interior de la casa seguida de Bart y Francisco. - María – Sofía se detuvo y extendió su mano en dirección de la niña que seguía con el rostro bañado en lágrimas.

María pegó un brinco y corrió hasta Sofía y todos caminaron hacia la habitación de Carlos.

Desde la casa hasta la central de autobuses nadie dijo nada. Carlos estacionó el carro en el estacionamiento y todos salieron en silencio.

Doña Jesusita y Alejandra se adelantaron un poco mientras Carlos bajaba las maletas del carro, y don Carlos aprovechó la oportunidad para acercarse a su hijo.

- Hijo, si eres listo no la dejarás ir – tomó don Carlos su maleta de las manos de Carlos que se quedó paralizado ante semejante declaración.

- ¡Vamos que ya es la hora de salida! – gritó doña Jesusita después de ver su reloj.

Don Carlos se apresuró no dando oportunidad a su hijo de hacer preguntas.

Caminaron los cuatro hasta la puerta para ingresar a los andenes y allí se tuvieron que detener ya que el oficial de la puerta no permitió que pasaran más que los pasajeros.

- ¡Sam, gracias por todo! – doña Jesusita se abrazó de Alejandra y le dio un beso que fue correspondido.

- Gracias a ustedes que vinieron…

- Estaremos en contacto.

Alejandra asintió.

- ¿Qué quisiste decir? – Carlos susurró al oído de su padre mientras se abrazaban de despedida.

- Escucha tu corazón. Te quiero mucho – don Carlos respondió y se alejó en dirección de Alejandra.

- Es una lástima que hayas estado tan ocupado estos últimos días, pero espero que ahora que conocemos a toda la familia, te dignes a visitarnos – doña Jesusita abrazó y besó a su hijo con mucho cariño. – Gracias por todo.

- Gracias a ti, mamá y buen viaje.

- Sam, fue un placer haberte conocido. Pase lo que pase las puertas están abiertas para ti y los niños.

- Gracias, don Carlos – respondió Alejandra. El abrazo fue efusivo y lleno de sentimientos, le habría gustado haberle dicho toda la verdad, pero como ella se lo había dicho, esta tenía que venir de Carlos y no de ella.

- ¡Los esperamos pronto! – doña Jesusita alzó la mano y seguida de don Carlos cruzaron la puerta de ingreso a los andenes. – Nunca nos explicó sobre porque le decían Alex en el trabajo…

- Nos lo dirá a su tiempo – respondió don Carlos y extendiendo su mano se despidió por última vez.

Carlos se aproximó a Alejandra con deseos de abrazarla, y ella deseó que él la abrazara, pero esto no sucedió. Los dos alzaron sus manos en respuesta a las señales de despedida de los padres de Carlos, y se mantuvieron así hasta que el autobús salió de la central.

El camino de regreso al carro fue en silencio, pero una vez que iban en marcha Alejandra se atrevió a romper el silencio.

- Carlos, no tienes que preocuparte por como decirles a tus padres lo de nuestra separación…

- ¿A qué te refieres? – Carlos quitó la mirada del camino y volteó a ver a Alejandra que le observó por unos segundos y luego agachó la cabeza.

- Le dije a tu padre que te iba a dejar.

El rostro de Carlos se llenó de espanto.

- Al no estar en la casa estos últimos días me diste el pretexto que necesitaba para preparar nuestro rompimiento…

Carlos observó el camino pero sus ojos tenían un alo de tristeza.

- Ahora él sabe y me ha prometido que le dará la noticia a tu madre en el camino, cuando vea el momento propicio.

- ¡No puede hacer eso! ¡Ella está enferma! – hubo algo de coraje en esta declaración.

- No está enferma. Tu padre me dijo que ella usaba este truco de hacerse sentir mal con el fin de evitar que te fueras; pero una vez que tú y tu hermana salieron de la casa, nunca más lo volvió a usar. Así que si algún día quieres decirle la verdad, ella podrá soportarlo.

Carlos no respondió nada y siguió conduciendo.

- En cuanto a llevar a los niños al orfanato, he decidido no acompañarte... ¿Podrás hacerlo sólo?

Carlos volteó la mirada hacia Alejandra confundido. – Quizás Bart quiera acompañarme...

- A ver, Sofi. ¿Qué te parece? – Bart entró en el cuarto de los niños, en donde Sofía preparaba las maletas con ayuda de sus hermanos, y le mostró la impresión de la foto que había arreglado.

- ¡Guau! – Sofía exclamó feliz.

- ¡A ver! – gritaron Francisco y Jessica y corrieron a sentarse junto a Sofía para observar la foto.

- ¡Eres muy bueno! – Sofía levantó la mirada hacia Bart con una expresión de agradecimiento que hizo que Bart sintiera que sus piernas flaquearan.

- Por más buena que sea la foto... Nunca será mejor que la realidad. Todos ustedes saben quienes estaban en la foto y quien no. Podré engañar a muchos, pero jamás podré engañar a sus recuerdos y a su corazón cuando vean la foto... - Bart se agachó frente a Sofía y se le quedó viendo.

Sofía sonrió agradecida, y pasó su mano sobre la cara de Bart. – Pero es lo único que tenemos de él para no olvidarlo, así que es el mejor trabajo – le sonrió. Había una gran tristeza en sus palabras, pero a la vez se podía apreciar una contradictoria alegría. – Hay que terminar, Carlos nos pidió que tuviéramos listas las maletas.

- ¿Les ayudo? – Bart se puso de pie y siguió a Sofía que ya se había adelantado para revisar las maletas de María y Francisco.

- Gracias, pero creo que ya están listas – Sofía revisó una a una las maletas y las fue cerrando.

- ¡Ah, pequeños! Los conocí muy poco, pero créanme que los voy a extrañar... - se sentó en la cama junto a las maletas.

- A nosotros también nos habría gustado conocerte más – María se acercó a Bart y extendió su mano para tocar su rostro.

Bart le sonrió. - ¡Todo va a salir bien, ya lo verán!

Los tres niños se vieron unos a otros y agradecieron el gesto a Bart.

- ¿Puedes imprimir otras cuatro fotos? – Sofía fue tomó la foto que Bart le había dado y se la puso entre las manos.

- Por supuesto… - Bart asintió y poniéndose de pie salió del cuarto.

- ¿Te vas a despedir de los niños? – Carlos detuvo el carro frente a la puerta de su casa.

- Por supuesto – respondió Alejandra extrañada por la pregunta.

- Bien, ¿puedes decirles que los espero con sus maletas en el carro?

Alejandra asintió un tanto contrariada. ¿Era posible que ni siquiera fuera capaz de ver como se despedía de los niños? Salió del carro ante la mirada de Carlos y se detuvo frente a la puerta de la casa, respiró profundamente y tomando valor la abrió disponiéndose a entrar.

Los tres niños y Bart estaban sentados en el sofá de la sala, con las maletas al pie de la puerta de la entrada. Bart tenía la Biblia abierta y al ver a Alejandra se dispuso a cerrarla, pero antes de que lo hiciera Sofía colocó una copia de la foto en su interior, junto al último párrafo que les había leído Bart.

Alejandra abrió los brazos y dobló las rodillas para recibir a los niños que se abrazaron de ella. Los llantos brotaron sin control por todos los rostros. No hubo palabras, únicamente caricias y besos entre ellos.

Bart colocó la Biblia en su lugar en el librero y no pudo más que quedarse paralizado observando aquella emotiva situación.

Alejandra abrazaba a uno y a otro, y dejaba sus lágrimas en los cabellos de cada uno de los niños, y ellos no mostraban intenciones de despegarse de ella.

- ¡Es hora! – Alejandra trató de hacerse espacio entre los niños y les observó a cada uno los rostros, tenía que guardarlos en su memoria para siempre. – Les prometo que iré a verlos pronto…

María se abrazó del cuello de Alejandra y recostó su cabeza sobre el hombro izquierdo de ella.

Alejandra sintió flaquear sus piernas y tuvo que ponerse de pie con María en su brazos.

Francisco se abrazó de su cintura y no mostró ni el más mínimo indicio de querer soltarla. Podía sentir que si lo hacía Alejandra se iría para siempre de su vida.

Sofía comprendió que era ella y solo ella la que podía hacer algo. Sorbiendo con la nariz y limpiándose los ojos con las manos observó los ojos de Alejandra. Pudo ver en ella un gesto de suplica y de afirmación a lo que se disponía a hacer. – Francisco – abrazó por la espalda al niño. – Es hora de irnos…

El niño se desprendió de Alejandra y retrocedió sujeto por Sofía.

- ¿No vas a Guadalajara? – Bart se animó a acercarse.

Alejandra negó con la cabeza mientras cerraba los ojos tratando de darse fuerza para hablar. - ¿Puedes acompañarlos?

- No estaba en mis planes… Pero lo haré… - Bart se acercó y tomando a María por la espalda la cargó en sus hombros ante la tristeza de María.

- ¡Te amo, preciosa! – Alejandra besó la frente de la niña.

Bart salió con María en brazos que no podía articular palabra alguna.

- Gracias – Francisco se acercó a Alejandra con su maleta en mano.

- Gracias a ti, mi amor – le besó en la frente, lo abrazó y lo dejó ir.

- ¡Ten! – Sofía se acercó y entregó a Alejandra una copia de la foto y en ese instante sus ojos rompieron en un torrente de lágrimas.

Alejandra vio la foto y deseó que aquella hubiese sido su familia y no solo un engaño. Quitó la foto de su rostro y observó a Sofía que parecía que iba a desmayarse, y sin más la abrazó.

- ¡No quiero irme! – dejó escapar Sofía.

- Ni yo quiero que te vayas… - observó a Sofía de frente y estrechó su rostro con el de ella.

- ¡Voy a pedirle a la madre de Dios por nosotros! ¡Ella nos va a escuchar!

- ¡Hazlo cariño! Yo también lo voy a hacer – la besó en la mejilla. – ¿Podrás hacer lo que acordamos?

Sofía asintió.

- Te quiero mucho…

- Yo también te quiero… ¡Mamá! – diciendo esto corrió fuera de la casa.

A Alejandra le tomó un tiempo reponerse y armarse de fuerzas para salir a la calle, y cuando lo hizo, al llegar, Carlos estaba a punto de arrancar. Ella se acercó a la ventanilla de Carlos y se asomó para decirles adiós a todos con la mano. El interior del carro parecía un funeral, la tristeza dominaba hasta a Bart.

Carlos bajó la ventanilla. - ¿Te veré a mi regreso?

Alejandra lo negó con la cabeza. – Te dejaré las llaves en el buzón.

Carlos observó por unos instantes a Alejandra y haciendo una mueca con la boca asintió. No podía creer que ya no vería a Alejandra. – Gracias por todo, Alex.

Alejandra cruzó sus brazos y se retiró del camino.

Carlos cerró la ventanilla y dio marcha al carro.

Alejandra observó en silencio y como una estatua al carro que se alejaba, y a los niños que no dejaban de mandarle besos y señales de despedida, hasta que el carro dobló a la derecha al llegar a la esquina. Habían terminado dos semanas de intensa alegría e intensa tristeza. Dos semanas con una cantidad increíble de experiencias y sentimientos como hacía mucho tiempo no tenía. Se llevó las mano a la cabeza y luego elevó la mirada al cielo. *"¡Escucha nuestras plegarias, Dios mío!"* repitió una y otra vez en su interior y luego se dirigió a la casa, había mucho por hacer todavía. Limpiar la casa de sus cosas tampoco sería tarea fácil, se había acostumbrado a los niños, a Carlos y a sus papás, no sabía si podría vivir sin su presencia…

El silencio había imperado en el interior del carro desde la salida de la casa hasta una vez que tomaron la carretera, usando el libramiento a Aguascalientes, con el fin de evitar las cuestas. Carlos levantó la vista y observó las caras largas de los niños en el retrovisor, y no los culpó puesto que él se sentía igual.

Sofía observó los ojos de Carlos y luego puso su mirada en el paisaje a través de la ventana por unos instantes. Tomó aire respirando profundamente un par de veces antes de decidirse a hablar. - ¿Papá?

Bart giró la cabeza para observar a Sofía que tenía la mirada puesta en el retrovisor.

- Ya no es necesario que me llames papá, Sofi… - Carlos levantó la mirada por el retrovisor y pudo ver el rostro de la niña que le observaba desde su lugar en el asiento.

- ¿Te molesta que te llame papá?

- No quise decir eso.

- ¿Puedo entonces llamarte así por el resto del viaje?

- Si así lo deseas… - bajó su vista al frente por unos instantes y la volvió a subir. - ¿Qué necesitas?

- ¿Te molestaría que cantáramos una canción?

Carlos volteó la mirada hacia Bart que le observó con incredulidad. – No. ¿Qué canción quieres cantar?

Sofía volteó a ver a María y a Francisco.

- Una que nos sepamos todos – dijo María distrayendo sus pensamientos de la tristeza.

- ¿Qué tal la del "Marinero"? – sugirió Francisco.

- ¡Sí! – gritó María.

- Muy bien – Sofía se enderezó un poco en su asiento y volteando a ver a los otros dos niños contó… - A la una, a las dos y a las tres…

- Marinero que vas a la vela la la, a la vela la la, a la vela la la… - cantaron los tres a coro. – Marinero que vas a la vela la la, a la vela y al timón..

- Por donde vas a misa, por donde vas a misa, que no te veo, que no te veo… - cantó a solas Sofía.

- Voy por un caminito, voy por un caminito, que han hecho nuevo, que han hecho nuevo… - siguió Francisco como solista.

Y de nuevo el coro de los tres niños repitió la estrofa del marinero.

- Yo no tomo más agua, yo no tomo más agua, de tu tinaja, de tu tinaja – nuevamente tomó la palabra Sofía.

- Porque he visto una rana, porque he visto una rana, que sube y baja, que sube y baja – María terminó la estrofa.

Y nuevamente los niños cantaron a coro.

- De tu puerta a mi puerta, de tu puerta a mi puerta, no hay más que un paso, no hay más que un paso – Francisco se adelanto.

- Si quieres pasa, pasa; si quieres pasa, pasa que yo no paso, que yo no paso – María terminó y luego los tres niños regresaron al coro.

Carlos levantaba la vista y observaba a los niños con disimulo.

- ¡Canten con nosotros! – pidió Sofía a Bart y a Carlos.

- Yo no sé cantar – respondió Carlos y guardó silencio.

Bart observó a Carlos y apretando los dientes tomó la decisión de acompañar a los niños. De esta canción siguieron otras como las Pájara Pinta, Arroz con Lecha, El Ratón Vaquero, En un Bosque de la China, El Patio de mi Casa, La Vaca Lechera, Mambrú, Naranja Dulce y muchas otras canciones más. Con el avance del camino Carlos se fue también ambientando, y como entendiendo que era un momento especial que no podía dejar pasar, llegó a formar parte de los solos que se formaban para después incorporarse al coro, inclusive les enseñó canciones que los niños no conocían.

Por instantes Sofía se volvía a recargar en su asiento y guardaba silencio; entonces observaba a todos y se daba cuenta de lo que se habrían perdido de haberse mantenido la tristeza, y regresando su mirada hacia la ventana pensaba en Alejandra y en cuanto habría disfrutado esos momentos; pero el consejo había sido bien tomado y ejecutado. Si bien todos sabían lo que les esperaba al final del viaje, al menos en ese momento nadie parecía tenerlo presente y ella también estaba dispuesta a bloquearlo, entonces regresaba a participar en los cantos y las risas.

Finalmente el orfanato se divisó al frente... Como de golpe todos pararon de cantar y la tristeza se apoderó de todos.

- ¡Hemos llegado! – dijo Carlos y estacionó el carro frente a la puerta de acceso. - ¡Vamos, todos sabíamos que esto iba a suceder! – trató de alentar a los niños, como si él no estuviera sintiendo nada porque ya estaba preparado para ese momento; pero la verdad es que su corazón también se estaba desquebrajando, por ello para él entre más pronto era mejor. Abrió la puerta y salió del carro.

- ¡Vamos, chicos! – alentó Bart.

- Esperábamos que la Virgen nos hubiera escuchado, pero no...

- No se den por vencidos tan pronto, todavía muchas cosas puden pasar – los animó Bart.

Carlos abrió la puerta del lado de Sofía y luego se dirigió a la cajuela con el fin de bajar el equipaje.

Sofía, María y Francisco se bajaron del auto y se dirigieron hacia donde estaba Carlos mientras que Bart se dirigió a la puerta del orfanato y tocó el timbre, giró sobre su eje y observó a los niños y a Carlos que se aproximaban lentamente.

Después de unos minutos se escuchó el cerrojo de la puerta y cuando Bart volteó su mirada hacia el interior, un golpe en su mejilla lo hizo tambalearse. Se llevó la mano al rostro y levantando la mirada se dio cuenta de que Reina estaba parada frente a él.

Reina tenía los ojos cristalizados pero no con lágrimas de sufrimiento sino de coraje.

- Lo siento... - fue lo único que pudo salir de la boca de Bart.

- Vayan a sus cuartos – la mirada de Reina se dirigió a los niños que extrañados habían observado la escena.

Los niños no recordaban haber visto a Reina tan enojada como en aquel instante.

- ¿Qué no oyen? – los apuró. – A usted lo espera la directora en su oficina... - alzó su mirada hacia Carlos.

Los niños dieron un paso al frente, pero luego sintieron todo el peso del momento, se detuvieron y voltearon a ver a Carlos. – ¡No queremos regresar! ¡No nos dejes aquí! ¡Vamos a casa!

Carlos se tambaleó, no sabiendo que hacer, pero instintivamente se agachó y recibió a los tres en sus brazos, sus ojos también se rasgaron y se tornaron rojizos.

- ¡Vamos con mamá! – gritó María aferrándose al cuello de Carlos.

Carlos movió la cabeza de un lado a otro en forma negativa. - ¡No puedo! – exclamó casi sin voz. - ¡Vayan adentro! – su voz parecía suplicar más que dar una órden.

- ¡No! – Francisco se agarró fuertemente a la cintura de Carlos que trastabilló.

Sofía tuvo que dar un paso hacia atrás para evitar caer y esto le hizo ver la escena que se presentaba delante de ella, en un plano muy distinto al que tenía mientras estaba cerca de Carlos.

Las lágrimas recorrían el rostro de Carlos y parecía que sus fuerzas le abandonaban con cada intento que él realizaba por separar a María y a Francisco.

- María, Francisco... – la voz de Sofía era tranquilizadora. Se acercó a María y abrazándola por la espalda la retiró suavemente de Carlos.

Carlos levantó la vista y vio a una Sofía ecuánime. Si bien tenía los ojos brillosos por las lágrimas que escurrían por sus mejillas, tenía el control total de su cuerpo y se movía con seguridad.

- ¡Francisco! Es hora de irnos... - Sofía extendió su mano derecha hacia el niño invitándolo a que la tomara de la mano.

Francisco dudó, pero en un momento liberó a Carlos, se limpió las lágrimas con las manos y tomando la mano de Sofía consintió.

- Gracias por estos días... - la voz de Sofía comenzó a quebrarse. – Ha sido lo más maravilloso que he vivido en toda mi vida – sus labios temblaron, - jamás lo olvidaré - liberó las manos de Francisco y María y se acercó a Carlos, lo abrazó, le dio un beso en una de las mejillas y luego caminó hacía atrás hasta tomar de nuevo su posición.

- Yo tampoco lo olvidaré – Francisco hizo lo mismo de acercarse y darle un beso a Carlos y volvió junto a Sofía.

- Dile a mamá que la quiero... Y a ti también... - María siguió el ejemplo de los otros dos niños y luego los tres se perdieron detrás de la puerta, ante la mirada congelada de un Carlos que no podía ya interpretar sus sentimientos.

- La directora lo espera – Reina insistió sorprendida por la escena que acababa de presenciar.

Carlos observó a la joven que permanecía de pie junto a la puerta frente a Bart. Hizo un movimiento de la cabeza de forma afirmativa y luego atravesó la puerta.

Bart estaba a punto de seguir a Carlos, cuando la mano de Reina le cerró el paso.

Reina cerró la puerta a su espalda y así quedaron ella y Bart en la calle.

El regreso a San Luis Potosí no tenía comparación con el de ida a Guadalajara. Mientras que a la ida todo habían sido cantos y risas, al regreso Carlos y Bart no habían cruzado una sola palabra. Parecía que cada uno tenía muchas cosas en que pensar y ninguno de los dos quería compartirlas.

Carlos se estacionó frente a la casa de Bart y este salió sin decir nada.

- ¡Bart! – finalmente exclamó Carlos antes de que Bart cerrara la puerta. – Perdona que te haya involucrado en esto…

Bart observó a Carlos y con un gesto aceptó la disculpa.

- Si no te lo había dicho antes, gracias por todo.

Bart cerró la puerta con desánimo y ante la mirada de Carlos se introdujo en su casa sin haber hecho al más mínimo gesto de despedida, o intento por devolver alguna mirada.

Carlos se llevó las manos al rostro y se recargó en el volante, su mente estaba llena de recuerdos y no sabía si quería regresar a su casa o no. La idea de emborracharse en algún bar le vino a la cabeza, pero él no hacía eso y bien sabía que no mitigaría su pena; quizás solo atrasaría lo que se veía inevitable, como era el enfrentarse a su casa completamente muerta y con un sin número de recuerdos. Pasó saliva, metió el cluch con el pie, y con su mano derecha puso la primera y se incorporó al carril de transito de baja velocidad.

La noche comenzaba a caer cuando Carlos metió la llave en la chapa de su casa y al abrir la puerta se topó con que todo estaba en completo silencio, algo así como la había encontrado los últimos días, pero con la diferencia de que esos días había visto a su padre dormitando en el sofá junto a la lámpara de cabecera. Prendió la luz y caminó al interior, todo estaba limpio y recogido, sin rastros de que alguien hubiera estado con él desde hace mucho tiempo. Caminó hacia la cocina y no vio ni un solo plato fuera de lugar, todo estaba limpio y ordenado; pero algo lo detuvo; sobre la mesa, arriba de una servilleta de tela, estaba el anillo de Alejandra. Lo tomó con sus manos y lo miró con tristeza, luego lo regresó a la mesa y viéndose la mano izquierda se quitó el anillo de su dedo anular y lo colocó junto al otro.

Entonces siguió su camino hacia la recámara de los niños y al igual que la sala, el comedor y la cocina vio todo limpio y recogido. Las camas estaban tendidas y no había absolutamente nada fuera de lugar. Como si dudara de que todo pudiera estar en tan perfecto orden se decidió a abrir el ropero donde los niños habían guardado su ropa por todo ese tiempo, y su sorpresa fue encontrar toda la ropa que sus padres les habían regalado en los años anteriores, ordenada y limpia, y sobre ellas había una bolsa que no había visto antes. La abrió y encontró los tres IPods y una nota que sin duda había sido escrita por Sofía, pero que estaba firmada por los tres niños.

"Gracias por estos maravillosos regalos, pero ellos corresponden a los hijos que esperamos que un día tengas. Para nosotros el mejor regalo fue el tiempo compartido contigo, mamá y los abuelos. No te olvides de nosotros. Ven a visitarnos de vez en cuando. Te queremos mucho y te deseamos lo mejor. María, Francisco y Sofía."

Carlos se sentó en la cama que había ocupado Sofía todo ese tiempo con la nota en la mano derecha mientras se llevaba la mano izquierda a la frente, un pequeño dolor de cabeza había comenzado a molestarle. Dejó la bolsa sobre la cama y caminó hacia su recámara con la nota en la mano; era el último lugar donde quería estar en ese momento, pero iba a afrontar la realidad con valor. Abrió la puerta y el orden no desentonó con el resto de la casa, no había un solo rastro de que Alejandra hubiese estado en aquella habitación. Entró al baño esperando ver algo que le confirmara que lo que había vivido era real, pero no lo encontró; se recostó en la cama y recargando su espalda en la cabecera y poniendo la nota sobre sus piernas, tomó el teléfono y marcó un número.

- ¿Bueno? – se escuchó la voz tierna de Erica.

- Hola Erica, soy yo…

- ¡Carlos! ¿Cómo estás? ¿Tu voz se escucha un tanto apagada?

- Estoy bien… Todo terminó.

- ¿A qué te refieres con que todo terminó?

- Papá y mamá van de rgreso a casa, Alejandra se fue y los niños están de regreso en el orfanato… - Carlos se tapó los ojos tratando de poner su mente en la conversación con su hermana.

- Carlos, ¿en qué piensas? ¿qué sientes?

- Trato de no pensar y no sé que es lo que siento, creo que una vez que esté de regreso en el trabajo el lunes, todo volverá a ser como antes…

- Nada será como antes. Has hecho algo que de seguro provocará cambios en todos…

- Quizás, no lo sé; pero por ahora todos hemos vuelto a nuestras vidas…

- ¿Y cómo le dirás a mis papás de tu ruptura con Samanta, o…?

- Su nombre es Alejandra, y no tengo que hacerlo, ellos ya lo saben. Alex se encargó de decirles que me iba a dejar antes de que se fueran.

Se hizo una pausa del otro lado del teléfono.

- Quizás ellos me hablen una vez que estén en casa y quieran confirmar su ida y mi estado de ánimo.

- ¿Crees que ellos estén bien?

- Alex me aseguró que mi padre lo había tomado bien y que mamá estaría bien.

- En cuanto sepas algo, no dejes de comunicarte conmigo.

- No te preocupes, lo haré.

- ¿Y los niños? ¿Cómo tomaron la despedida?

Carlos guardó silencio mientras releía la carta que tenía en sus piernas, y por su mente pasaban los últimos instantes de su despedida afuera del Orfanato. Las lágrimas brotaron sin control, pero trató de evitar cualquier sonido que su hermana pudiera interpretar su tristeza.

– Lo tomaron bastante bien…

- Y Samanta, quiero decir Alejandra… ¿La volveras a ver?

- No lo sé. No lo creo.

- Carlos, háblame si necesitas algo.

- Lo haré, Erica. Muchas gracias por todo hermana. Te quiero mucho y te mando un beso. Salúdame mucho a los niños y a Jesús…

- Lo haré. Descansa, yo también te quiero.

- Buenas noches.

- Buenas noches – Carlos colgó el teléfono y observó con tristeza la cama vacía, esa noche no habría nadie a su lado.

CAPITULO XIII

El domingo había sido un día triste para Carlos; a pesar de haber regresado a sus actividades habituales de los domingos, esta vez estaban presentes las imágenes de los niños y de Alejandra, así como la de sus padres.

Tratando de hacer tiempo, se había levantado un poco más tarde que de costumbre. Pasadas las nueve de la mañana se había ido a correr por espacio de una hora. Regresó a la casa a bañarse y a tomar algo de desayuno. Encendió la TV y se puso a ver algo de deportes, pero se sintió aburrido y decidió salir a caminar a la nueva plaza San Luis. Estuvo allí paseando por una y otra tienda, sin comprar nada, pero sin poder dejar de pensar lo distinto que sería caminar con María en sus brazos y abrazando a Sofía... Se detuvo ante las salas de cine y pensó que podría invitar a Alejandra a ver alguna película, tan solo como amigos. Marcó su teléfono pero únicamente recibió la contestación de que el número estaba fuera del área de servicio. Entonces decidió entrar sólo.

La película duró un par de horas y a la salida decidió volver a intentar llamar a Alejandra, pero nuevamente sin éxito y con el mismo resultado. Se paseó por el área de alimentos y compró un Subway con un refreso y unas papas. Se sentó en una de las mesas y observó a su alrededor.

A unas cuantas mesas al lado derecho de Carlos una familia, los papás y dos hijos, un niño y una niña, discutían. La más pequeña, una niña casi de la edad de María había volteado el vaso de refresco sobre la mesa y lloraba ante la llamada de atención de su padre.

La madre hizo una mueca y jaló a su hija hacía ella – Te estaba diciendo tu papá que dejaras de jugar con el vaso... - dijo la señora, y sacó una toallita húmeda del interior de su bolso, y comenzó a limpiarle el rostro.

Por la mente de Carlos pasó aquella escena en que María había ensuciado su ropa con la comida.

El señor tenía un rostro de molestia y observaba a la niña con una cara de no muy buenos amigos.

- ¿Me perdonas, papi? – la niña se acercó a su padre y se le abrazó sin dejar de verlo a los ojos.

- ¿Me vas a hacer caso o vas a seguir haciendo las cosas a tu manera?

- Voy a hacer caso – respondió la niña.

El papá de la niña observó el rostro de su pequeña y poco a poco cambió su cara de enojo en un rostro más relajado. Extendió las manos y sentó a la niña en su piernas.

Carlos giró su cabeza hacia otro lado y vio a lo lejos, frente a él, a una pareja que jugueteaba con la comida, dándose entre ellos a comer en la boca. Se reían sin quitarse la vista el uno del otro. Retiró la vista una vez más y se concentró en su propia comida la cual acabó tan rápido como pudo y tirando los desechos a la basura se alejó lo más pronto posible de aquel lugar, procurando no llamar la atención por su premura en salir.

Manejó hasta la casa de Alejandra y dudó si debía o no llamar a la puerta; pero al fin se decidió a hacerlo. Tocó el timbre y esperó impacientemente, nadie abrió, y de hecho no se escuchaba el menor ruído en el interior. Tocó una segunda vez y nada sucedió. Entonces tocó directamente en la puerta, pero no había nadie. Se asomó por la ventana y se dio cuenta de que no había el menor indicio de que hubiera alguien en la casa, entonces le vino a la mente la idea de que quizás ella estaba como él, y que quizás se había ido a buscar a Mayra. No sabía donde vivía ella, así que pensó en que haría un intento por llamarla antes de irse a dormir. Se subió a su carro y condujo hasta la casa.

Al llegar a la casa, la misma sensación de soledad que había tenido el día anterior lo invadió. Prendió la TV y trató de quedarse dormido, su intención era que el día pasara rápido, al día siguiente estaría de nuevo en el trabajo y eso le ayudaría a mantener ocupada su mente, y por supuesto a olvidar.

Antes de apagar la luz de su habitación hizo un nuevo intento por contactar a Alejandra, pero la respuesta fue la misma, fuera del área de servicio; entonces pensó en que pasaría a visitarla después del trabajo al día siguiente, o cualquier día de la semana.

Un poco antes de la media noche el teléfono lo despertó.

- ¿Bueno? – Carlos tenía la voz modorra y le costaba trabajo abrir los ojos. – Hola papá, ¿cómo les fue?... Me da gusto oir eso...

Sí, papá, se fue ayer… Con los niños… No te preocupes, estoy bien. Siento no habérselos dicho antes, ella y yo ya lo habíamos decidido… No, no he hablado con ella, ni con los niños… Trataré… Dale un beso a mamá de mi parte y que descansen, deben de estar muy cansados con el viaje tan largo… Claro que sí. Muchas gracias.

CAPITULO XIV

- Hola – se acercó Carlos a Bart en su camino a su oficina.

- ¡He, hola! – respondió Bart con sus pensamientos en otro lado.

- Parece que tampoco tuviste un buen día ayer – Carlos se recargó en la pared cerca del escritorio de Bart.

- No, no fue un buen día…

- Pronto las cosas volveran a la normalidad – Carlos trató de sonreír.

- Quisiera tener tu confianza – Bart trató de regresare la sonrisa.

- Ya no hablamos durante el regreso. ¿Te dijo algo Reina?

- A veces las palabras salen sobrando. Sé que la usé y traicioné nuestra amistad. Estuvo a punto de perder su trabajo por mi culpa…

- ¡Lo siento!

- Pensé egoistamente en nuestra amistad, y no pensé en la situación en la que la estaba poniendo a ella…

- No se suponía que nada de esto iba a pasar. Ninguno pensamos que una compañera celosa de Alejandra investigaría e iría con el chisme, con tal de perjudicarla…

- Ese es el problema con las mentiras, uno no mide las consecuencias. Piensa que todo está controlado, pero no es así.

Carlos hizo una mueca mientras habría bien los ojos.

- No sabía lo importante de nuestra amistad hasta que me dijo que no quería volverme a ver…

- ¿Ella te dijo eso?

- Estaba llorando y quise pedirle perdón… Pero no me lo permitió y cerró la puerta del orfanato detrás de ella.

- Lo siento, amigo. ¿Quieres comer conimgo y platicamos?

Bart negó con su cabeza. – Hoy no, quizás mañana. Aún me dule mucho esto y no sé porque…

- Está bien, nos vemos después – se enderzó y caminó hacia su oficina.

- Hola Carlos, ¿puedo pasar? – la voz de Jeanett hizo que Carlos volteara su mirada hacia la puerta.

- Por supuesto, ¿qué pasa? ¿en que te puedo ayudar? – Carlos se puso de pie para recibirla.

Una cachetada retumbó en la mejilla de Carlos dejándole la mejilla colorada y un gran dolor de cabeza.

- Eso no se hace a una mujer y mucho menos a unos niños inocentes. Te creía un mejor hombre… - Jeanett abandonó la oficina.

- ¡Lo siento! – desde afuera de la oficina Bart hizo una mueca de dolor por el golpe que Carlos había recibido. – Me pidió que le contara el final… y no pude negarme – se acercó lentamente a Carlos pero guardo la distancia.

Carlos giró la cabeza en señal de desaprobación.

Bart decidió que era mejor no entrar y se esfumó por el corredor.

Carlos se llevó la mano a la mejilla y pensó que se merecía ese golpe, pero no de parte de Jeanett sino de Alejandra.

CAPITULO XV

Tres meses después Carlos se sentía mucho más sereno. Ya podía pensar con más tranquilidad y no se sentía tan solitario, había logrado regresar a la rutina; aunque para ello invertía más horas en la oficina de lo que anteriormente lo hacía. Inclusive a veces se presentaba en la oficina los sábados y los domingos.

Había intentado varías veces hablar con Alejandra, pero sin éxito. La había ido a buscar múltiples ocasiones, pero de igual manera sin ningún resultado positivo, de hecho la última vez la casa se veía desmantelada y con un letrero de "Se vende". Trató de llamar al teléfono que estaba junto a este mensaje, pero quien le contestó fue Mayra diciéndole que Alejandra no quería volverlo a ver. Trató de dialogar con ella, pero Mayra fue muy clara en que no le daría nada de información. Carlos amenazó con ir a buscarla a su trabajo, y fue allí donde se enteró que Alejandra había renunciado; esta noticia lo dejó frío y con ello prácticamente se cerraba toda posibilidad de contacto entre ellos, lo cual le había, en cierta forma, facilitado el retirarla de sus pensamientos, más no así de su corazón.

Era sábado y había hecho prácticamente toda su rutina. Levantarse temprano a correr, pasar por la oficina y enviar unos correos, regresar a casa y prepararse algo de comer, para luego salir a caminar al centro; pero tuvo que regresar pronto a su casa porque lo sorprendió una fuerte lluvia. Se echó un duchaso y se sentó junto al televisor a ver que encontraba. Nada llamaba su atención y pensó que era buen momento para leer algo, caminó hacia el librero y observó el album familiar que Bart les había hecho, lo hojeó allí parado, mientras los recuerdos le hacían sonreír, y se disponía a sentarse en el sofá para verlo con más calma cuando vio la Biblia a un lado. La tomó también recordando que su madre solía leerla junto a los niños. Caminó al sofá y se sentó. Los recuerdos fluyeron por su mente como si todo hubiese sucedido el día anterior, y conforme avanzaba en las fotografías la promesa de ir a visitar a los niños vino a su mente; pero esto había sucedido varias veces durante todo ese tiempo sin que se consolidase. Bajó el álbum y tomó la Biblia de canto como solía hacerlo su madre, hizo la señal de la cruz y decidió abrirla al azar introduciendo la uña de su dedo pulgar entre dos hojas. Al intentar abrirla, su dedo resbaló perdiendo la hoja elegida para abrirse en donde se encontraba la foto que había arreglado Bart, en la que se encontraban toda la familia y él había sido agregado por el método digital de photoshop. Los ojos de Carlos se quedaron fijos en aquella foto. Sus padres, Alejandra y los niños se veían tan bien juntos. Podía apreciar la alegría de aquel momento pusto que todos sonreían. Entonces se preguntó como es que él estaba en esa foto, pero esa respuesta la tenía en el álbum de a lado. Entonces sintió un fuerte impulso por verlos y tomó la decisión de levantarse temprano el domingo y viajar a Guadalajara, esta vez no pospondría su visita. Se dispuso a cerrar la Biblia, pero recodó porque la había abierto y sus ojos se clavaron en el texto que decía así:

"Luego tomó a un niño y lo puso en medio de ellos, y tomándolo en sus brazos, les dijo: - La persona que recibe en mi nombre a un niño como este, me recibe a mí: y el que me recibe a mí, no solamente a mí me recibe, sino también a aquel que me envió"

Carlos sintió un nudo en la garganta. Nervioso cerró la Biblia dejando la fotografía en su interior y la regreasó al librero junto al álbum, luego se dirigió a su habitación con el texto leído resonando en su interior.

CAPITULO XVI

Carlos se sentía con ánimos renovados. Si bien estaba nervioso por ver de nuevo a los niños, el ansia y el deseo de tenerlos de frente y platicar con ellos minimizaba cualquier intento de su mente por abortar sus planes.

Salió a las seis de la mañana con la esperanza de tener al menos unas seis horas con los niños. Había planeado que si la directora les daba el permiso los llevaría a comer con él y a pasear a algún parque, cualquier cosa que ellos quisieran hacer.

Viajó con gran ánimo, escuchando música alegre que en múltiples ocasiones le robó sonrisas al recordar aquel último viaje con los chicos, y por momentos se puso a cantar como si ellos estuvieran dentro del carro acompañándolo. Conforme se acercaba a la ciudad, la revisión de su reloj se hacía más continua, las ansias por llegar le iban ganando terreno y tuvo que detenerse un par de veces, en las gasolinerías, para ir a la baño.

Al entrar a la ciudad de Guadalajara se alegró de ver que el tráfico estaba sumanente tranquilo. Eran las diez de la mañana y en poco minutos estaría en el orfanato. Al detenerse en un semáforo le asaltó la idea de que quizás los niños ya no querrían verlo, y de haberlo pensado antes de salir de San Luis, quizás no se habría aventurado.

Una chica de unos quince años, mal vestida y sucia, empapó el parabrisas con una especie de jabón y comezó a limparlo. La primera idea de Carlos fue decirle que se fuera, que él no le había pedido que lo limpiara y entonces vio a un joven un poco menor que la chica que se puso a limpiar el lado del copiloto. A su mente vinieron los tres niños, y los imaginó en aquella situación. Si bien Sofía, Francisco y María no estaban en la calle, ¿quien podría asegurar que si nadie los adoptaba no terminarían allí? Estaba en Guadalajara y ya no había marcha atrás, y él se aseguraría que los niños no terminaran en la calle como esos dos. Bajó el vidrio de su lado y le dio a la chica diez pesos, ella le sonrió y amablemente le agradeció.

Detuvo el carro frente a la puerta del orfanato y su corazón comenzó a latir de prisa, de modo que Carlos sintió que su pecho iba a estallar. Pasó saliva y tocó el timbre un par de veces, y producto del nerviosismo que sentía comenzó a caminar de un lado a otro. Al escuchar el ruido del cerrojo de la puerta, caminó distraídamente hacia la puerta con la mirada clavada en el piso, y cuando la puerta se abrió entonces levantó la mirada.

- Hola, ¿y Bart? – preguntó Reina sorprendida llevando su mirada de un lado al otro de la calle pasando por el vehículo de Carlos.

- ¿Perdón? ¿Bart? – la pregunta relajó a Carlos puesto que lo distrajo de sus pensamientos sobre los niños.

- ¿No viene Bart con usted?

- No… ¿Iba a venir?

- Sí, quedó de venir por mi a las diez y media…

Carlos observó su reloj. – Son las diez y cuarto, quizás no tarde en llegar…

- Lo siento, pensé que venían juntos.

- No, de hecho él no me dijo nada de que venía para aca. Bueno, últimamente no hablamos mucho, tampoco… Yo venía a ver a los niños.

El rostro de Reina mostró la sorpresa en un principio, pero un halo de tristeza le siguió. – Hemos empezado a salir desde hace un mes…

Carlos frunció el ceño extrañado.

- Pensé que estabas molesto con él…, bueno con nosotros.

- Lo sé. Lo estaba; pero hemos hablado y ahora nos entendemos mejor.

- Me da gusto escuchar eso… - Carlos dejó escapar una sonrisa. – Quizás debamos reunirnos un día para platicar, creo que me he perdido muchas cosas últimamente… ¿Podría ver a los niños? – se encaminó al interior del orfanato, pero Reina se le atravesó cerrándole el paso…

- No es lo de nosotros lo único que ha perdido…

- ¿Qué quieres decir? ¿Los niños ya no quieren verme?

Reina negó con la cabeza y con trabajos para hablar expresó: - Los niños ya no están aquí…

- ¿A qué te refieres?

- Están en proceso de adopción… Alguien más se interesó en ellos y están en su etapa de prueba…

- Bueno, pero eso significa que van a regresar... - Carlos sintió la agitación en el interior de su cuerpo.

- No lo creo, ellos realmente se han adpatado a su nuevo hogar.

Las palabras de Reina parecieron golpear con fuerza el interior de Carlos que empezó a sentir la falta de oxígeno en sus pulmones

- Solo falta formalizar los documentos.

- ¿A los tres?

Reina asintió con la cabeza.

Carlos se llevó las manos al rostro y se metió tanto en sus pensamientos que no escuchó el carro que se estacionaba cerca de ellos.

- ¿Está bien? – Reina trató de acercarse a Carlos pero él la apartó con delicadeza.

- ¡Hey, Carlos! ¡De saber que venías te habría dicho que yo venía para acá! – Bart se bajó de su carro y trató de acercarse, cuando se dio cuenta de la situación.

- ¿Puedes decirme donde encontrarlos?

- No. Es información confidencial – Reina se abrazó de Bart al ver el sufrimiento en el rostro de Carlos.

- ¡Dios! Perdoname Bart, creo que he cerrado mis ojos a muchas cosas últimamente – poniéndole la mano en el hombro paso por un lado en dirección de su carro.

- ¡Carlos! – corrió Bart al frente del carro tratando de evitar que Carlos se fuera, y luego se acercó a él por un costado. – Amigo, creo que necesitas un tiempo antes de irte...

- No, creo que ya he perdido mucho tiempo – Carlos se disponía a arrancar pero se detuvo. – Necesito que hagas algo por mi.

- Lo que quieras...

- Avisa en el trabajo que voy a tomarme unos días.

- ¿A dónde vas?

- A ver a mi hermana a Puerto Vallarta... - sin más arranco casi quemando las llantas. - ¡Qué estupido soy! – gritó con todas las fuerzas tratando de controlarse para no provocar un accidente.

Bart sujetó a Reina por la cintura y ella puso sus manos en su hombro izquierdo y recargó la cabeza.

- Me preocupa, va muy alterado – Bart volteó a ver a Reina.

- ¿Qué podía hacer? No podía darle ninguna información... No tengo permiso...

- Lo sé. Dios lo cuide.

Eran pasadas las dos de la tarde cuando Carlos llegó a Puerto Vallarta. Atravesó la zona hotelera y luego se introdujo por unas callecitas pequeñas hasta llegar a una casa que hacía mucho tiempo no visitaba. Viejos recuerdos vinieron a su mente. La casa era pequeña, de dos pisos, ubicada en el club hipódromo. Con una fachada pintada todo en blanco, y un balcón en el segundo piso. La superfice no tenía más de noventa metros cuadrados y contaba con una cochera al frente para un solo vehículo. Se bajó del auto y llamó a la puerta.

- ¿Carlos? - el rostro de Erica se iluminó y sin poder detener su impulso se abalanzó sobre él. - ¿Qué haces aquí?

- Necesitaba verte...

Erica tenía unos treinta y siete años, de piel morena ligeramente bronceada por el sol, un poco pasada de peso, pero con razgos juveniles. - Te ves cansado y estás empapado – lo jaló hacia el interior de la casa.

- Hace calor y hay mucha humedad.

- ¿Ya comiste?

- No, vengo llegando.

- Sientante un instante... Supongo que no vienes de prisa y nuestra plática puede esperar.

Carlos asintió y tomó asiento en el sofá de la sala.

- Jesús está por llegar con los niños para comer. Después él se va al trabajo y los niños van a clases de música... - explicó Erica desde la cocina. – Podemos ir a la playa y platicar con más calma.

- ¿No te interrumpo en nada?

- ¡Por favor! – Erica asomó la cabeza en dirección de la sala. – Mi hermano que no he visto en años viene de visita y no puedo cancelar un par de actividades...

Carlos sonrió.

- Tú sabes que después de mi familia, tú y mis papás son lo más importante – regresó a la cocina.

En eso se escuchó la llave en la puerta.

- ¿Hola, mamá? – un chico con ropa escolar entró en la sala y se detuvo de golpe al ver al desconocido.

- Hola – saludó Carlos poniéndose de pie.

El niño no supo como responder.

- ¡Carlos, que gusto verte! – Jesús el esposo de Erica se apresuró a pasar por un lado de su hijo a estrechar la mano de Carlos.

Carlos y Jesús se abrazaron.

- ¿Cuándo llegaste? – Jesús se apartó. Su rostro denotaba sorpresa y felicidad al mismo tiempo. Era un hombre algo pasado de peso, moreno, de bigote ancho y se veía que tenía un carácter muy agradable. - Es tu tío Carlos… - volteó a ver al niño que seguía en éxtasis.

- Llegué hace unos minutos – respondió Carlos. - ¿Es Jesusito…? – Carlos miró al muchacho que parecía mantenerse en su asombro.

- No, Josesito – dijo Jesús.

- ¿Qué edad tiene ya?

- Diez.

- ¿Entonces Jesusito ya tiene 11?

- Acaba de cumplir los doce.

- Hola tío – saludó el segundo de los hijos que venía entrando por la puerta.

- ¡Dios Santo! – Carlos se puso de pie y abrazó a los dos niños que ya le alcanzaban cerca del pecho. - ¿Hace cuanto que no los veía? ¿Tres o cuatro años?

- Seis Carlos, la última vez que veniste Jesusito tenía seis años – aclaró Erica acercándose con un par de cervezas heladas, le entregó una Carlos y la otra a su esposo.

- Entonces, ¿tú no te acuerdas de mi? – Carlos puso su mano sobre la mano de Josesito, quien negó con la cabeza. – Pues soy tu tío Carlos, hermano de tu mamá… Mucho gusto en conocerte…

Josesito extendió la mano y con una sonrisa estrechó la mano de Carlos.

- ¡Vayan a lavarse las manos que ya está lista la comida! – ordenó Erica a los niños que subieron a toda prisa por las escaleras, sin esperar una segunda órden.

- ¡Siéntate! – pidó Jesús señalándole a Carlos el sofá con la mano. - ¿Qué te trae por aquí? ¿Por qué no nos dijiste que venías...? – tomó su lugar en el sillón.

- Fue una decisión repentina... Hace poco más de unas cuatro horas no tenía este plan, fue algo que simplemente pasó por mi mente que debía hacer...

- Pero, no haces cuatro horas de San Luis para aca...

- No, estaba en Guadalajara... Y de pronto sentí que debía venir, que hacía mucho tiempo que no pasaba a visitarlos. Que pronto pasa el tiempo, no pensé que fuesen ya seis años sin verlos.

Jesús sonrió. – Bueno, nosotros tampoco hemos ido a visitarte.

- Es diferente. Ustedes son una familia y los gastos son considerables. No así para mi; soltero y con buen salario, podría haberlos visitado por lo menos un par de veces por año...

La tarde era muy agradable, la temperatura comenzaba a descender y se esperaba la lluvía para pasadas de las cinco; pero eran las tres en ese momento, lo que les daba a Erica y a Carlos un par de horas de plática. Los dos caminaban por la orilla de la playa cerca del Malecón. Traían ropa fresca y caminaban con los pies desnudos mientras en las manos sostenían sus sandalias.

- ¿Y bien, de qué se trata tanto misterior?

- Erica, tú me conoces bien... Yo ya no me conozco y necesito que me ayudes a entenderme. Últimamente la vida se me ha vuelto muy confusa.

- Explicate un poco más, porque en este momento yo tampoco te entiendo.

- Mi vida estaba tranquila hasta que mis papás se decidieron ir a San Luis a visitarme. Tú sabes todo lo que hice para convencerlos de que todo estaba bien y los planes para romper con Alex y con los niños para no seguir adelante con la mentira...

- Primer punto – Erica se agacho y escribió sobre la arena "mentira". – Desde que te fuiste de la casa habías vivido una mentira. Estabas tranquilo porque nadie había indagado en tú situación... Lo que ibas a hacer era cambiar una mentira del pasado por una nueva del presente, no ibas a decir la verdad y no lo has hecho. Recuerda que no hay nada que se pueda ocultar por siempre.

- Lo sé, eso me lo dijiste desde el principio.

- Y también te dije que una mentira lleva a otra, y ésta a otra, hasta que la mentira es tan grande...

- Que es muy difícil volver atrás. Lo sé. Me he dado cuenta de que tengo que ir a ver a mis padres y explicarles la verdad de todo lo sucedido... Pero no es eso lo que me trae de cabeza.

- ¿Y por qué no les has dicho? Esto sucedió hace dos...

- Tres meses – corrigió Carlos.

- ¿No te parece suficiente tiempo? – Erica se puso de pie y borró con el pie lo que había escrito.

- Sin duda lo es... Confía en mí, se los voy a decir - Carlos tomó aire y lo soltó con violencia.

Erica vio a su hermano confundido. - Perdona la interrupción, sigue adelante – comenzó a caminar y Carlos le siguió.

- Al principio todo era muy fácil con los niños. Me sentía muy cerca de ellos y platicábamos, y la que se mantenía a distancia era Alex. De pronto comencé a sentirme incómodo y Alex pareció sentirse más cómoda con ellos, que yo... Yo ya no podía estar en la casa, sentía que me sofocaba allí y decidí refugiarme en el trabajo...

- ¿Tenías miedo?

- No sé si era miedo... - Carlos dudó. – Sí, creo que era miedo.

- ¿Sentías que te estabas encariñando con ellos?

- Les estaba tomando mucho afecto, sí. Sentía que entre más tiempo pasáramos juntos más difícil sería la separación.

- ¿Consideraste la opción de no separarte de ellos?

- ¿Quieres decir... Adoptarlos?

Erica asintió.

- Hermana, ¿qué no ves la edad que tengo?

Erica se detuvo y observó a Carlos barriéndolo desde los pies hasta la cabeza. – Yo veo a un hombre, bastante atractivo y con muy buena salud física...

- No es eso a lo que me refiero... ¡Ya no soy un jovencito!

- ¿No? ¿Entonces porqué te comportas como uno?

- Tú tuviste a tus hijos a los veinticinco... ¿Cuántos tenía Jesús? ¿Treinta?

- Veintiocho.

- Doce años de diferencia.

- ¿Qué edad tiene la más grande de las niñas?

- Doce… ¡Espera! – Carlos extendió la mano delante de él. – Sé a donde vas, pero esta niña ya está entrando en la adolescencia sin que yo la conozca realmente…

- Dime, ¿cómo fue tu relación con Alejandra? – Erica reanudó el camino.

- En un principio había nerviosismo entre los dos. Tuvimos que dormir en el mismo cuarto durante el tiempo que estuvieron mis padres…

- ¿En la misma cama?

- Sí, en la misma cama; pero no tuvimos relaciones.

- Yo no pregunté.

Carlos se sintió mal por haber hecho la aclaración.

- ¿En algún momento hubo sentimientos entre ustedes?

- Sí los tuvimos, llegamos a besarnos y a acariciarnos.

- Y ¿qué paso?

- Ella quería una familia y yo…

- Tú eres demasiado viejo – Erica escribió la palabra "Viejo" en la arena.

Carlos sintió una fuerte sacudida al escuchar sus propias palabras en la boca de su hermana; pero no se retractó.

- Continúa… – Erica borró lo escrito y caminó en dirección del mar, dejando que las olas mojaran sus pies.

- Las últimas noches fueron muy duras, porque ya casi no había comunicación entre nosotros. No pude despedirme de ella después de que se fueron mis padres, y la despedida de los niños fue muy dura. Fue bueno que no hubiera ido Alejandra, no habría sabido que hacer…

- ¡Siempre fuiste así! Te preocupas tanto por no mostrar tus emociones que no te das la oportunidad de compartirlas. ¿Por qué no fue ella?

- No lo sé, no me lo dijo. Únicamente mencionó que había tomado esa decisión. Yo creo que para ella también era difícil. Cuando regresé a la casa ella ya se había ido y aunque traté de contactarla, ella no quiso hablar conmigo.

- ¿Y luego? ¿Qué pasó?

- Creí que con el trabajo y la rutina me sobrepondría a la pérdida, y así iba todo bien hasta ayer que vi la foto que se tomaron los niños y Alejandra con mis papás... El deseo de volver a verlos me llavó hoy a Guadalajara, pero... - se detuvo y pasó saliva, - ya no estaban allí – la mirada de Carlos se tornó triste.

Erica observó a su hermano con angustia, pues podía ver su tristeza y sufrimiento, pero no lo presionó por saber.

- Alguien más se había interesado en ellos y se los llevó... - Carlos se dejó caer sobre la arena y se llevó las manos al rostro. – En un momento tuve la familia ideal, una gran mujer y tres maravillosos chicos, y los dejé ir...

Erica observó por algunos instantes a su hermano y luego se hincó a un costado de él. Le tomó las manos con las suyas, y se las retiró del rostro. Los ojos de Carlos estaban cristalinos y brillosos. – Yo no te puedo decir que hacer, únicamente te puedo decir lo que yo he vivido y lo que es mi experiencia. Ninguno de nosotros, ni Jesús ni yo, sabíamos como ser padres, y aún tenemos tantas dudas de lo que hacemos. Escuchas en los medios como puedes dañarlos si les gritas o les pegas, y luego escuchas como los dañas cuando no lo haces. Hay quienes dicen que un buen golpe en el momento correcto puede evitar a tus hijos males peores en el futuro; pero para otros es motivo de acusarte ante el DIF para que te quieten a tu hijo, como si el DIF tuviera una regla de oro infalible de cómo ser padres. Creemos conocer a nuestros hijos y de pronto nos muestran actitudes y comportamientos que jamás habíamos visto en ellos; esto lo veo especialmente en Jesusito que está entrando a la adolescencia, de pronto tiene arranques de ira o de coraje. Así como lo viste tranquilo hoy, otras veces es violento y mal educado... Creo que un buen padre empieza por preocuparse en serlo, quien no tiene esta preocupación o es orgulloso o es un experto en la materia, y creeme que si existe esta última clase, deben ser muy pocos... No hay recetas para ser padres, pero si pudiera escoger algunos ingredientes sin duda yo incluiría: que pusieran a Dios en el centro de su vida, que sintieran el amor que se les tiene, que se les infundiera la alegría por la vida y lo que hacen, que se les respete y se les enseñe el respeto que ellos deben asumir hacia los demas; hay que trabajar en inculcarles la justicia, la responsabilidad, la lealtad, la honestidad y ayudarles a fortalecer su autoestima; y sin duda hay muchas otras cosas más que un padre debe hacer por ellos; pero aún así, en muchas ocasiones, sea un hijo adoptivo o biológico, la sociedad jala tan fuerte hacia los antivalores que es tan difícil predecir el resultado. Yo soy madre y me aterra ser una mala madre, pero he decidido asumir ese papel con el riesgo que conlleva el equivocarme; pero con la confianza de que si Dios me ha permitido asumir ese papel, Él me ayudara a realizarlo bien, si yo pongo todo mi empeño en ello... - Erica se sentó junto a su hermano y los dos quedaron con la mirada en el horizonte.

- Ayer cuando vi la foto, y hoy en la mañana que vi a unos niños en la calle, sentí el peso de mi decisión de no haberme querido hacer cargo de ellos; cuando mi corazón decía que lo hiciera, mi mente fue más fuerte para decir no... Y me duele. Dios, que sí me duele... - se llevó la mano izquierda al corazón mientras cerraba los ojos.

- Quizás la adopción de esos niños ya no esté en tus manos, y quizás en el plan de Dios ellos eran tan solo una parte para que tú llegaras a este nivel de consciencia de tus acciones...

- ¡Sería injusto...!

- ¿Por qué? Dentro de lo que me has dicho únicamente he visto una visión egoista de tus acciones. En todas ellas el que sufre eres tú... Pero, ¿qué hay del sufrimiento de esos niños? ¿Qué hay del sufrimiento de Alejandra, de la que tan poco has hablado? – Erica se puso de rodillas frente a Carlos, de manera que le viera a los ojos. - ¿Te has preguntado porqué hizo lo que hizo? ¿Por qué desapareció de tu vida, así como así? Ella también tiene sentimientos y planes en su vida... ¿Alguna vez hablaste de eso con ella?

Carlos observó a su hermana sin pronunciar una sola palabra, y con un suspiro profundo y un cabeceo negativo respondió.

El cielo comenzaba a nublarse y el sol parecía esconderse detrás de unas nubes provocando que descendiera la luminosidad en el cielo.

- Creo que deberías reflexionar un poco en lo que quieres en esta vida y a donde vas, pero considerando no solo tu vida sino lo que con ella puedes hacer por los demás.

Las gotas de lluvia comenzaron a caer pesadas en la arena.

- Debemos entrar, pronto se vendrá más fuerte – Erica sugirió después de evaluar el color del cielo y la frecuencia en la que las gotas golpeteaban, y que iba en aumento.

- Adelántate, necesito pensar y creo que la lluvia me sentará muy bien para ello.

Erica dudó por un instante si debía quedarse con su hermano o no, al final sintió que su parte ya estaba hecha y después de acceder con un movimiento de su cabeza, se alejó de la playa caminando a pasos veloces.

Carlos cerró los ojos y dejó que la lluvia lavara su cuerpo y limpiara de su cabeza todas las ideas que le sofocaban, y dejó que únicamente se quedaran en ella las dos preguntas que le había dejado su hermana: *"¿Qué quiero de mi vida? ¿A dónde voy?"*.

La lluvia caía a cántaros y la temperatura había descendido considerablemente debido al viento. El sol prácticamente se había ocultado y la oscuridad dominaba el horizonte.

- No debí haberlo dejado – Erica vio a su marido con preocupación.

- Voy a ir por él… - Jesús se disponía a salir cuando sonó el timbre.

- ¡Es él! – exclamó Erica.

Jesús abrió la puerta y Carlos apareció temblando de frío y completamente empapado.

- ¡Voy a preparar la regardera! – Erica subió a toda prisa las escaleras.

- Lo… lo… siento – tartamudeó Carlos al instante que Jesús le cubría con una chamarra.

Carlos estaba recostado en el sofá de la sala que había sido preparado como una cama. Tenía sábanas y una cobija.

- Ten. Tómate esto… - Erica acercó a Carlos una taza con un té de canela caliente.

Carlos lo tomó con las dos manos ya que aún no tenía confianza de que su circulación se hubiese normalizado.

- No debí dejarte allí.

- No te culpes. No soy un niño chiquito – Carlos respondió después de dar un sorbo al té.

Erica se sentó a los pies de su hermano, frente a él.

- En realidad esta situación me ha ayudado a reflexionar sobre muchas cosas de las que platicamos. Me he dado cuenta que las cosas que he querido en mi vida han cambiado a lo largo de los años... Cuando era pequeño, tú te acordaras, quería ser un hombre famoso, quería tener mucho dinero, autos, casas, creo que hasta un rancho...

Erica sonrió recordando aquella época.

- Después me enamoré de una compañera que se llamaba Margarita...
    - La recuerdo, delgadita, no muy alta, de ojos cafés...
    - No, tenía los ojos verdes.
    - Cierto, de ojos verdes.
- Ella nunca me hizo caso y entonces regresé a mi sueño de conquistar el mundo. Quería salir de Chiapas para buscar mi lugar. Mamá se oponía y decía que no me debía ir si estaba sólo, y cada vez que hablaba del tema se mareaba y su corazón fallaba, por eso inventé la idea de que un amigo me ofrecía trabajo en San Luis Potosí. Me habían dicho que el clima era muy agradable, aunque muy seco. Investigué un poco y me gustó, y me fui de casa. Al llegar a San Luis tuve que trabajar mucho para ganarme la vida y continuar mis estudios, y cuando mamá comenzó a mostrarse preocupada por que yo no tuviera una compañía comencé a trabajar esa idea. Durante todo este tiempo le eché la culpa a ella y a su salud para inventar una historia que en realidad era mi sueño. La foto de esa modelo me había cautivado de tal manera que yo fui el responsable de que otras posibles relaciones no se dieran, quería a la modelo de la foto y no quería a nadie más. El tiempo pasó y la modelo nunca apareció, así es que mi trabajo se volvió lo más importante y me inventé todo eso de que ya era viejo, porque en mi decepción ya no me importaba tener una relación sentimental con nadie, hasta que llegaron mis papás – dio un nuevo trago al té. - Alejandra vino a remover mis sueños de tener una compañera, y los niños de tener una familia; y empezó la lucha entre mis sueños del corazón y las ideas en mi mente... Pero tú me diste una clave; todos estos han sido mis sueños, pero nunca me puse a pensar en que cada quien tiene sus propios sueños. Alejandra y yo teníamos una necesidad de involucrarnos para alcanzar nuestros respectivos sueños, pero yo involucré a mi amigo Bart y a los niños sin considerar las consecuencias, y ella involucró a su amiga Mayra; conforme fueron

avanzado las cosas tuve miedo y y preferí no arriesgarme y refugiarme en mi trabajo – se estiró hacia la mesa y dejó la taza. - A tú pregunta sobre a donde voy, me doy cuenta de que iba en un camino sin alegrías reales, sin un objetivo claro, sin sueños por realizar, simplemente iba por la vida como una sombra, a un desenlace que todos conocemos. Mi camino era relativamente seguro porque no tenía a nadie por quien más preocuparme, no había nadie que pudiera romperme el corazón, porque para empezar había mantenido a distancia a mi familia... Me doy cuenta de que este camino era un desperdicio. Con los niños redescubrí a Dios y lo importante que debe de ser en mi vida, en donde Él debe ser el centro de todo lo que hago, y que debo dirigir todos mis esfuerzos para dirigirme a Él. Me preguntaste también sobre lo que quiero de mi vida, y ahora pienso que lo importante no es lo que yo quiero, sino lo que Dios quiere de mi. Él me dio la vida y sin duda siempre ha tenido un plan para mi... Me doy cuenta de que lo que me llena es el sentirme útil, así es que el tiempo que paso sin hacer nada es un desperdicio de mi vida, que es solo una y que se va con cada segundo que pasa.

- No debes juzgarte tan duramente – Erica interrumpió a Carlos.

- No lo hago, sé que tengo derecho a divertirme y a distraerme; pero cuando hay cosas más importantes, que trascienden tú vida, como ayudar a los demás, salir de ti mismo y dejar un poco de ti a aquellas personas que pasan a tu lado y que te necesitan, no debería haber cerrado mis ojos. La vida puede ser tan corta. Si con esta lluvia hubiese yo agarrado una pulmonía y mañana amaneciera muerto...

- ¡No digas eso!

- Espero que no suceda; pero dime. ¿qué pasaría con mi trabajo? ¿qué pasaría con todo lo que he acumulado a lo largo de los años? ¿qué he hecho para que se me recuerde? Simplemente contigo, Jesús y los niños, no los había visto en seis años... Josesito ni siquiera me conocía. Si Dios hubiera querido que yo viviera aisaldo no me habría puesto dentro de una familia. Ahora entiendo la importancia de mantener los lazos de familia y de amistad. Nadie cosecha lo que no ha sembrado – Carlos hizo una pausa y se quedó mirando a su hermana con tristeza. – Tuve la oportunidad de haber sido la diferencia en la vida de esos niños, Dios me puso allí para ellos, mi corazón me lo pedía, y yo lo acallé.

- Eso no lo sabemos.

- Quizás no, quizás sea como dices. Quizás Dios me permitió tener estas experiencias con ellos para que yo despertara de mi ceguera y entendiera que me he pasado la vida autocompadeciéndome de que las cosas no han salido como yo las deseaba... Creo que Alex se dio cuenta de esto antes que yo y por eso se fue. Ella quiso hablar conmigo varias veces, pero yo estaba tan ensimismado en mis ideas que no veía el panorma que Dios ponía frente a mi... Dios me estaba dando lo que tanto le había pedido, pero como no era en el tiempo y forma que yo había deseado, lo rechacé...

- Quizás aún estás a tiempo para ella...

- Confío en Dios que sí – Carlos tomó las manos de su hermana. – La respuesta a tu pregunta sobre que quiero de la vida... Quiero sentirme bien; y me he dado cuenta que esa satisfacción la siento cuando me siento útil, y me siento útil cuando hago cosas que otras personas necesitan... Un día Francisco, el niño del orfanato, robó un MP3 de una tienda. Me sentí bien cuando le enseñé lo malo de hacer eso. Tomé las experiencias de mi vida para tratar de mejorar la suya... Me dolió mucho hacerlo, porque lo puse en una situación que yo sabía que era complicada, pero me sentí bien al ver lo bien que él respondió a mi consejo... y sé que él lo entendió y que no lo volverá a hacer.

- Eso es lo que hace un padre – Erica sonrió y acarició la mejilla de su hermano.

- Lo sé.

- ¡Wow! Veo que has reflexionado muy bien en todo – Erica observó su reloj y se dio cuenta de que ya era muy tarde.

- Te dije que la lluvia me había ayudado mucho... Y por supuesto tus preguntas fueron el punto de partida – Carlos jaló a su hermana hacia él. - ¡Gracias! – la besó en la frente. – No podía haber tenido mejor hermana...

Erica observó a su hermano, le sonrió y pasando su mano por su rostro, al instante que se ponía de pie se despidió. – Descansa...

- Tú también.

EPÍLOGO

Dos días después Carlos detuvo su carro a unos metros del Centro Cultural Casa IESO Clavijero en Guadalajara, un inmueble que lleva el nombre de Clavijero en homenaje al jesuita, filósofo y maestro del siglo XVIII Francisco Xavier Clavijero; que es un espacio de extensión académica, cultural y protocolar con carácter no lucrativo, al servicio de la comunidad. Observó su reloj y se dio cuenta de que éste marcaba las dos de la tarde. Debajo de sus arcos había varios muchachos con libros en la mano, y un grupo más o menos tupido de unos veinte más que bajó por la escalera frontal. Dudó un poco que era lo que debía hacer, pero la silueta de Alejandra, en la parte superior de la escalera terminó por ayudarlo a decidir. Se bajó de su carro y se colocó debajo de la escalera.

Alejandra llegó a la calle y distraídamente buscó las llaves de su auto en su bolsa de mano, cuando una voz conocida le hizo voltear.

- Hola... - saludó Carlos, - ¿te acuerdas de mi? – preguntó al ver que Alejandra lo observaba con cierta perplejidad.

- Hola – respondió ella con cierta sorpresa tratando de ocultar su emoción de verlo. - ¿Qué haces aquí?

- Bueno, pasaba cuando te vi descender y no quise perder la oportunidad de saludarte...

Alejandra negó con la cabeza la respuesta de Carlos, demostrándole que no le cría una sola palabra.

- Tienes razón, creo que debo dejar de decir mentiras... Te he estado buscando porque quería verte...

- ¿Cómo diste conmigo? – la pregunta fue dulce y sin violencia.

- Es una larga historia que te puedo contar si aceptas ir a comer conmigo... - Carlos respiró profundamente, y guardó el aire para liberarlo con la respuesta de Alejandra.

Alejandra lo miró a los ojos y se dio cuenta de que algo o mucho había cambiado en él. Movió la cabeza de forma afirmativa y Carlos liberó el aire con alivio. – Pero antes tengo que hacer algo... ¿Quieres acompañarme?

- ¡Claro! – Carlos no podía dejar ir esa oportunidad. - ¿Quieres que vayamos en mi carro?

Alejandra lo pensó un poco y luego lo negó con la cabeza. – Vamos en mi carro, pero manejas tú...

- De acuerdo.

Alejandra le entregó la llave y caminó por la banqueta en dirección de un estacionamiento a media cuadra de distancia.

- ¿Te ayudo? – tomó la bolsa de Alejandra y ella accedió.

- Dime, ¿cómo diste conmigo?

- Tus padres.

- ¿Y cómo diste con mis padres?

- Mayra... - Carlos hizo una pausa. - Tienes una amiga muy difícil, me ha costado meses convencerla.

- ¿Meses?

- Meses – Carlos abrió la puerta del lado del copiloto para que Alejandra se introdujera y entonces le entregó su bolsa. - En realidad tienes una gran amiga en ella, que te protegió muy bien hasta que le dije algunas cosas que la desarmaron... - se disponía a cerrar la puerta cuando la pregunta de Alejandra lo detuvo.

- ¿Qué cosas?

- Algo así como lo mucho que te extraño... - cerró la puerta y dio la vuelta al carro ante la mirada atónita de Alejandra.

- ¿Me extrañas? – preguntó Alejandra justo cuando Carlos se sentaba en el asiento del chofer, en su rostro quería aparecer una sonrisa, pero ella la contuvo.

- No solo te extraño, no sabes la falta que me hacen... Tú y los niños – observó a Alejandra que le veía fijamente sin pestañear, puso su vista en el retrovisor y encendió el carro. – Es una lástima que sea demasiado tarde para ellos... Pero espero que no para ti y para mi...

- ¿De qué hablas? – la mano de Alejandra evitó que Carlos pusiera la reversa.

- No quiero perderte. He sido un tonto... Sigo siendo un hombre de cuarenta años, pero créeme que me siento más joven y estoy dispuesto a formar una familia contigo, si aún me quieres...

Alejandra miró a Carlos con cariño por unos segundos y luego acercó sus labios a los de él y le besó mientras cerraba los ojos, quería sentir la experiencia del momento. Luego retiró ligeramente sus labios y observó los ojos de Carlos. – Aún te quiero... -

Carlos dejó escapar una sonrisa de alegría.

- Pero, ¿por qué dices que es tarde para los niños? – Alejandra se enderezó en el asiento sin quitarle la vista a Carlos.

El rostro de Carlos se llenó de tristeza, y la sonrisa desapareció. – Fui a buscarlos este fin de semana, pero ya no estaban, alguien ya está tramitando su adopción... - no pudo sostener la mirada y giró su cabeza en dirección de la ventanilla de su lado.

Alejandra no dijo nada, su mirada se quedó fija en Carlos. Ella podía sentir el dolor y la tristeza que corría por todo su ser y ella también desvió su mirada hacia la ventanilla de su lado.

- Confío en Dios en que estarán bien... - su mano derecha tomó la mano izquierda de Alejandra.

Alejandra volteó a tiempo para ver las lágrimas que corrieron por las mejillas de Carlos. Nunca lo había visto llorar y esto le confirmaba que ya no era el mismo, no tenía miedo a mostrarle sus sentimientos. Giró sobre el asiento, y con su mano derecha limpió sus mejillas. - ¿Estás bien?

Carlos regresó la mirada hacia Alejandra y asintió moviendo la cabeza. – He aprendido mucho en estos días... Creo más en Dios, y disfruto de los recuerdos que vivimos... Sé que dejaste tu trabajo, es una lástima que yo no me haya dado cuenta...

- Lo pasado debe quedar en el pasado... - Alejandra trató de confortarlo.

Carlos asintió.

- Será mejor que nos vayamos ya...

Carlos retiró su mano de la mano de Alejandra y puso la reversa. Luego de salir del cajón condujo hasta la calle. - ¿Hacia donde?

- A la derecha – respondió Alejandra.

- Una de las cosas que más he reflexionado es sobre las prioridades en la vida, y me he dado cuenta de que estaba equivocado al poner mi trabajo sobre todo, y después de esto mis sueños de poseer cosas... Cuando dejamos esta vida, nada de eso queda, únicamente lo que sobrevive es lo que queda de nosotros en las otras personas... Cuando te fuiste creí que podía olvidarte, pero siempre estabas allí; tú recuerdo estaba allí. Nunca pude volver a dormir en toda la cama, porque sentía que tú estabas a mi lado; inclusive dejaba el lugar para María... - volteó la mirada hacia Alejandra que sin decir nada no dejaba de mirarlo con una sonrisa, que le hacía pensar en que disfrutaba escucharlo. Regresó la mirada al frente y continuó conduciendo – Inclusive están vacíos los cajones que tú ocupabas. No pude mover el cuarto de los niños, tampoco. Todo está cual lo dejaste…

- En el semáforo, a la derecha – interrumpió Alejandra y señaló a través del parabrisas el semáforo a unos cien metros.

- Me engañaba creyendo que lo que vivimos en dos semanas había sido solo una aventura y que podía retomar mi vida, como si nada hubiese pasado… Pero la verdad es que lo que comenzó como un juego, se volvió el sueño de mi juventud. Tenía la familia que tanto había deseado, pero me asusté, porque pensaba que ya no era tiempo, como si yo supiera cuando tenían que suceder las cosas. Yo te aconsejé no atormentarte con el futuro y disfrutar el presente, y mira quien era el que estaba aterrado por éste… Me ha tomado este tiempo entender que nuestros tiempos no son los de Dios, que Él está sobre nosotros, y su plan sobre los nuestros; pero siempre Él quiere lo mejor para nosotros y nos lo da cuando es el mejor momento… - giró a la derecha.

- ¿Puedo preguntarte algo? – Alejandra bajó la mirada un instante y luego la volvió a subir.

- Por supuesto – Carlos miró a Alejandra por un par de segundos y luego regresó la vista al frente.

- ¿Cómo sabes que yo soy la mujer que has buscado en tú vida? ¿Cómo sabes que lo que vivimos en dos semanas es suficiente para creer que lo nuestro puede perdurar?

- No lo sé… - respondió Carlos con cierto temor. – Solo puedo decirte que sé que lo que siento por ti es verdadero. Que entre la lucha de mi mente y mi corazón, ha ganado el corazón. No tengo ninguna duda de que te amo, y sé la clase de mujer que eres. Te vi tratar a los niños, te vi tratar a mis padres, te vi tratarme a mi a pesar de que no te hice las cosas fácil. No eres una chica fácil, me respetaste y eso me facilitó respetarte…

- A la izquierda en la próxima esquina…

- Quisiste dialogar conmigo, pero yo no te lo permití… Todos se dieron cuenta de lo buena que eres menos yo. Mis padres, Bart, los niños… – dio vuelta en la esquina.

- Gracias – Alejandra se acercó a Carlos y le besó en la mejilla.

Jugando a la familia

- Te soy sincero que la idea de ser padre me aterra, pero estoy dispuesto a intentarlo con la ayuda de Dios, y con tu ayuda...

- A mi también me aterra la idea de ser una mala madre, por eso te quiero a mi lado. Yo te he visto con los niños, lo harás bien. Puedes estacionarte en ese lugar... - señaló Alejandra un espacio entre dos vehículos en la acera del lado derecho.

Carlos estacionó el carro mientras Alejandra se entretenía con su bolsa de mano.

- Hay algo que quiero enseñarte... - Alejandra sacó una pequeña libreta y la abrió con cuidado para no permitirle a Carlos que viera el interior.

Carlos apagó el motor y se dispuso a recibir la libreta en sus manos.

- ¿Recuerdas la foto de la modelo con la que te casaste hace más de doce años?

Carlos sonrió. - ¡Cómo no voy a acordarme! – la actuación intrigante de Alejandra le hizo sonreír con duda.

Alejandra abrió la libreta y una foto de estudio quedó expuesta.

- ¿Eras tú?

Alejandra sonrió.

- ¿Por qué no lo dijiste? De haberlo sabido...

- Yo era la que estaba en la foto, pero tú no me querías a mí sino a la imagen que tú te habías hecho de mi. Yo quería que tú te enamoraras de mi, y no quería competir con mi imagen.

- ¡Dios! ¡Cuánto te amo! – extendió sus manos y la atrajo de tal forma que sus labios se unieron llenos de amor.

Alejandra abrió sus ojos y reconoció a tres figuras que se acercaban con sus mochilas de escuela, y entonces se separo de Carlos. Se miraron a los ojos y Alejandra sonrió. - ¿Puedes ir por ellos? – extendiendo la mano señalo a los tres niños que se acercaban al carro platicando despreocupadamente.

Carlos observó por el parabrisas y su corazón comenzó a palpitar con fuerza. – ¡Tú fuiste quien los recogió...! ¡Tú sabías que vendría...!

Alejandra se mordió los labios.

Carlos salió del carro y se apresuró a subirse a la banqueta.

- ¡Papá! – gritó María y con la mano señaló a Carlos que abría los brazos en su dirección dispuesto a correr.

Las rostros de Francisco y Sofía se iluminaron y sin pensarlo dejaron caer sus mochilas y corrieron a los brazos de Carlos.

Los abrazos y los besos entre ellos parecían desbordados, no había control. Carlos levantó a María en su brazos y se agachó para recibir a Francisco y a Sofía.

Desde el carro Alejandra observó la escena con mucha emoción, podía sentir la alegría de Carlos y de los niños. Sus ojos se llenaron de lágrimas, pero ella no quería perder un solo detalle y se limpiaba desesperadamente con las manos, mientras su cuerpo temblaba desde los pies hasta la cabeza. A la distancia pudo apreciar los labios de Sofía que murmuraron unas palabras en su dirección, unas palabras que ella fácilmente pudo leer sin ser una experta en la lectura de los labios… "Gracias mamá". Y pensó ¿acaso momentos como éste no hacen que valga la pena tener una familia? Y pensó en su hija, y le rogó a Dios que estuviera en una familia que la amara.

**** FIN ****

Printed in the United States
By Bookmasters